dtv
Reihe Hanser

Emilie Turgeon

NUR MIT DIR

Roman

Aus dem Französischen von
Tatjana Michaels

dtv

Ausführliche Informationen über
unsere Autorinnen und Autoren und ihre Bücher
finden Sie unter www.dtv.de

© Les Éditions de Mortagne, Ottawa 2018
Titel der Originalausgabe: Le silence est d'or
(Les Éditions de Mortagne, Ottawa 2018)
Alle Rechte der deutschsprachigen Ausgabe:
© 2020 dtv Verlagsgesellschaft mbH & Co. KG,
München
Umschlaggestaltung: Ruth Botzenhardt | buxdesign, München
unter Verwendung eines Fotos von Senada Pavlovic / EyeEm | Getty
Gesetzt aus der Minion
Satz: Satz für Satz, Wangen im Allgäu
Druck und Bindung: CPI books GmbH, Leck
Printed in Germany · ISBN 978-3-423-65033-5

Für Fabienne

*Vorbemerkung
zur deutschen Ausgabe*

Im folgenden Text sind bestimmte Dialoge *kursiv* gesetzt. Das bedeutet, die Figuren drücken sich hier in Gebärdensprache aus. Um die Lektüre angenehmer zu machen, hat die Autorin in diesen Dialogen auf die Besonderheiten der Gebärdensprache verzichtet und die sonst übliche Syntax und das geläufige Vokabular verwendet. Die an einigen Stellen im Roman beschriebenen Gebärden und Gesten stammen aus der in Quebec gebräuchlichen Gebärdensprache und werden im Deutschen genau so wiedergegeben wie im französischen Original. Wäre das Buch ursprünglich auf Deutsch geschrieben worden, sähen manche davon anders aus.

KAPITEL 1

Wir wollen dem Herrn danken (oder auch nicht)

In meiner Familie feiert man Thanksgiving. Ich weiß, das ist in Québec eher selten, aber meine Tante Laura besteht darauf. Sie ist praktizierende Katholikin, aber auf die moderne Art. Behauptet sie. Das heißt, sie geht nicht zur Messe, aber sie betet jeden Abend. Sie glaubt an die Evolutionstheorie und an Außerirdische, aber sie hält trotzdem alles für Gottes Werk. Sie glaubt ans Paradies und ans Fegefeuer, aber sie schwört, dass Gott in seiner Barmherzigkeit an die Hölle nicht mal gedacht hat.

Meine Tante Laura liebt es, wenn sich die ganze Familie am zweiten Montag im Oktober versammelt, um Bilanz zu ziehen über das vergangene Jahr und Gott für all das Gute zu danken, das uns widerfahren ist. Ich hingegen versuche oft, mir diese Sorte Familienfeste zu ersparen.

Meine Onkel, Tanten, Cousins und Cousinen haben dann immer so einen mitleidigen Ausdruck, wenn sie *versuchen*, mit mir zu reden. Das ärgert mich. Weil ich taub bin. Unerklärlicherweise vollständig taub. Selbst wenn mir während des Jahres etwas Gutes widerfährt, habe ich keine Lust, mich bei wem auch immer dafür zu bedanken.

Meine Eltern und meine Brüder wollen jedoch nicht, dass ich das Gespenst der Familie werde. Die komische Cousine, die man nur einmal im Jahr ausführt. Es ist ihnen egal, dass ich in meiner Ecke sitze und lese, solange ich nur überhaupt dabei bin.

In diesem Jahr lassen meine Tante und mein Onkel ihre Küche renovieren, und die Arbeiten sind noch nicht abgeschlossen. Ausnahmsweise wird Thanksgiving bei uns stattfinden. Ich hätte Lust, mich in meinem Zimmer einzuschließen, aber dazu bin ich zu gut erzogen. Vielleicht kann ich mich nach dem Abendessen verdrücken.

Bis dahin muss ich meiner Mutter helfen. Laura, die uns immer extrem leckere Mahlzeiten vorsetzt, hat vorgeschlagen, dass sie kommt und hier bei uns kocht, aber meine Mutter hat behauptet, sie könne sich um alles kümmern. Ach, der Stolz ...

Obwohl es noch nicht mal zehn Uhr ist, bin ich also dabei, einen Kürbis in Würfel zu schneiden. Mama bereitet die Füllung für den Truthahn vor, mit einer Menge Zutaten, die auf den ersten Blick nicht zusammenpassen. Sie füllt gerade die Mischung in den Steiß des Tiers und stupst mich mit dem Ellbogen an, um meine Aufmerksamkeit zu erregen.

»Die Tür«, sagt sie mit deutlichen Mundbewegungen und einem Kopfnicken zum Eingang und zeigt mir ihre eklig verschmierten Hände.

Ich gehorche und mache dem Besuch auf. Es ist Charlie, die Freundin meines Bruders Jim. Sie trägt einen baumwollenen Jogginganzug unter ihrem blauen Regenmantel und hat die Haare oben auf dem Kopf zu einem lockeren Knoten zusammengebunden. Dabei ist sie superhübsch. Das kommt daher, dass sie die ganze Zeit lächelt.

»*Guten Tag!*«, gebärdet sie. »*Wie geht's?*«

Seit fast vier Jahren geht Jim jetzt mit ihr. Die ganze Familie mag sie sehr. Ich finde sie prima, vor allem, weil sie versucht, in Gebärdensprache mit mir zu reden. Ich habe sie und Jim sogar dabei erwischt, wie sie sich in Gebärdensprache unterhielten, nur um zu üben.

»*Hallo! Jim ist in seinem Zimmer.*«

Charlie macht sich nicht mal die Mühe, den Mantel auszuziehen, und rennt die Treppe hinauf. Ich sehe, dass sie ihre Tasche mit dem Blumenmuster dabeihat, also wird sie hier übernachten. Da Jims Zimmer neben meinem liegt, denke ich, sie sind manchmal froh, dass ich taub bin …

Ich gehe in die Küche zurück und erzähle meiner Mutter, dass es Charlie war und dass sie zu Jim hinaufgegangen ist. Heute Abend hat mein Bruder den Auftrag, den Tisch festlich zu decken. Mama sagt oft, Laura sei eine gute Gastgeberin, weil sie uns immer großartig bewirtet, und es kommt nicht infrage, dass wir das nicht genauso machen. So etwas nennt man Stolz!

Die schwerste Aufgabe hat mein Vater bekommen: den Hausputz. Das Haus muss makellos und einladend wirken. Offensichtlich gehört es dazu, im Erdgeschoss die Fenster zu putzen. Alles muss glänzen und duften.

Mein großer Bruder Fred kommt am besten davon. Mama hat Mitleid mit ihm, weil er nachts arbeitet und erst gegen vier Uhr heimkommt. Er ist Barkeeper. Man muss ihn deshalb schlafen lassen. Aber ich beschwere mich nicht über meinen Platz in der Küche. Ich bereite gern mit Mama das Essen vor.

Vor dem Eintreffen der Verwandtschaft gönne ich mir noch eine kleine Ruhepause. Ich habe geduscht, saubere Sachen angezogen und mich ein bisschen geschminkt.

Meine Freundin Lucie sagt immer, nur weil man schlecht hört, muss man nicht hässlich sein. Auch wenn ich ihr im Prinzip zustimme, scheint mir, dass sie es ein bisschen übertreibt. Sie meint auch, mit meinen blonden Haaren und meinen großen blauen Augen hätte ich eine gute Ausgangsbasis. Deshalb begnüge ich mich mit unauffälliger Kleidung, einfachen Frisuren und etwas Mascara.

Ich bin gerade beim Lesen, als das rote Licht über meiner Tür zu blinken beginnt. Es ersetzt das »Klopf! Klopf! Klopf!«. Oder das »Ding! Dong!«. Eine Klingel für Hörbehinderte.

Ich stehe auf und öffne. Ich kriege einen Krampf im Bauch, als ich meine Tante sehe. Ich wusste nicht, dass sie schon da ist.

»*Guten Tag, R-O-X-A-N-N-E!*«

Laura hat Grundkenntnisse der Gebärdensprache im Internet gelernt, aber da sie keine Gelegenheit hat, sie zu üben, ist es immer mühsam. Am Ende nimmt sie in der Regel Papier und Bleistift und schreibt alles auf.

»*Geht's dir gut?*«, fragt sie.

Ich nicke und lasse sie herein in mein Zimmer. Sie geht einmal rasch herum, betrachtet neugierig jeden Gegenstand, dabei dreht sie sich mindestens sechsmal um und lächelt mich an. Vor meinem Bücherregal bleibt sie stehen und lässt ihre Finger über die Buchrücken gleiten, bis sie an dem einzigen Band hängen bleiben, den ich nicht vollständig gelesen habe. *Die Hauptphasen der Trauer*. Den hat sie mir vor fünf Jahren geschenkt.

Ich mag Laura gern, aber ihr deprimierendes Buch kann sie sich sonst wohin stecken. Im dritten Kapitel habe ich aufgehört zu lesen, dem Kapitel über die Wut. Ich hatte bisher noch keine Lust, weiterzulesen. Das merkt meine Tante, als sie das Buch auf der Seite öffnet, wo noch das Lesezeichen steckt.

Ich seufze möglichst unauffällig und setze mich auf mein Bett. Laura tut so, als schreibe sie etwas auf ihre Handfläche. Übersetzung: Sie will Bleistift und Papier. Natürlich!

»Ich kann von den Lippen ablesen«, erinnere ich sie und hoffe, dass meine Stimme nicht zu sehr zittert.

Sie nickt und setzt sich ans Fußende meines Betts, das Buch auf den Knien.

»Nimmst du heute Abend am Dankgebet teil?«

Ich zucke die Achseln. Laura weiß doch genau, wie ich mich fühle. Sie könnte begreifen, warum ich nicht darauf erpicht bin, dem Herrn zu danken.

»Ich bin sicher, es hat auch in deinem letzten Jahr schöne Momente gegeben, nicht?«

Ich zucke wieder die Achseln, während ich gleichzeitig nicke. Konversation ist definitiv nicht meine Stärke.

»Ich würde mich sehr freuen«, setzt sie nach.

Laura steht mit einem breiten Lächeln auf. Sie legt das Buch über die Trauer vor mich hin und klopft dreimal auf die Bettdecke. Ich weiß, sie möchte, dass ich bei diesem absurden Spiel mitmache, aber ich kann mich nicht dazu durchringen, meine Taubheit zu akzeptieren. Das wäre für mich, als würde ich anerkennen, dass es für mich keine Chance mehr gibt, jemals wieder zu hören.

»Kommst du mit hinunter?«

»Gleich.«

Laura lächelt mich an und geht. Ich lese schnell das Kapitel von *Moby Dick* zu Ende, in dem ich mittendrin war, als ich unterbrochen wurde. Der Roman kann auf meinem Bett liegen bleiben, aber das Buch über die Trauer muss wieder zurück an seinen Platz im Regal, bevor ich hinuntergehe.

Ich zucke zusammen, als ich ein paar Finger auf meiner Schulter spüre. Ich drehe mich um und sehe Fred, der als Friedenszeichen die Hände hebt. Wie man es vor einem erschrockenen Tier tut. Das hasse ich am meisten am Taubsein: nie zu wissen, was sich außerhalb von meinem Gesichtsfeld tut. Verärgert weise ich auf das rote Licht, um ihm zu zeigen, dass er sich hätte anmelden können.

»Was wollte sie?«, will Fred wissen.

Ich brauche zehn Sekunden, um zu begreifen, dass er von Laura spricht. Und fünf weitere, um mich zu fragen, warum ihn das interessiert.

»*Sie will, dass ich ...*«

»Sag's laut!«, unterbricht er mich.

Ich seufze, diesmal überhaupt nicht unauffällig. Sosehr Jim es liebt, mit den Händen zu sprechen, so selten tut es Fred. Oh, er kann es, das ist nicht das Problem. Aber eines Tages hat Fred im Internet einen Artikel gelesen, dass viele Hörbehinderte die Gewandtheit zu sprechen verlieren und dass das ihre Beziehung zur übrigen Gesellschaft erschwert.

Mein Bruder will nicht, dass ich noch stärker isoliert werde, als ich es schon bin. Er verwendet immer die Stimme, wenn er mit mir spricht, damit ich meine Geschicklichkeit im Lippenlesen trainiere, und er verlangt, dass ich das ebenfalls tue, damit meine Stimmbänder aktiv bleiben. Das ist nett von ihm, aber auch sehr nervig.

Dennoch gebe ich jedes Mal nach.

»Sie will, dass ich am Dankgebet teilnehme.«

»Ich hab's geahnt.«

Fred schüttelt den Kopf. Auch er liebt Laura, aber er teilt

meine Abneigung gegen das Dankgebet. Er sagt, es sei wie ein Wettbewerb. Wer hat die coolsten Dinge erlebt, die größten Heldentaten vollbracht?

»Zur Not brauchst du Gott einfach nur zu danken, dass du einen so tollen Bruder hast«, meint er und zieht eine Schulter hoch.

»Du redest von Jim, oder?«

Fred tut so, als sei er beleidigt, aber ich weiß, er verkneift sich ein Grinsen.

»Gut. Ich halte dir trotzdem einen Platz neben mir frei«, sagt er. »Weil ich ein großes Herz habe.«

»Eher, weil du Angst hast, dass ich sonst auf deinen Teller spucke, bevor ich dir was drauftue!«

Er lacht. In diesem Augenblick wünschte ich, meine Ohren würden funktionieren. Und sei es auch nur für ein paar Sekunden.

Wir gehen ins Wohnzimmer hinunter, und ich sehe, die Verwandtschaft ist eingetroffen, ohne dass ich es gemerkt habe. Es fühlt sich seltsam an, wenn man bedenkt, dass mehr als ein Dutzend Leute im Haus ist, die alle zur gleichen Zeit reden, aber in meinem Kopf ist es so still, als ob ich allein auf der Welt wäre.

Fred gesellt sich zu meinen Cousins. Alle scheinen sich wohlzufühlen und unterhalten sich, mit dem Glas in der Hand. Ich spüre eine leichte Angst aufsteigen. Ich habe hier nichts zu suchen. Gleich werde ich so tun müssen, als würde ich ihre mitleidigen Blicke nicht bemerken, und versuchen, ungeschickte Gespräche zu führen.

Ich flüchte mich in die Küche. Als ich durchs Esszimmer gehe, sehe ich, dass Jim und Charlie sich beim Dekorieren des Tischs selbst übertroffen haben. Jim hat ein langes braunes Papier auf dem gelben Tischtuch platziert und darauf mit warmen Farben eine Herbstlandschaft gemalt. Das sieht toll aus. Außerdem steht auf jedem Platz ein Origami-Figürchen. Lauras Silber ist nichts gegen das künstlerische Geschick meines Bruders!

Ich finde Mama vor dem Backofen, beim Begießen des Truthahns. Ich hole die notwendigen Zutaten für meine raffinierten Häppchen zum Aperitif heraus. Im Grunde ist es nur ein wenig Kaninchenterrine auf einem Salzcracker, mit einer Geleeperle aus Eis-Cidre. Einfach und lecker. Meine Mutter garniert Tortilla-Schälchen mit einer Räucherlachsmousse, die wir vorher zubereitet haben. Perfekt angerichtet.

Als alles fertig ist, tragen wir die Platten ins Wohnzimmer. Meine Cousins stürzen sich auf die Rohkost. Hoffentlich haben sie inzwischen gelernt, dass man das Gemüse nicht in die Sauce tunkt, abschleckt und wieder reintunkt. Es wird Zeit, dass sie mit ihren fünf und sechs Jahren begreifen, wie eklig das ist.

Ich nehme mir einen Teller und packe von allem etwas darauf: Gemüsestäbchen, Terrine, Lachsmousse, Tomaten und Mozzarellahäppchen, Salami, Oliven etc.

Ich werfe einen Blick in die Runde. Meine Cousins und Cousinen schwatzen mit meinen Brüdern und Charlie. Mein Vater scheint in ein intensives Gespräch mit meinen Onkeln vertieft, und Mama serviert ihren Schwestern Getränke. Ich weiß nicht, wohin ich mich verdrücken soll. Jedenfalls habe ich echt keine Lust, mich an einer dieser Runden zu beteiligen.

Ich gehe also wieder in die Küche und rede mir ein, dass ich meine Suppe beaufsichtigen muss. Sogar den Truthahn begieße ich. Dann schneide ich das Baguette, verteile die Scheiben auf zwei Brotkörbe und trage sie zum Esszimmertisch.

Als ich an den Herd zurückkehre, schließt Fred sich an. Er sieht mir beim Umrühren zu und kneift die Augen zusammen.

»*Versteckst du dich?*«, fragt er.

Na, so was, er gebärdet! Er tut das sicher aus Rücksicht auf mich, damit niemand uns hören kann.

»Ein bisschen«, gebe ich zu. »Ich hasse dieses Fest!«

»Ich auch.«

»Was wirst du heute Abend sagen?«

»Ich weiß nicht. Ich hatte ein beschissenes Jahr ...«

Ja, das kann man wohl sagen. In den letzten Monaten hat ihn seine Freundin verlassen, er hat sein Studium geschmissen, weil er sich nicht mehr sicher ist, was er werden will, und sein Job als Barkeeper gefällt ihm auch nicht mehr (außer, dass er Geld damit verdient). Wofür soll man sich in so einer Zeit bedanken?

»Wir könnten abhauen. Weglaufen. Wiederkommen, wenn alle fort sind.«

Er lächelt über meinen Vorschlag. Ich wünschte, wir hätten den Mut dazu.

»Und all die schönen Reden würden uns entgehen? Gilles Promotion, die Leistungen von Sophie, der Virtuosin ...«

Meine Cousine Sophie spielt Klavier. Sie ist begabt. Sehr begabt. Sie ist eine Vorzeigeschülerin an der Musikhochschule von Québec, und an jedem Thanksgiving spielt sie uns ein Stück vor; danach wird sie von allen beklatscht und beglückwünscht. Da sie ständig irgendwelche Auszeichnungen bekommt, dankt sie Gott jedes Jahr dafür und bekommt wieder Beifall.

Als Kind habe ich sie gern spielen hören. Ich fand sie faszinierend. Heute sehe ich nur noch Hände, die mehr oder weniger wild auf dem Klavier herumfuhrwerken. Das ist viel weniger interessant.

Trotzdem ziehe ich den Hut vor ihr. Wenn all diese Blicke auf mich gerichtet wären ... Bei dem bloßen Gedanken kriege ich Magenkrämpfe. Wenn ich dabei auch noch eine schwierige Melodie ohne einen falschen Ton spielen müsste, ich glaube, ich bekäme einen Herzschlag!

»*Und was das Schlimmste wäre*«, fährt Fred fort, »*wir würden auch das Essen verpassen!*«

Damit hat er recht. Da ich an den Vorbereitungen beteiligt war, bin ich sicher, dass alles köstlich sein wird!

»*Weißt du*«, fügt Fred hinzu, »*ich bin überzeugt, es liegt noch viel Schönes vor uns.*«

Ich hebe die Augen zur Decke und schüttle den Kopf, sein floskelhaftes Gerede beeindruckt mich überhaupt nicht.

»Im Ernst, Roxanne«, sagt er und hört auf zu gebärden. »Man kann nicht so lange unglücklich sein, es muss dafür einen Ausgleich geben.«

»Ich bin nicht unglücklich, ich bin wütend!«

Das stimmt! Traurige Leute weinen die ganze Zeit und denken, dass das Leben nicht mehr lebenswert ist. So bin ich nicht. Ich liebe das Leben, ich liebe die Menschen, ich möchte nur, dass es zu den Bildern auch einen Ton gibt!

Freds Blick wandert rasch nach links. Als hätte er hinter mir eine Erscheinung gesehen. Ich hasse es festzustellen, dass etwas hinter meinem Rücken geschieht. Wenn ich mich umdrehe, weiß ich nicht, was mich erwartet, weil ich keinerlei Hinweis habe. Ein Psychopath könnte mit einer Kettensäge ein Massaker anrichten, und ich wüsste es nicht. Das ist schaurig!

Aber es sind nur Laura und meine Mutter. Aus ihren Blicken zu schließen, müssen sie meine Worte gehört haben. Das ist der Nachteil, wenn man mit der Stimme spricht. Keinerlei Diskretion.

Laura tritt zu uns und setzt ein mitleidiges Gesicht auf, was mich das Schlimmste befürchten lässt.

»Weißt du, dass ich regelmäßig für dich bete?«

»Ja, das hast du mir bereits gesagt«, antworte ich laut. »Danke.«

Es rührt mich, dass sie für mich betet, aber was soll's, ich glaube, meine Spiritualität hat sich gleichzeitig mit meinem Gehör aus dem Staub gemacht.

»Wenn sie mit ihrer Situation Frieden schließt«, fügt sie hinzu und sieht Fred an, »wird sie aufblühen. Willst du ihr das sagen?«

Ich kann von den Lippen ablesen! Ich habe es ihr gerade erst wieder gesagt, in meinem Zimmer! Und wir haben miteinander gesprochen! Es regt mich auf, wenn Leute Mitglieder meiner Familie als Dolmetscher benutzen, dabei mache ich den Job sehr gut selbst!

»Ist es das, worum du Ihn bittest, Gott, in deinen Gebeten? Dass ich aufblühe?«

Ich hoffe, ich schreie nicht. Ich bin wütend, okay, aber ich will keinen Skandal machen.

»Unter anderem«, antwortet meine Tante, offensichtlich gekränkt.

»Und wenn du Ihn stattdessen bitten würdest, mir das Gehör wiederzugeben?«

Das war's endgültig mit der Diskretion. Das Gesicht meiner Tante fällt zusammen, und meine Mutter muss meinen Vater beruhigen, der hereingestürmt kommt. Mein Herz schlägt wie verrückt. Mist! Gleich fange ich an zu weinen.

Die Küche ist zu klein, ich ersticke. All diese auf mich gerichteten Augen machen mich nervös. Ich würde so gern die Gabe besitzen, mich unsichtbar zu machen!

Fred berührt meine Schulter, und ich zucke zusammen, als wären seine Finger glühend heiß und richteten Verbrennungen dritten Grades an. Er spricht mit mir, aber ich schaffe es nicht, meine Augen unter Kontrolle zu kriegen und mich auf seine Lippen zu konzentrieren. Hände beginnen in alle Richtungen zu fliegen, aber meine Sicht ist durch Tränen getrübt, ich erkenne nichts.

Ich schubse meine Eltern ein bisschen beiseite, um mir einen Weg aus der Küche zu bahnen, und renne die Treppe hinauf. Ich werfe meine Zimmertür zu und hocke mich davor, als könnte ich sie so panzern.

Schließ die Augen, Roxanne, konzentrier dich auf deinen Atem, denk an etwas Angenehmes. Das ist der Trick von Rachel, meiner ehemaligen Psychologin, um eine Panikattacke zu vermeiden. Es funktioniert ... im Allgemeinen ... meistens. Aber nicht, wenn jemand wild den Schalter für das Licht über meiner Tür betätigt.

»Lasst mich in Ruhe!«

Das Licht flammt ein letztes Mal auf. Nachricht erhalten. Ich stehe nur auf, um mich besser auf mein Bett werfen zu können. Ich rolle mich zusammen und lasse den Tränen freien Lauf.

❖

Es ist nach zweiundzwanzig Uhr, als ich meine Mutter hereinlasse. Sie bringt mir einen Teller mit aufgewärmtem Essen. Truthahn, Füllung, Sauce und Gratin. Mhmmmm! Ich bin zu hungrig, ich habe keine Kraft mehr zu schmollen.

»*Wie geht's?*«, fragt Mama, während ich bereits den zweiten Bissen hinunterschlinge.

Die Gebärdensprache hat den Vorteil, dass es nicht unhöflich ist, mit vollem Mund zu reden!

»*Entschuldigung*«, sage ich nur. »*Ich hätte nicht so ausflippen sollen.*«

»*Mach dir keine Gedanken darüber. Laura hat gemerkt, dass ihr Verhalten unangemessen war.*«

»*Sie ist mir nicht böse? Und du auch nicht?*«

Meine Mutter antwortet nicht gleich, sie fasst unser Gespräch gerade für meinen Vater zusammen, der dazugekommen ist. Er beruhigt mich.

»*Niemand hätte das Recht, dir böse zu sein.*«

Mein Vater ist immer der Erste, die anderen daran zu erinnern, dass sie überhaupt nicht wissen können, wie ich mich fühle, und meine Stimmungsschwankungen zu entschuldigen. Zu seinem Glück bin ich kein besonders schwieriger Teenager.

»*Es hat Laura sehr leidgetan, dass sie dich verletzt hat*«, fährt meine Mutter fort. »*Sie hätte sich gern persönlich entschuldigt, aber …*«

»*Du hast sie nicht hereingelassen …*«, beendet mein Vater den Satz.

Träume ich, oder hat er dabei ein wenig gelächelt?

»*Sie hat dir etwas geschrieben*«, gebärdet meine Mutter, bevor sie ein zusammengefaltetes Blatt Papier aus der Tasche zieht.

Ich schlucke den letzten Bissen Gratin runter, bevor ich die Nachricht entgegennehme. Laura hat nur einen einzigen Satz geschrieben: »Meine liebe Roxanne, ich werde auch weiterhin für dich beten, aber jetzt um etwas anderes.«

Es fehlte nur noch ein zwinkernder Smiley am Schluss. Dafür liebe ich Laura. Es gibt keine Probleme, nur Lösungen.

Alles gut.

Jim, Charlie und Fred stecken auch die Nasen zur Tür herein. Charlie reicht mir einen tiefen Teller mit Apfelkuchen, der in der selbst gemachten Karamellsauce meiner Mutter schwimmt. Wer hat behauptet, dass man kurz vor dem Schlafengehen nichts mehr essen soll?

»*Wir wollten uns davon überzeugen, dass es dir gut geht*«, gebärdet Jim.

»Mama hat nämlich vorhin verlangt, dass wir dich in Ruhe lassen sollen«, fügt Fred hinzu.

Das hat ihn sicher geärgert. Fred ist die erste Anlaufstelle für weinende Herzen. Ich wette, er ist trotzdem heraufgekommen, hat das Ohr an meine Tür gelegt, um herauszufinden, ob ich weine, hat einen Moment gezögert, aber als braver, gehorsamer Sohn ist er wieder runtergegangen.

Ich lächle nur und hebe die rechte Hand, Daumen, Zeigefinger und kleinen Finger ausgestreckt. In der Gebärdensprache drückt man das Verb »lieben« aus, indem man die Hand auf die Brust legt. In meiner Familie hat man die »Rock-Hand« gewählt, um diese zarte Botschaft zu überbringen. Wie die Musikfans während eines Konzerts.

Der kleine Finger stellt das I dar, Daumen und Zeigefinger bilden das L, und aus Daumen und kleinem Finger wird das Y. I-L-Y. Abkürzung für »*I love you*«. Das ist zwar englisch, aber die Liebe ist doch universell, oder?

Mein Vater antwortet prompt, kein Wunder, er hat diese Art, sich auszudrücken, als Erster angewendet. Dann meine Mutter, dann meine Brüder und, ein wenig zaghafter, Charlie.

Wenn ich uns so ansehe, alle mit erhobenen Händen um mein Bett versammelt, komme ich mir vor wie in *Die Tribute von Panem*. Unser »Ich liebe dich« ist eine Variante des Drei-Finger-Zeichens, mit dem die anderen Figuren Katniss ihre Unterstützung zeigen.

Ich finde uns cool.

Dafür will ich dem Herrn gern danken.

KAPITEL 2

Als mein ödes Leben ein bisschen weniger öde wird

Ich wache auf vom Vibrieren in meinem Kopfkissen. Mein tägliches kleines Erdbeben. Für Hörbehinderte der neueste technologische Fortschritt in Sachen Wecker, wenn man dem Verkäufer glaubt. Ich finde das abscheulich, aber es ist auch nicht so, dass ich zwei Dutzend Wahlmöglichkeiten hätte.

Meine Brüder behaupten, das Geräusch normaler Wecker sei schlimmer, aber ich weiß, es gibt welche, die uns mit Vogelgezwitscher oder Wellenrauschen aus dem Schlaf holen. Jedenfalls bin ich morgens nie richtig guter Laune. Was jedoch vor allem ein Charakterzug von mir ist, so war ich auch schon, bevor ich taub wurde.

Glücklicherweise sind die Ansprüche meiner Familie an morgendlichen Gedankenaustausch nicht sehr ausgeprägt. Mein Vater und Fred kommunizieren, bevor der erste Schluck Kaffee im Magen gelandet ist, nur durch Kopfnicken und Kopfschütteln, und meine Mutter ist zu aktiv, als dass sie sich um unsere mangelnde Aktivität am Morgen kümmern könnte. Nur Jim verfügt glücklicherweise über eine immerwährende und unzerstörbare Lebensfreude.

Er ist es übrigens, der mir eine große Tasse reicht, wenn ich in die Küche komme. Eilig fülle ich sie, halb mit Kaffee, halb mit Milch. Ich weiß, dass viele Kaffeetrinker jetzt ein Gesicht ziehen, aber ich kann ihn nicht ohne Milch trinken. Und ich will Kaffee trinken.

Es ist wahr, wenn man einen der Sinne verliert, werden andere schärfer. Ich bin viel aufmerksamer für Geruch und Geschmack, seit mein Gehirn meine Ohren auf *off* geschaltet hat. Der Kaffee, finde ich, riecht nach Glück. Nur der Geschmack gefällt mir nicht richtig. Wie den meisten geht es mir vor allem um die Wirkung.

Allerdings entwickelt sich das Geschmacksempfinden auch, und ich trinke erst seit ein paar Monaten Kaffee. Meine Mutter war eigentlich nicht dafür: Sie findet, sechzehn sei zu früh, um vom Koffein abhängig zu werden. Ich habe sie überzeugt, indem ich ihr erklärt habe, dass ich mir auch in der Schulcafeteria oder bei *Tim Hortons* um die Ecke für wenig Geld einen besorgen könnte. Es kommt einfach der Moment im Leben, an dem es für Eltern beinahe unmöglich ist, ihren Kindern das, was sie machen wollen, zu verbieten.

Ich nehme mir zwei Toasts. Einen mit Erdnussbutter, wegen der Proteine, den anderen mit Nutella, zum Vergnügen. Sobald ich aufgegessen habe, stelle ich meinen Teller und meine Tasse in die Spülmaschine und gehe hinauf, um mich fertig zu machen.

Heute fühle ich mich schlapp. Ich ziehe also meine alte, abgetragene Lieblingsjeans an, ein Oberteil und meinen schwarzen gestrickten Schal. Ich schminke mich nicht einmal. Es ist ja nicht so, dass ich unter hundert anderen Mädchen hervorstechen müsste, um den Märchenprinzen der Schule zu verführen. Diesen Traum habe ich schon lange begraben.

Ich gehe ins Badezimmer, um mir die Zähne zu putzen. Der Geruch nach Kaffee ist herrlich, der Mundgeruch danach weniger. Da steht meine Mutter und zieht sich einen Eyeliner. Ich lächle ihr zu, und sie rückt ein wenig zur Seite, um mir vor dem Waschbecken Platz zu machen.

Als sie ihr Werk vollendet hat, dreht sie sich zu mir um und hält mir, den Eyeliner immer noch in der Hand, ihre kleine Morgenrede.

»*Ich hab dir ein paar Reste von gestern in die Lunchbox gepackt. Zum Abendessen mache ich Pizza. Hab einen schönen Tag. Ich liebe dich!*«

Wenn ich an einem Aufmerksamkeitsdefizit leiden würde, könnte ich mich nicht oft mit ihr unterhalten. Ich muss jedes Mal den Gegenstand ausblenden, den sie durch die Luft schwenkt, um mich auf ihre Botschaft zu konzentrieren.

Außerdem hat sie all das in Rekordzeit gebärdet. In den Kursen zur Gebärdensprache war meine Mutter eine Musterschülerin. Sie lernte schneller als ich. Was soll's, ich habe inzwischen große Fortschritte gemacht, es blieb mir ja nichts anderes übrig. Jetzt bin ich ihr überlegen, aber sie ist nach wie vor sehr gut.

Ich spucke zweimal ins Waschbecken und wische mir den Mund ab. Ich könnte meiner Mutter antworten, dass der Freitag immer ein guter Tag ist, dass ich ihre Pizza mag und sie ebenfalls liebe, aber ich begnüge mich damit, sie auf die Wange zu küssen. Bestimmte einfache Gesten brauchen weniger Energie und drücken genauso viel Gefühl aus, wenn nicht mehr.

Ich hole meine Tasche aus meinem Zimmer und eile aus dem Haus. Um in die Schule zu kommen, muss ich die öffentlichen

Verkehrsmittel nehmen. Eine Stunde im Bus jeden Morgen und jeden Abend. Es stört mich nicht besonders, ich nutze die Zeit zum Lesen. Das ist die Welt, in die ich mich geflüchtet habe, als ich taub geworden bin. Eigentlich müsste ich »die Welten« sagen, denn es kommt vor, dass ich mehrere Bücher gleichzeitig lese.

Eine Stunde (und rund hundert Seiten) später steige ich aus dem Bus. Ich stopfe das Buch in meine Tasche und merke plötzlich, dass das grüne Heft fehlt. Mein grünes Heft, in dem das Einschreibungsformular zu den Kursen in Verhaltenstraining für Hörgeschädigte steckt. Mist! Hoffentlich habe ich es nicht zu Hause vergessen! Obwohl, vielleicht habe ich es gestern in meinem Spind gelassen. Das wäre logisch, es war bereits ausgefüllt und von meinem Vater unterschrieben.

Ich lege trotzdem einen Schritt zu. Wenn es nicht da ist, habe ich vielleicht noch genügend Zeit, einen meiner Brüder zu erreichen und ihn zu bitten, dass er einen Umweg macht und es mir mitbringt. Na toll, der Tag fängt schon ganz schön stressig an!

An der Kreuzung vor der Schule muss ich stehen bleiben, bis die Ampel umspringt. Die Fußgängerampel vor mir ist rot. Ich schaue schnell nach links und rechts, kein Auto in Sicht. Ich überhole also den anderen Fußgänger vor mir mit seinem großen Blindenhund und trete auf die Straße. Jede Minute zählt.

Beim zweiten Schritt taucht etwas am Rand meines Gesichtsfeldes auf. Alle meine Muskeln verkrampfen sich, und in Erwartung des Aufpralls krümme ich mich zusammen. Aber der Wagen, der aus dem Nichts aufgetaucht ist, bleibt abrupt stehen und streift mich nicht einmal.

Mein Herz klopft mit hundert Stundenkilometern! Mein Gott! Ich dachte, das war's, gleich werde ich sterben, überfahren von … von einem BMW. Der Fahrer steigt aus. Ich will ihm ein Zeichen machen, dass es mir gut geht, da bemerke ich sein erbostes Aussehen. Ich hatte Entschuldigungen erwartet, seine Befürchtung, er habe mich verletzt. Aber nicht einen wütenden Affen, der mit jeder Geste seinen unangemessenen Zorn verrät.

Ich sehe, dass er schreit, sein Gesicht ist ganz rot, aber ich kann mich nicht auf seine Lippen konzentrieren. Zum einen, weil er mir etwas zu nahe kommt und ich Angst habe, dass er mich mit einer seiner fuchtelnden Hände trifft. Zum anderen, weil ich aus dem Augenwinkel bemerke, dass der Hund auf dem Bürgersteig nervös geworden ist und an der Leine zerrt. Sein Herrchen (ich kenne ihn flüchtig, es ist ein Blinder aus dem Behindertenzentrum) scheint genauso fassungslos wie ich. Mein Gott! So ein Schlamassel!

Dann kommt ein anderer Mann. Groß, stämmig. Ich kenne ihn, es ist der neue Psychologe aus dem Zentrum, William … soundso. Er wendet sich zuerst zu mir. Instinktiv hefte ich den Blick auf seine Lippen.

»Alles okay? Bist du verletzt?«, fragt er.

Zwei Fragen, zwei verschiedene Antworten. In dieser Situation muss ich mit der Stimme sprechen.

»Alles in Ordnung.«

William macht einen Schritt auf den BMW-Fahrer zu. Offenbar wirkt er bedrohlich, denn der Fahrer weicht zurück. Natürlich höre ich nichts, und im Eifer des Gefechts ist es mir nicht möglich, irgendetwas von den Lippen des einen oder des anderen abzulesen. Ich versuche, wenigstens ihre Gesten zu verstehen. Ich entwickle ein Szenario.

Der Psychologe hebt die Hand in die Richtung der Verkehrsampel, vielleicht ein wenig weiter nach rechts, wo ein Schild steht, das besagt, dass das Rechtsabbiegen bei Rot zwischen sieben und zweiundzwanzig Uhr verboten ist. Dann zeigt er auf die Schule genau vor uns, auf der anderen Straßenseite. Und schließlich auf die beiden, Herr und Hund, auf dem Bürgersteig.

Übersetzung: Hast du nicht kapiert, du Vollpfosten, dass es an dieser Kreuzung verboten ist, bei Rot rechts abzubiegen, weil wir uns vor einer besonderen pädagogischen Einrichtung von Québec befinden, einer Schule, die ausschließlich von Behinderten besucht wird?

Gut, ich weiß nicht, ob William den anderen wirklich einen Vollpfosten genannt hat, aber es wäre mir sehr recht. Statt einer Antwort hebt der Fahrer die Arme in meine Richtung, als wolle er sagen: »Siehst du? Ihr fehlt nichts, alles in Ordnung.«

Ich würde ihm gern den Stinkefinger zeigen, aber ich halte mich zurück. Wenn man taub ist, kann man sich niemals sicher sein, was die anderen in dem Moment sagen. Und wenn er gerade zugeben wollte, dass er im Unrecht war?

Der Psychologe kommt wieder zu mir und hebt meine Tasche auf. Ich habe gar nicht gemerkt, dass ich sie fallen gelassen habe. Er reicht sie mir, und ich sehe, wie seine Hand vor dem großen leuchtrosa Button mit der Aufschrift »Ich bin taub« zögert. Ich habe ihn im Zentrum gekauft. Sie werden von Schülern angefertigt, und es gibt sie für jede Art von Behinderung. Ich trage ihn manchmal im Autobus oder im Shoppingcenter, weil ich da mit Leuten zu tun habe, mit denen ich mich nur schwer verständigen kann (oder die denken, ich bin hochnäsig, weil ich ihnen nicht antworte).

»*Bist du verletzt?*«, fragt William noch einmal, diesmal in Gebärdensprache.

Ich schüttle den Kopf von links nach rechts. In der Gebärdensprache muss man, um Nein zu sagen, zweimal mit dem Zeige- und Mittelfinger gegen den Daumen schlagen. Ein bisschen, als wollte man einen Entenschnabel imitieren. Aber warum so kompliziert, wenn doch ein einfaches Kopfschütteln von der großen Mehrheit der Weltbevölkerung verstanden wird?

Der BMW-Fahrer hat die Ablenkung genutzt, um wieder in sein Auto zu steigen, und ist im Begriff, sich davonmachen. William will dazwischengehen, aber diesmal ist er es, der beinahe überfahren wird. Endlich erlaube ich mir, den Stinkefinger zu zeigen. Und ich hoffe, dass der Fahrer in den Rückspiegel schaut!

William legt mir die Hand auf die Schulter und fordert mich auf, die Straße zu überqueren. Wie ein echter Ritter. Er ermuntert den Blindenhund und sein Herrchen, das Gleiche zu tun.

Bei seinem Wagen bleibt er stehen, die Autotür steht offen. Das zeigt, dass er mir zu Hilfe geeilt ist, ohne zu zögern. Er hält sich wohl für eine Art Filmhelden, oder was? Aus dem Handschuhfach nimmt er Bleistift und Papier und schreibt die Nummer des BMW auf. Wow! Er hat ein schnelles Reaktionsvermögen und ein gutes Gedächtnis.

»*Falls du ihn verklagen willst*«, sagt er und gibt mir das Papier.

Ich habe nicht die Absicht. Tatsächlich ist keine Straftat begangen worden. Nicht gegen mich, meine ich. Ich glaube nicht, dass man berechtigt ist, Anklage gegen jemanden zu erheben, nur weil er einem Angst eingejagt hat. Und wenn der Fahrer im Unrecht war, weil er bei Rot rechts abgebogen ist, war ich es ebenfalls, weil ich die Straße überquert habe, ohne auf das Fußgängerzeichen zu warten. Wir sind alle beide im Unrecht. Also vergessen wir die Sache lieber.

Dennoch danke ich meinem guten Samariter; ohne ihn, da bin ich mir sicher, wäre ich mitten auf der Straße in Tränen ausgebrochen. Man hätte eine Lehrperson rufen müssen, damit sie mich ins Behindertenzentrum bringt, meine Eltern wären verständigt worden, und alle Schüler hätten von meinem Missgeschick erfahren. Einem Mädchen, das es hasst, Aufmerksamkeit zu erregen, ist das Schlimmste erspart geblieben!

Ich sehe dem Psychologen zu, wie er wieder in seinen Wagen steigt und auf den Personalparkplatz fährt, dann schlage ich den Weg ein, der direkt zum Haupteingang führt. Im Zentrum wimmelt es wie gewöhnlich von Leuten, niemand beachtet mich. Perfekt. Außerdem ist der einzige Zeuge meines Beinahe-Unfalls sehbehindert, ich brauche mir also keine Sorgen zu machen!

Ich gehe zu meinem Spind, um mein Mathebuch zu holen, und stoße einen Seufzer der Erleichterung aus, als ich auf der Ablage mein grünes Heft leuchten sehe. Es kommt mir ganz schön lächerlich vor, dass ich um ein Haar in eine Katastrophe geraten wäre, nur um mich in einen Kurs für Verhaltenstraining einzuschreiben …

Etwa eine halbe Stunde nach meiner Ankunft in der Klasse ist der Adrenalinstoß wieder abgeklungen. So lange war ich unfähig, mich zu konzentrieren. Ein echter Zombie. Allerdings ohne Appetit auf Menschenhirn.

Ich bin immer noch etwas neben der Spur, als ich Jacob in der Cafeteria treffe.

»*Alles in Ordnung bei dir?*«

»*Ja, nur ein bisschen müde.*«

Offensichtlich glaubt er mir nicht so ganz, aber er hakt nicht nach. Ich habe keine Lust, von dem Vorfall heute Morgen zu erzählen. Ich habe den Eindruck, unser Leben hier ist so öde, dass aus dem kleinsten Vorfall eine Sensation wird. Ja, okay, ich denke mehr an Lucie als an Jacob, wenn ich das sage. Wäre sie an meiner Stelle, würde sie jedem erzählen, dass sie dem Tod gerade noch von der Schippe gesprungen ist, würde wahrscheinlich eine posttraumatische Belastungsstörung entwickeln und sich bestimmt in ihren Retter verlieben!

Jacob ist hörbehindert seit seiner Geburt, aber nur sehr leicht. Er hat eine Krankheit, die das Gehör in Mitleidenschaft zieht. Im Laufe der Jahre hat er immer mehr von seiner Hörfähigkeit eingebüßt und muss jetzt ein Hörgerät tragen. Er ist erst in diesem Jahr ins Behindertenzentrum gekommen. Davor ging er auf eine normale Highschool. Er hatte Anspruch auf alle möglichen Hilfsmittel; seine Lehrer trugen ein Mikrofon und er Kopfhörer. Kurz vor dem Ende des Schuljahrs hatte er sich irgendein schlimmes Virus eingefangen, wurde krank und dadurch fast vollständig taub. Da er ein guter Schüler ist, konnte er die Prüfungen am Ende des Schuljahrs trotzdem an seiner Schule ablegen, aber er durfte nicht mehr dorthin zurückkehren. Die Hilfsmittel reichten nicht mehr aus.

So kam er ins Zentrum, und Lucie und ich haben ihn sofort adoptiert. Allerdings wird er nicht bis zum Ende des Jahres bleiben. Jacob wird bald operiert werden und bekommt ein Hörimplantat. Ich bin sicher, danach wird er wieder an seine alte Schule zurückgehen. Das würde ich jedenfalls tun. Ich wäre zu allem bereit, um wieder ein normales Leben führen zu können.

»*Ich mache eine Halloween-Party, du kommst doch? Zusammen mit Lucie?*«, fragt Jacob.

»*Wahrscheinlich.*«

Ehrlich gesagt reizt mich das überhaupt nicht. Wirklich nicht. Ich fände es zwar cool, aber es macht mir zu viel Angst. Ich weiß, dass Jacob seine alten Schulkameraden von der Highschool noch oft trifft und dass sie ebenfalls da sein werden. Lucie und ich passen nicht zu seinem Freundeskreis. Jacob ist viel besser im

Lippenlesen als ich, und seine Taubheit scheint ihn kaum zu beeinträchtigen. Vielleicht, weil er sich viele Jahre lang darauf vorbereiten konnte.

»*Sag Ja! Ich möchte wirklich, dass du dabei bist!*«

In diesem Augenblick kommt Lucie und setzt sich neben mich.

»*Wo dabei?*«, will sie wissen.

Der Nachteil von Gesprächen zwischen Hörbehinderten ist, dass sie auch aus der Entfernung von jedem x-Beliebigen verfolgt werden können, der die Gebärdensprache versteht. Finger können nicht flüstern ...

»*Bei meiner Halloween-Party! Du bist selbstverständlich auch eingeladen!*«

»*Natürlich sind wir dabei!*«, versichert Lucie, mit übertriebener Begeisterung an mich gewandt.

Ich begnüge mich mit einem Lächeln. Ich kann ja meine Freundin nicht allein dort hingehen lassen.

Lucie ist von Geburt an hörbehindert, erblich bedingt. Sie ist seit der Eröffnung des Behindertenzentrums hier, das heißt seit zehn Jahren. Ihre schulischen Leistungen sind nicht besonders gut. Ich sage das echt nicht gern, aber sie ist nicht besonders fleißig. Lernen ist für sie offensichtlich nicht das Wichtigste. Aber sie ist gut gelaunt, lustig und wahnsinnig nett. Vor allem ist sie meine einzige echte Freundin. Deshalb verzeihe ich ihr auch viele ihrer seltsamen Reaktionen und Gedanken.

»*Wisst ihr schon, dass ein Mädchen heute früh beinahe getötet worden wäre?*«, legt Lucie los. »*Direkt vor dem Zentrum! Bei einem Autounfall! Der Typ mit dem großen Hund Mira war dabei, er hat alles gesehen!*«

Das würde mich wundern. Was habe ich über Vorfälle gesagt, die zu Sensationen werden? Das Auto hat mich nicht einmal berührt! Und Lucie behauptet, ich wäre beinahe getötet worden! Das ist lächerlich. Aber sie nutzt jede Gelegenheit, um Aufmerksamkeit zu erregen. Wenn der Beinaheunfall heute Morgen ihr passiert wäre, würde sie uns noch wochenlang jeden Tag davon erzählen.

»*Ich weiß*«, stimmt Jacob zu, »*zwei Typen in meiner naturwissenschaftlichen Arbeitsgruppe haben darüber gesprochen. Sie versuchen herauszufinden, wer dieses Mädchen ist.*«

Mist! Sie suchen nach mir! Warum konnte der Sehbehinderte nicht seinen Mund halten? Ich glaube nicht, dass es der Psychologe war. Ich versuche, mich an die Ereignisse zu erinnern. An keiner Stelle habe ich meinen Namen gesagt. Ich habe zwar die ganze Szene gesehen, aber der andere hat alles gehört. Plötzlich ist es mir peinlich, einen Zeugen zu haben. Aber nein, aus welchem Grund sollte irgendjemand herausfinden, dass ich »dieses Mädchen« bin.

»*Es soll eine Hörbehinderte sein, behaupten sie*«, fährt Jacob fort. »*Sie hat nicht geantwortet, als der Blinde sie gefragt hat, was passiert ist. Wir müssen herausfinden, wer von den Mädchen morgens diese Straße entlangkommt* ...«

Lucie scheint etwas an den Fingern abzuzählen. Wenn meine Freunde ihre Ermittlungen noch weitertreiben, werden sie bald herausfinden, dass ich zu den Verdächtigen gehöre. Und ich bin eine schlechte Lügnerin ...

»*Ich bin dann mal weg, ich muss noch mein Einschreibungsformular abgeben.*«

Ich stehe auf und verabschiede mich mit einem Handzeichen, auf das die anderen in gleicher Weise antworten. Ich gehe ein paar Schritte, bevor ich zurückblicke. Ich hätte darauf wetten können. Lucie ist schon dabei, Vermutungen über das geheimnisvolle Opfer anzustellen. Sicher wünscht sie sich heiß und innig, dass sie diejenige sein wird, die es identifiziert. Und sie wird total sauer sein, wenn sie es herausfindet!

Nach alledem ist es mir lieber, mich heute Nachmittag zu verdrücken. Zu Hause habe ich meinen Frieden. Und ich bin im Geschichtsstoff weit genug, dass ich es mir erlauben kann, früher ins Wochenende zu gehen. Ja, das ist eine gute Idee. Das gibt allen genug Zeit zu vergessen, dass ich *beinahe* von einem Auto erfasst worden wäre.

Ich flitze zu meinem Spind und nehme das Formular, um es rasch dem Kursleiter für Verhaltenstraining zu bringen, der nur einmal im Monat da ist. Als ich zurückkomme, um meine Tasche zu holen und den Mantel anzuziehen, stehe ich plötzlich dem Psychologen gegenüber. Mist! Er lächelt mich an, und ich versuche zurückzulächeln.

»Hallo! Ich wollte dir gerade einen Zettel ins Fach legen. Ich würde mich gern mit dir zu einer kleinen Sitzung verabreden.«

Ich blicke mich um, ob auch niemand uns beobachtet.

»*Das ist nicht notwendig, mir geht es gut*«, gebärde ich mit möglichst unauffälligen Bewegungen.

William lächelt noch mehr und schüttelt den Kopf.

»*Ich möchte nur die Aufzeichnungen in Rachels Akte ergänzen. Das geht in ein paar Minuten.*«

Meine Psychologin wurde im letzten Frühjahr beurlaubt. Sie war schwanger. Eine andere junge Frau hat sie vertreten, aber ich wollte die psychologische Betreuung nicht mit einer Unbekannten fortsetzen. Das war eine kluge Entscheidung, denn die Neue ist nicht lange geblieben. Tja, mit den Patienten im Zentrum ist es halt nicht so einfach ... William kam im August und war sofort beliebt. Trotzdem bin ich nie zu ihm gegangen.

Ich willige ein, mit ihm in sein Büro zu gehen, das noch bis vor wenigen Monaten Rachels Büro war. Sie hatte es ganz nüchtern gehalten: makellose weiße Wände, Urkunden in vergoldeten Rahmen, Grünpflanzen auf der Fensterbank, ein Regal mit Büchern und dazwischen ein paar schicke Staubfänger.

William hat den Raum komplett umgestaltet. Die Wände sind immer noch weiß, aber mit Plakaten von Filmen oder Bands bedeckt. Das Regal quillt über von Büchern, CDs und allem Möglichen. Ich entdecke einen Totenschädel, eine Sanduhr, einen Zauberwürfel und eine Hockey-Trophäe, dann setze ich mich.

»Ich *öffne jetzt deine Akte*«, sagt er und fängt an, die Tastatur seines Computers zu bearbeiten.

Soll er sich doch Zeit nehmen … und er nimmt sich viel Zeit. Die Minuten verstreichen, ich beginne, ungeduldig zu werden. Schließlich errege ich seine Aufmerksamkeit, indem ich auf meinem Stuhl herumrutsche.

»*Tut mir leid!*«, entschuldigt er sich. »*Aber das ist einfach faszinierend.*«

Faszinierend? Im Ernst? Ich bin sicher nicht die erste Gehörlose, die ihm begegnet! Was mag Rachel wohl in meine Akte geschrieben haben, das ihn so fesselt?

»*Es ist das erste Mal, dass ich mit jemandem zu tun habe, der unter PSY-CHO-GE-NER Taubheit leidet.*«

»Psychogen?« Was ist das? Darüber habe ich noch nie was gelesen.

Ich muss ein Fragezeichen auf der Stirn haben, denn William fühlt sich zu einer Erklärung verpflichtet:

»*Das heißt, dass deine Taubheit durch nichts zu erklären ist. Deine Ohren sind in Ordnung, aber dein Gehirn weigert sich, seine Arbeit zu tun. Du bist gehörlos wegen eines Traumas.*«

Mit acht Jahren habe ich geschlafwandelt, und ich bin hinausgegangen, mitten im Winter, und habe mich in unserem Baumhaus schlafen gelegt. Alle haben nach mir gesucht. Als sie mich gefunden haben, war ich völlig unterkühlt. Ich selbst erinnere mich an nichts. So was ist doch kein Trauma. Das ist ... einfach Pech. Hätte ich im Sommer geschlafwandelt, wäre mein Leben nicht aus den Fugen geraten!

»*Wie sind deine Sitzungen mit Rachel abgelaufen?*«, fragt er mit gerunzelter Stirn, bevor er sich wieder in meine Akte vertieft.

Wenn er mich nicht ansieht, muss ich ihm mit der Stimme antworten, und das will ich nicht. Ich warte.

Es muss doch auf jeden Fall da drinstehen. Rachel und ich haben vor allem über meine Ängste gesprochen und Mittel und Wege gefunden, sie zu besiegen. Ansonsten haben wir noch ein bisschen über meine Zukunft geredet und die bescheidenen Aussichten, die ich noch habe. Es ist traurig festzustellen, wie viele Türen sich auf einmal schließen, wenn man taub wird ...

»Nach allem, was ich hier lese, habt ihr niemals herauszufinden versucht, was an jenem Abend passiert ist?«, fragt William erstaunt.

Wovon redet er? Mein nächtlicher Ausflug steht doch in der Akte. Was soll sonst noch passiert sein?

»Irgendetwas hat dich durcheinandergebracht. Was war das?«, will er wissen.

»Nichts! Ich habe geschlafwandelt!«

Der Psychologe legt den Kopf zur Seite, die Stirn immer noch gerunzelt. Er nervt mich.

»Ich muss in den Unterricht«, behaupte ich und stehe auf.

Ich lasse ihm keine Zeit zu antworten, ich kehre ihm den Rücken zu und laufe so schnell wie möglich aus dem Büro, in der Hoffnung, dass er mir nicht folgt. Die Gänge sind leer, der Unterricht hat begonnen. Ich gehe zu meinem Spind, schlüpfe in den Mantel, nehme meine Tasche und renne beinahe hinaus.

❖

Ich bin in eine Folge von *The Walking Dead* vertieft, als ein Schatten im Türrahmen auftaucht. Ich hab's ein bisschen an den Nerven wegen der Zombies und zucke übertrieben zusammen. Aber es ist bloß Fred. Ich glaube, er ist gerade aufgewacht.
»Seit wann bist du da?«, erkundigt er sich. »Hast du keine Schule?«
»Ich hab mir freigenommen.«
Er lächelt mir komplizenhaft zu. Jim und er haben in der Highschool oft den Unterricht geschwänzt, vor allem wenn endlich schönes Wetter war. Mama hatte sie gelegentlich ermahnt, aber ohne ernste Konsequenzen. Bei mir ist es das erste Mal, dass ich das Zentrum ohne Erlaubnis verlasse.
»Mama wird ganz schön mit dir schimpfen«, lacht Fred.
»Gar nicht! Das Zentrum hat bei ihr angerufen, um sie über mein Fehlen zu informieren, sie hat mir geschrieben, ich hab sie beruhigt, und alles ist in Ordnung.«
»Du bist einfach ihr Liebling!«
Das sagt er jedes Mal, wenn ich irgendwie bevorzugt werde, aber er meint es nicht ernst. Die Wissenschaft hat nachgewiesen, dass das jüngste der Geschwister oft gewisse Vorteile genießt. Hab ich jedenfalls irgendwo gelesen.
»Fred?«
»Ja?«
»Was ist an dem Abend passiert, als ich taub wurde?«
»Ich weiß es nicht«, antwortet er und zuckt die Achseln. »Das musst eher du mir sagen.«

»Ich erinnere mich an nichts.«
»Warum kommst du jetzt darauf? Ist irgendwas passiert?«
»Nein«, lüge ich. »Ich … ich muss nur dauernd daran denken.«
Mein Bruder wirkt traurig. Die anderen Familienmitglieder denken wahrscheinlich auch jeden Tag daran. Wir würden es alle gern begreifen.
»Du weißt, wenn ich dir eins meiner Ohren schenken könnte, würde ich es tun.«
Ich will ihm gerade antworten, als mein Handy vibriert. Es ist Lucie. Mist.

> **LUCIE:**
> Ich hasse dich!

Ich schaue zu Fred hoch, der kapiert, dass ich etwas Dringendes zu erledigen habe, und die Gelegenheit nutzt, um zu verschwinden.

> **LUCIE:**
> Wie stand ich denn da, als herauskam, dass das Mädchen mit dem Unfall meine beste Freundin war? Warum hast du mir nichts gesagt?

> **ROXANNE:**
> Ich wollte keinen Aufstand machen. Das Auto hat mich nicht mal berührt. Tut mir leid. Ich hätte es dir sagen sollen.

> **LUCIE:**
> Das ist so was von mies!

Na, so schlimm ist es nun auch wieder nicht. Sie übertreibt. Aber Lucie ist wahnsinnig empfindlich. Falls ich jetzt nicht die richtigen Worte finde, wird sie mir wohl ewig böse sein ...

> **ROXANNE:**
> Wenn du willst, erzähle ich dir alles morgen Abend. Ich komm zu dir, wir schauen einen Film mit Channing Tatum.

Genau! Meine Freundin steht total auf diesen Schauspieler, das Muskelpaket. Ich weiß nicht, wie oft sie mich gezwungen hat, mir mit ihr *Magic Mike* reinzuziehen.

> **LUCIE:**
> Kann nicht.

Oh nein! Lucie! Hör auf zu schmollen! Sei wieder nett zu mir ...

> **LUCIE:**
> Am Wochenende, in der Gruppe. Magst du kommen?

Uff!

Lucies Eltern sind ebenfalls hörbehindert und Mitglieder einer großen Selbsthilfegruppe von Hörbehinderten, auf die sie sich jederzeit verlassen können und mit denen sie viel unternehmen.

Ich bin ein paarmal dabei gewesen, aber ich fühle mich bei ihnen nicht richtig wohl. Die meisten sind sehr nett, aber zwei oder drei von ihnen, darunter auch Lucies Mutter, benehmen sich ziemlich intolerant gegenüber Hörenden. Und weil ich keine »echte« Gehörlose bin, sehen sie mich scheel an (und schneiden meine Eltern und meine Brüder). Lucie darf übrigens nicht zu mir nach Hause kommen. Ihre Mutter will nicht, dass sie mit meiner Familie verkehrt. Wenn wir uns am Wochenende sehen, dann bei ihr, in der kleinen Mietwohnung ihrer Eltern, oder außerhalb, zum Beispiel in der Bibliothek oder im Shoppingcenter. Manchmal erzählen wir irgendwelche Lügengeschichten und sind eine Zeit lang bei mir, aber das ist eher selten.

Weil ich Lucies Einladung zu ihrem Gruppentreffen ablehne, verspreche ich, dass ich ihr alles am Montag erzählen werde, und wünsche ihr ein schönes Wochenende. Sie wird mir nicht ewig böse sein. Ich bin ihre beste Freundin, das hat sie selber gesagt.

Kapitel 3

Halloween

Ich bin im Moment wirklich raus aus meiner Komfortzone, aber das ist nichts im Vergleich zu dem, was mir noch bevorsteht: die Party bei Jacob.

Als er eine offizielle Einladung auf meiner Facebookseite gepostet hat, waren mein Bruder und seine Freundin außer sich vor Begeisterung, genau wie zuvor Lucie. Als ich sagte, ich weiß nicht genau, ob ich hingehen will, hat Jim sich in den Kopf gesetzt, mich zu überreden, und Charlie hat angeboten, dass sie mir hilft, ein Kostüm zu finden.

Also stehe ich vor dem Spiegel in meinem Zimmer und ziehe an den zu kurzen Shorts eines Piratenkostüms, das Charlie gehört. Sie bestand darauf, mir bei den Vorbereitungen zu helfen. In ihrer Vorstellung haben Piraten einen Lockenkopf, leuchtend rote Lippen, mit Eyeliner umrandete Augen und falsche Wimpern. Meiner Erinnerung nach sind die wenigen Mädchen in *Fluch der Karibik* auf den Schiffen nicht so glamourös. Sie tragen auch keine etwas zu durchsichtige Bluse, Nylonstrümpfe mit Totenköpfen und hohe Nietenstiefel. Ohne den typischen Hut und den Plastiksäbel am Gürtel sähe ich aus wie eine Nutte.

Ich übertreibe, ich weiß. Ich bin es einfach nicht gewohnt, mich in einem solchen Outfit zu sehen. Ehrlich gesagt finde ich mich hübsch, sexy. Und ist es nicht das, was normale Mädchen mit sechzehn am Abend von Halloween machen? Ein sexy Kostüm anziehen und auf eine Feier gehen? Nur, dass ich die Clique nicht kenne, mit der ich auf der Party sein werde. Vor allem das macht mir Angst. Was werden all die Freunde von Jacob über mich denken?

Jim und Charlie kommen herein, er unter einer eindrucksvollen Kriegsbemalung verborgen, die ihn wie ein Explosionsopfer aussehen lässt, sie in einem Feenkostüm mehr entblättert als bekleidet. Mein Bruder klopft mit dem Zeigefinger auf sein Handgelenk. Das ist zwar nicht die offizielle Gebärde, um zu sagen »Es ist Zeit«, aber die Botschaft kommt genauso gut rüber. Vor Angst krampft sich mein Magen zusammen, aber ich zwinge mich durchzuatmen, zu entspannen. Lucie wird da sein, sage ich mir. Falls der Abend schrecklich wird, können wir uns in eine Ecke verziehen und uns einigeln.

Fred erwartet uns in der Eingangshalle, ebenfalls ausgehbereit. Er trägt ein schwarz-rot kariertes Hemd und hat sich seit mindestens vier Tagen nicht mehr rasiert. Typ Holzfäller. Zu größeren Zugeständnissen gegenüber seinem Chef ist er nicht bereit, der wünscht, dass das Personal an der Bar heute kostümiert ist. Ich wette, Charlie hat jede Menge Vorwürfe für ihn im Köcher!

»Ich kann sie im Wagen mitnehmen, wenn du willst«, sagt er zu Jim. »Für mich liegt es eher auf dem Weg als für dich.«

Jim nickt, offensichtlich dankbar, dass er keine Stadtrundfahrt machen muss, bevor er auf seine eigene Party kommt. Das

Viertel, in dem Jacob wohnt, ist von meinem nicht weit entfernt, aber für ihn wäre es ein Umweg.

Wir sollten aufbrechen. Wenn es noch länger dauert, könnte ich es mir am Ende tatsächlich anders überlegen. Um mit gutem Beispiel voranzugehen, nehme ich meinen Mantel von der Garderobe und schlüpfe hinein. Ich mache gerade den zweiten Knopf zu, als meine Eltern hereinrauschen. Ich glaube, sie sind ein bisschen angeheitert, sie haben selbst seit dem späten Nachmittag mit Kollegen meines Vaters gefeiert.

»*Zieh den Mantel aus*«, befiehlt meine Mutter, »*ich will ein Foto machen.*«

Das ist der Nachteil meines öden Lebens. Jedes Mal, wenn ich etwas tue, was vom Gewöhnlichen abweicht, will meine Mutter den Augenblick unbedingt verewigen. Es ist die zweite Halloween-Party, auf die ich gehe, seit ich taub bin. Bei der ersten (mit Lucies Gruppe) gab es vor dem Aufbruch ein Dutzend Fotos. Wie viele werden es wohl diesmal werden?

Ich lasse meinen Mantel fallen, und Charlie macht mir Platz zwischen Fred und Jim. Mama holt ihr Handy heraus und hält uns im Bild fest, zuerst Querformat, dann Hochformat, dann noch mal quer. Währenddessen sehe ich, wie Papas Augen zwischen Charlie und mir hin- und herwandern. Fast unmerklich schüttelt er den Kopf. Ich wette, er ist mit unserem Aufzug eigentlich nicht einverstanden. Wie wahrscheinlich viele Väter heute Abend.

»Amüsier dich gut«, sagt Mama. »*Hab eine schöne Party. Du kannst heimkommen, wann du willst, solange es vor drei Uhr morgens ist! Und schick mir eine Nachricht, wenn wir dich abholen sollen.*«

Was nicht passieren wird, denn sie sind nicht mehr in der Lage zu fahren und werden es auch später nicht sein!

Mama drückt mich an sich und küsst mich auf die Wange. Sobald sie mich loslässt, folgt Papa ihrem Beispiel. Meine Eltern sind wie alle Eltern. Sie wollen mein Bestes. Besonders froh sind sie, wenn ich neue Erfahrungen mache, wenn ich ausgehe, wenn ich mich wie ein ganz normales junges Mädchen verhalte. Ich frage mich, bis zu welchem Grad die Tatsache, dass ich taub geworden bin, auch *ihr* Leben ruiniert hat.

Schließlich wünscht jeder jedem einen schönen Abend, dann brechen Fred und ich als Erste auf. Als wir im Auto sitzen, streckt Fred den Arm nach hinten und fördert eine Bierbox zutage, die er mir auf den Schoß stellt. Nein, doch nicht, es ist kein Bier. Bacardi Breezer. Das sind Alkopops, Rum und Ananassaft. Ein Paket mit vier Flaschen.

»Ein Geschenk. Ich will, dass du dich heute Abend amüsierst.«

»Danke!«

»Aber trink sie nicht zu schnell. Sie sind tückisch, weil sie wie Saft schmecken. Du willst bei deinem Freund am Ende des Abends doch nicht alles vollkotzen.«

Oh nein! Es gibt nichts Schlimmeres, um Aufmerksamkeit zu erregen, als wenn man irgendwas zerbricht oder das Bad verwüstet!

»Ich werde vernünftig sein, versprochen.«

»Ja, okay, aber nicht zu vernünftig«, sagt Fred und zwinkert mir zu.

Ich fühle, wie ich rot werde, und das ist lächerlich. Zum Glück ist es dunkel im Wagen, denn wenn Fred es bemerkt hätte, müsste ich wahrscheinlich jede Menge dummer Bemerkungen über mich ergehen lassen. Es reicht schon, dass Charlie andauernd wiederholt, wie süß sie Jacob findet …

Zehn Minuten später steige ich aus Freds Wagen. Ich stehe vor einem schönen Cottage aus weißen Ziegelsteinen. Mein Magen krampft sich wieder zusammen, und mir wird übel.

Ich muss an Lucie denken, die auf mich wartet! Sie sitzt wahrscheinlich in einer Ecke und langweilt sich, so ganz allein, das arme kleine Ding! Ich muss sie retten! Zumal sie mir die Geschichte mit dem Beinahe-Unfall noch nicht ganz verziehen hat. Ich zittere, aber nicht nur wegen der Kälte. Na, ganz schön dämlich. Es ist Zeit, dass ich aufhöre, mich wie ein Angsthase zu benehmen. Ich gehe die Einfahrt hinauf, als strotzte ich vor Selbstvertrauen, und drücke auf die Klingel. Keine Antwort. Ich drücke ein zweites Mal, der Stress kehrt schlagartig zurück. Und wenn ich mich in der Adresse geirrt hätte? Nein, ich habe mindestens dreimal nachgesehen. Es liegt sicher daran, dass die Musik zu laut ist. Ich ziehe den Handschuh aus und lege die Hand auf die Tür. Ich spüre eine Vibration. Ja, in diesem Haus steigt eine Party. Atme ein, atme aus, atme ein, geh rein.

Sobald ich hereinkomme, erschüttern die Bässe meinen Brustkorb. Die Lautstärke muss sehr weit aufgedreht sein. Oder es handelt sich um eine spezielle Lautsprechereinstellung. Das wäre nicht erstaunlich, da der Gastgeber dieses Abends ja hörbehindert ist.

In der Eingangshalle sind die Garderobehaken unter Mänteln verborgen. Ich versuche dreimal, meinen auch noch dazuzuhängen, aber er fällt immer wieder auf den Boden. Auch gut, soll er halt liegen bleiben. Ich wische meine Stiefel am Teppich ab, rücke Hut und Schwert zurecht und werfe mich in die Höhle des Löwen.

Das Wohnzimmer ist rappelvoll. Die Möbel sind zur Seite gerückt worden, um Platz für eine Tanzfläche zu schaffen. Mehr als zehn Leute schwingen die Hüften. Wie soll ich Jacob oder Lucie unter all diesen Verkleidungen erkennen?

Ich verkrampfe mich ein bisschen, als ich sehe, dass ein Mädchen sich aus der Menge löst und auf mich zukommt. Ich brauche mindestens zehn Sekunden, um meine Freundin zu erkennen. Lucie hat das Kostüm einer Teufelin gewählt. Ich, die vorhin noch dachte, dass ich ein bisschen nuttig aussehe … neben ihr wirke ich geradezu prüde!

Sie trägt einen superkurzen Rock aus grellrotem Stoff, einen BH, den ich für ausgestopft halte, Netzstrümpfe, die auf halber Höhe des Oberschenkels an Strapsen enden, und schwarze High Heels. Ihre braunen Haare sind so stark aufgebauscht, als hätte sie einen Stromschlag bekommen. Ihr Gesicht ist zu stark geschminkt, viel zu stark.

Lucie stürzt sich auf mich und drückt mich an sich. Sie scheint nur mühsam das Gleichgewicht halten zu können, und ich frage mich, ob es wegen der hohen Schuhe ist oder weil sie getrunken hat.

»*Schönes Kostüm*«, ruft sie und mustert mich von Kopf bis Fuß.

Ich lächle, unfähig, ihr das Kompliment zurückzugeben. Ihr Anblick ist mir peinlich. Haben ihre Eltern sie wirklich so aus dem Haus gehen lassen? Wem gehören die Strapse? Das alles verwirrt mich, ich will lieber nicht daran denken.

»*Wo ist Jacob?*«, erkundige ich mich.

»*Komm!*«

Sie nimmt mich bei der Hand und zieht mich hinter sich her. Wir gehen durch den Flur in die Küche. Hier sind noch mehr Leute als im Wohnzimmer. Liegt es an mir, oder ist es hier wirklich so heiß? Wie bringt Lucie es fertig, so locker zu sein? Anscheinend fühlt sie sich wie zu Hause!

Ich erkenne Jacob in seinem Polizistenkostüm sofort. Er unterhält sich mit ein paar Jungs, die falsche Schnurrbärte tragen. Das macht das Lippenlesen noch schwieriger; Jacob muss wirklich talentiert sein, wenn er dem Gespräch trotzdem folgen kann.

»*Stell das am besten in den Eisschrank*«, rät mir Lucie und zeigt auf meine Schachtel mit den Alkopops.

Sie bahnt uns einen Weg zum Kühlschrank, macht ihn auf und nimmt sich ein Bier. Ich finde eine Ecke für die drei Flaschen, die ich vielleicht später trinke, und öffne die erste.

Endlich bemerkt Jacob, dass ich da bin, und kommt her. Er tritt nah an mich heran, um mich auf die Wangen zu küssen, was wir sonst eigentlich nicht tun. Ungeschickt drehe ich mein Gesicht in die falsche Richtung, und der erste Kuss landet auf dem Mundwinkel. Der zweite findet seinen richtigen Platz auf meiner anderen Wange, die vor Scham glüht. Jacob kümmert sich nicht darum und stellt mich seinen Freunden vor, die zum Gruß ihr Glas heben.

»*Du bist sexy!*«, sagt er mit einem etwas zu breiten Grinsen. Er muss auch schon etwas angetrunken sein. Man könnte meinen, die Party sei schon seit Stunden im Gange! Aber die Einladung lautete auf zwanzig Uhr, und die Küchenuhr zeigt zwanzig Uhr sechsundvierzig. Ich will mich nicht auf einem anderen Level wie die anderen fühlen, also kippe ich meinen ersten Breezer in fünf oder sechs Schlucken in mich hinein und hole den nächsten, viel früher als geplant.

Lucie will unbedingt, dass wir tanzen. Die beste Methode, nicht zu blöd auszusehen, besteht darin, dass man es macht wie die anderen. Die ja die Musik hören. Da einige von ihnen ziemlich ungelenk wirken, obwohl sie den Rhythmus erfassen, gelingt es mir, in der Menge gar nicht aufzufallen.

Ich leere meine zweite Flasche Ananas Breezer und denke, dass es richtig war zu kommen, es macht mir Spaß. Ich habe keinen gesehen, der mit dem Finger auf mich gezeigt hätte, und die, deren Blicken ich begegne, lächeln zurück.

Ein Mädchen im Katzenkostüm kommt mehrmals mit einem Tablett vorbei und bietet allen einen S*hot* aus irgendetwas Rotem und Süßem an. Wenn man sieht, wie sie sich um die Gäste kümmert und hinter ihnen aufräumt, könnte man meinen, sie sei die Gastgeberin und nicht Jacob. Sie muss eine seiner engen Freundinnen sein. Oder einfach ein besonders nettes Mädchen.

Dann bieten ein paar Jungs (oder genauer ein Superman und ein Cowboy) jeder von uns ein Bier an und wollen mit uns tanzen. Der Alkohol beginnt mein Gehirn zu vernebeln, und es ist sehr angenehm, keine Angst mehr davor zu haben, was die anderen von mir denken könnten.

»Willst du mit mir tanzen?«, fragt mich der Cowboy.

Ich bin nicht sicher, ob ich ihn richtig verstanden habe, schließlich tun wir das doch schon, zusammen tanzen, oder? Dann reicht er mir die Hand. Oh! *Zusammen* tanzen. Warum nicht?

Ich nicke, nehme einen letzten Schluck Bier und ergreife seine Finger. Er dreht mich und reißt mich in einer Folge so unvorhersehbarer, anarchischer Bewegungen mit sich fort, dass ich ihm zwei oder dreimal auf die Füße trete. Jedes Mal muss ich lachen. Mit den Jahren habe ich vergessen, wie mein Lachen klingt. Schade.

Mit der Zeit kommt der Junge mir immer näher. Bald tanzen wir Wange an Wange, ich spüre seinen Atem in meinem Haar. Wir müssen aussehen wie eines jener Tanzpaare in den lateinamerikanischen Musikvideos. Ich bin das nicht gewöhnt. Als er seine Hand auf meine rechte Pobacke legt, verstehe ich seine Absichten allerdings sofort.

Ich weiß, was es heißt, wenn ich ihn so weitermachen lasse: Er wird mir vorschlagen, in eine ruhigere Ecke zu gehen, wird mich küssen, und was sonst noch? Wir werden einen schönen Moment zusammen haben, das ist alles. Ende. Am Montag, in der Schule, wird er seinen Freunden erzählen, wie er sich mit Jacobs tauber Freundin vergnügt hat. Er wird nicht mal meinen Namen kennen, genauso wenig wie ich seinen. Ist das etwas Schlechtes?

In diesem Augenblick begegne ich Jacobs Blick. Er steht zwischen Wohn- und Esszimmer und schaut so traurig wie ein treuer Hund, den man ausgesetzt hat. Es versetzt meinem Herzen einen Stich. Und das reicht, um den Typen abzuwimmeln, unter dem Vorwand, ich hätte Durst.

Ich bin nicht in Jacob verliebt. Ich mag ihn sehr, gute Freunde sind selten. Aber ich habe den Eindruck, dass er ... nun ja, vielleicht gefalle ich ihm. Ich frage mich oft, welcher Junge mit mir gehen würde, außer einem Hörbehinderten. Ich gebe auch zu, dass ich ein- oder zweimal gedacht habe, Jacob wäre nicht die schlechteste Wahl. Aber sobald er sein Implantat haben wird, kann er mit jedem beliebigen Mädchen gehen. Das schmälert meinen Reiz. Umgekehrt wäre es genauso, wenn auch ich mein Gehör zurückbekäme. *Wenn* ich es überhaupt zurückbekomme. Deshalb wage ich nicht, mir zu viele Gedanken über die Gefühle zu machen, die wir füreinander haben könnten.

Ich eile zum Kühlschrank, um eine neue Flasche zu holen, und hoffe, dass Jacob mir folgt. Ich möchte die Ideen vertreiben, die er in seinem Kopf ausbrütet. Als ich mich umdrehe, ist er da, zwischen seinen schnurrbärtigen Freunden.

»*Du scheinst das Zeug zu mögen*«, sagt er und zeigt auf meinen Breezer.

»*Ich liebe es. Willst du probieren?*«

Ich reiche ihm meine Flasche, und dass er ein klein wenig lächelt, beruhigt mich. Sein betrübtes Aussehen verschwindet sofort. Er nimmt den Breezer und trinkt einen kräftigen Schluck. Sogleich zieht er eine Grimasse.

»*Zu süß!*«

Ich nehme mein Getränk zurück und genehmige mir einen tiefen Zug, wie um ihm zu beweisen, dass er unrecht hat. Einer der Schnurrbärtigen reicht mir eine Schale mit Chips und zeigt mit dem Finger auf meinen Bauch.

»*Du solltest nicht nur trinken, sondern auch etwas essen*«, übersetzt Jacob.

Natürlich! Und was gäbe es Besseres als würzige Chips? Und Salzbretzeln! Ich stopfe mich voll, jeder Happen Salzgebäck gefolgt von einem süßen Schluck. Jacobs Freunde scheinen nett zu sein, aber ich kann ihrem Gespräch nur schwer folgen.

Ich falle in eine Art Trance. Wie wenn man völlig geistesabwesend ist. Allerdings kommt es mir plötzlich so vor, als ob es sehr heiß sei. Unnormal heiß. Mist! Ich muss kotzen!

»Wo ist die Toilette?«, frage ich Jacob und versuche dabei so lässig wie möglich auszusehen.

Er zeigt in den Flur. Ich stürze sofort hin, pralle jedoch gegen eine verschlossene Tür. Ein Mädchen teilt mir mit, dass ich warten muss, bis ich an der Reihe bin, das heißt nach ihr und einer ihrer Freundinnen. Mist! Mist! Mist!

Nein! Ich werde trotzdem nicht gleich auf den Fußboden kotzen! Es gibt sicher noch andere Toiletten, im ersten Stock oder im Keller. Gleich daneben führt die Treppe nach oben. Gelbe Bänder, wie sie die Polizei um den Ort eines Verbrechens spannt, versperren die Stufen. Das Stockwerk darüber liegt im Dunkeln. Das ist typisch Eltern. Feiert nur schön, liebe Kinder, aber nicht in unseren Zimmern!

Sei's drum. Ich krieche unter den Bändern durch und gehe hinauf. Ich bin überzeugt, Jacobs Mutter wird es lieber sein, dass ich in eine Toilettenschüssel kotze, sogar auf der verbotenen Etage, als auf ihren unversiegelten Holzboden.

Ich habe gerade noch Zeit, die Tür hinter mir zuzumachen, bevor ich über der Kloschüssel zusammenbreche. Dort übergebe ich mich. Wieder und wieder.

Als ich endlich den Eindruck habe, mein Magen sei leer, stehe ich auf und spüle mir mehrfach den Mund aus, wozu ich ein wenig Zahnpasta klaue. Ich öffne den Arzneischrank und suche nach Tabletten gegen Sodbrennen, sehe aber keine. Es wäre unhöflich, noch weiter zu stöbern, also lasse ich es. Ich beschließe, für den Rest des Abends nur noch Wasser zu trinken, dann wird es schon gehen. Mein Bruder wäre nicht stolz auf mich …

Ich verteile eine großzügige Menge Raumspray in der Luft, um den Geruch meiner Missetat zu vertreiben, und verlasse das Badezimmer. Ich muss mich an die Wand lehnen. Mein Kopf dreht sich noch ein bisschen. Vielleicht sollte ich mich ein paar Minuten hinlegen. Nicht zu weit entfernt von der Toilette, für alle Fälle. Etwa direkt hinter der Tür gegenüber. Da sollte ein Schlafzimmer sein, mit einem Bett.

Ich stoße die Tür auf und will schon das Licht anmachen, um sicherzugehen, dass ich mich nicht im Elternschlafzimmer befinde, als ich merke, da bewegt sich etwas. Hier sind Leute. Auf dem Bett. Dann entdecke ich vor mir auf dem Boden einen Cowboyhut und einen schwarzen Schuh mit sehr hohem Absatz.

Ich ziehe mich zurück und schließe die Tür. Habe ich richtig gesehen? Ist es wirklich das, was ich glaube? Hat der Cowboy, sobald ich ihn stehen gelassen hatte, ein Auge auf Lucie geworfen? Ist meine Freundin tatsächlich dabei, sich mit ihm im Bett auszutoben? In einem Zimmer, das vielleicht Jacobs Zimmer ist? Warum stört mich das so sehr? Weil ich jetzt dort liegen könnte anstelle von Lucie? Weil es mir *gefallen hätte*, dort zu liegen?

Ich drehe mich um und flüchte ins Bad. Beim Anblick der Kloschüssel wird mir übel, und ich wende den Blick ab. Das Bild von Lucie in ihrer aufreizenden Verkleidung lässt sich nicht vertreiben. Ihr Rock ist so kurz, dass der Cowboy ihn ihr wahrscheinlich nicht mal auszuziehen braucht, um ... äh ... warum denke ich genau daran?

Vielleicht, weil ich das, was sie macht, nicht so gut finde. Lucie denkt nicht nach, sie handelt. Aber wer von uns beiden hat in diesem Moment wohl mehr Spaß? Lucie, die unter Alkohol über die Stränge schlägt, oder ich, hier im Badezimmer?

Ich brauche Luft!

Ich gehe die Treppe wieder runter. Die Terrassentür im Esszimmer zieht mich an wie ein Magnet. Ich remple ein paar Leute an, dann bin ich draußen und atme tief durch. Die Luft ist kalt, aber nicht zu sehr. Das beruhigt meine glühende Haut und macht den Kopf frei. Ich werde wieder nüchtern.

Ich stehe auf einer großen Holzterrasse. Unter einer dunklen Plane erahne ich einen Gartengrill. Am Ende der Veranda gibt es einen Swimmingpool. Ein schönes, großes Becken, von so etwas träumen meine Eltern. Und meine Brüder und ich auch.

Ich nähere mich und sehe, dass er noch voller Wasser ist. Wenn es bald November ist, weiß man nie, wann das Thermometer unter null fällt. Jacobs Eltern sind nachlässig, oder? Außerdem schwimmen eklige tote Blätter auf der Oberfläche. Und etwas Rotes.

Neugierig bücke ich mich, um den Gegenstand zu identifizieren. Sieht aus wie ein schlaffer Ballon, der zwischen den Blättern steckt. Ich richte mich wieder auf und mache einen Schritt rückwärts, dabei trete ich auf etwas, das mich stolpern lässt. Ich denke, ich falle auf den feuchten Rasen, aber jemand legt die Arme um mich und hält mich fest.

Es ist Superman. Der Superman, mit dem Lucie und ich vorhin getanzt haben. Der Freund des Cowboys. Ich drehe mich um, weil ich ihn ansehen will, und verziehe das Gesicht, als ich seine Bierfahne rieche. Nach der Kotzerei ist das nicht gerade der angenehmste Geruch.

Superman redet mit mir, aber ich bin unkonzentriert, und es gelingt mir nicht, von seinen Lippen abzulesen. Er steht zu dicht vor mir. Ich schiebe ihn ein wenig weg, um mich loszumachen, aber seine Hände umklammern immer noch meine Schultern.

Na, was soll's. Superman wirkt nicht böse, nur ziemlich betrunken. Außerdem hat mir Fred, als er noch an Wettkämpfen teilnahm, ein paar Karategriffe beigebracht. In seinem gegenwärtigen Zustand wäre der Superheld rasch k. o.!

»… die hübscheste Piratin, die ich je sah.«

Endlich begreife ich, was er sagt. Komplimente eines Betrunkenen.

»Danke«, sage ich und entferne eine seiner Hände von meiner Schulter.

Sogleich legt er sie auf meine Taille. Ich seufze. Das wird lästig.

»Ich finde, du schaust gut aus, weißt du?«

Ich bin nicht sicher, ob ich die Botschaft richtig entschlüsselt habe. Manchmal neigt man zu falschen Interpretationen. Auch als tauber Mensch »hört« man manchmal einfach das, was man hören will. Ich habe keine Lust darauf, dass Superman mich anmacht, es ist eher seine Haltung, die mich glauben lässt, dass er das wirklich gesagt hat.

Ich nehme seine Hände gleichzeitig von meiner Schulter und meiner Taille. Dabei versuche ich, weiterhin zu lächeln, um ihn nicht zu kränken.

»Es ist kalt, lass uns lieber reingehen«, schlage ich vor.

Superman lässt sich nicht abwimmeln, aber ich achte nicht mehr auf seine Worte. Seine Hände sind zurückgekehrt, liegen jetzt weiter unten, auf meinen Hüften, und er zieht mich an sich. Mein Herz rast, und alles in mir krampft sich zusammen. Ich kann mich verteidigen und zuschlagen, aber dazu habe ich keine Lust. Trotzdem fühle ich mich bedroht.

Ich werde nicht zulassen, dass aus diesem betrunkenen Teenager ein ordinärer Angreifer wird. Kommt nicht infrage. Er muss eine Lektion bekommen. Ich schlage ihn mit der Handkante seitlich auf den Hals. Ein rascher Hieb, heftig, genau kräftig genug. Um ihn zu treffen.

Superman reagiert. Er lässt mich los und greift sich mit einer Hand an den Hals. Sein Gesicht wird böse, er ist wütend.

»Verdammt, spinnst du, oder was!«

Anstatt zurückzuweichen, macht er einen Schritt auf mich zu. Ich bin einen Augenblick lang abgelenkt, weil überraschend ein anderer Junge auftaucht, mit blitzenden Augen. Superman nutzt die Gelegenheit und versetzt mir einen kräftigen Stoß, sodass ich das Gleichgewicht verliere. Ich falle in den Swimmingpool, und das kalte Wasser trifft mich wie ein Schlag.

Aber nicht so stark wie das Geräusch, das mein Körper macht, als er ins Wasser fällt.

KAPITEL 4

Das Wunder

»Platsch!« Das ist das Geräusch, das ein Gegenstand macht, wenn er auf eine Wasseroberfläche trifft. Ich erinnere mich an das lautmalerische Wort, aber ich hatte vergessen, wie es klingt.

»… so ein elendes Arschloch! Verschwinde, oder ich polier dir die Fresse!«

Offenbar habe ich Halluzinationen, ich glaube, eine wütende Männerstimme zu hören, tatsächlich aber spüre ich kräftige Hände, die mir aus dem Swimmingpool heraushelfen. Meine Muskeln scheinen plötzlich aus Zement zu bestehen. Die Kälte hat mich so fest im Griff, dass ich nicht einmal mehr zittere. Ich bin völlig erstarrt.

Vor mir steht ein wirklich gut aussehender Typ in Anzug und Krawatte, im Stil von James Bond, und schaut besorgt. Er legt mir die Hände auf die Schultern, aber das hat mit der Bewegung von Superman einige Minuten zuvor nichts zu tun.

»Na, alles in Ordnung? Du musst reingehen, sonst holst du dir eine Lungenentzündung!«

Die Terrassentür öffnet sich, und laute Musik überfällt meine Ohren. Das kann ich mir nicht einbilden, es ist zu real. Zum ersten Mal seit mehr als acht Jahren höre ich etwas. Und was soll ich jetzt tun?

»Was ist denn passiert?«, schreit jemand.

Ich erkenne einen von Jacobs schnurrbärtigen Freunden. Direkt dahinter Jacob. Die beiden kommen auf uns zu.

»Kevin hat sie in den Swimmingpool gestoßen!«, antwortet James Bond.

»Warum?«, fragt Jacob.

»Weil er ein Arschloch ist! Er wollte sie nicht loslassen. Sie hat sich gewehrt, und er hat sie reingestoßen!«

»Sie ist ja völlig durchgefroren! Ihre Lippen sind ganz blau!«, sagt der Schnurrbärtige besorgt.

Ich lasse mich hineinbringen. Ich weiß nicht, wie ich es schaffe, mich zu bewegen. Übrigens tut es scheußlich weh. Es fühlt sich an, als müssten meine Beine bei jedem Schritt brechen.

Als wir ins Haus kommen, erwartet uns eine Art Empfangskomitee. Man könnte meinen, alle hätten sich im Esszimmer versammelt, um uns zu beobachten. Ich hasse das. Jemand macht die Musik aus. Ich höre, wie sie flüstern, ich höre die Tropfen rings um mich auf den Boden fallen, ich höre das »Quaatschquaatsch«, das ich beim Gehen mache, weil meine Stiefel voller Wasser sind.

Ich höre.

Dann ertönt ein lautes, krachendes Geräusch, als Jacob sich auf Superman stürzt, der ein bisschen abseits stand. Ein paar Mädchen beginnen zu schreien, während die Jungs versuchen, die zwei Streithähne zu trennen.

James Bond dirigiert mich vorwärts, Richtung Treppe. Er reißt die gelben Bänder ab und trägt mich beinahe, damit ich die

Stufen hinaufkomme. Wir steuern auf das Bad zu, wo ich vor Kurzem noch gekotzt habe. Aber das scheint jetzt einer anderen Zeit anzugehören.

Was ist los mit mir?

»Du musst dich ausziehen«, befiehlt James Bond. Über dem Waschtisch hinter ihm befindet sich ein großer Spiegel. Mein Anblick ist erschreckend. Ich habe meine falschen Wimpern verloren, die Mascara ist verlaufen und hat große schwarze Schlieren unter meinen Augen und auf meinen Wangen hinterlassen. Die Haare kleben im Gesicht, und dazwischen stecken ein paar welke Blätter. Mein Hemd ist jetzt vollständig durchsichtig, darunter erkennt man jedes Detail des BHs.

Beim Geräusch der Dusche zucke ich zusammen. James Bond hat den Hahn aufgedreht. Dieses Geräusch hatte ich vergessen. Wie vermutlich viele andere.

»Du musst unters warme Wasser«, fordert der Geheimagent.

Ich stehe da und rühre mich nicht. Wie? Mein Gehör ist zurück, und die anderen Funktionen meines Gehirns fallen aus? Die Unterkühlung! Das ist vielleicht das Geheimnis! Ich habe das Gehör verloren, als ich unterkühlt war, und auf die gleiche Weise finde ich es wieder! Wie in den alten Komödien, wo jemand nach einem Schlag auf den Kopf das Gedächtnis verliert und es wiederfindet, wenn man ihm ein zweites Mal draufhaut. Darauf hätte ich früher kommen sollen!

James Bond zieht Sakko, Schuhe und Strümpfe aus. Er krempelt die Ärmel hoch und steigt mit mir in die gläserne Duschkabine. Er stellt mich direkt unter den Wasserstrahl und tritt einen Schritt zurück, um nicht zu nass zu werden. Das ist vollkommen sinnlos, das Wasser durchtränkt sein Hemd in null Komma nichts.

Das warme Wasser weckt mich aus meinem Trancezustand.

Meine Muskeln entspannen sich, und meine Arme, die ich vor dem Bauch verschränkt hatte, hängen rechts und links herunter.

»Danke«, sage ich mit ganz leiser Stimme.

Zwei nichtssagende Silben, bei denen ich am liebsten losheulen würde. Meine Stimme klingt normal! Ich darf nicht vergessen, mich bei Fred zu bedanken.

James Bond lächelt kurz und zieht die Blätter aus meinen Haaren. Ich fühle mich sehr sonderbar ... und nicht nur, weil ich gerade wiederentdecke, dass das Wasser ein anderes Geräusch macht, je nachdem, ob es auf meine Haut oder auf das Duschbecken fällt.

»Du wirst ganz nass.«

Ich erinnere mich nicht an die Stimme, die ich mit acht Jahren hatte, aber die von heute gefällt mir. Sie ist sanft, ein wenig schüchtern, weiblich.

»Macht nichts«, versichert er. »Wenn's dir nur besser geht. Du bekommst schon wieder etwas Farbe. Das ist ein gutes Zeichen.«

Er steigt aus der Dusche, öffnet den Schrank, nimmt ein großes türkises Handtuch heraus und zieht sich aus. Ich möchte den Blick abwenden, aber ich schaffe es nicht. Zum Glück dreht er mir den Rücken zu. Er lässt seine roten Boxershorts an und schlingt sich das Handtuch um die Taille.

Aber wer ist dieser Typ überhaupt? Warum kümmert er sich um mich? Warum erscheint es mir ganz selbstverständlich, dass er das tut?

In diesem Moment kommt Jacob herein, und sein Blick schweift zwischen seinem halb nackten Freund und mir – ich stehe bekleidet unter der Dusche – hin und her.

»Es geht ihr besser«, beteuert James Bond.

Jacob ist trotzdem ganz auf mich fixiert. Er bleibt hinter der beschlagenen Scheibe der Duschkabine stehen. Und er wirkt so verwirrt, dass ich den Eindruck habe, diese ganze Geschichte mit Superman geht ihm näher als mir.

»*Ich such dir was zum Anziehen.* Wärm dich inzwischen auf.«

»Oh! Das ist die Freundin von dir, die …«, ruft James Bond, dem gerade klar wird, dass ich taub bin.

Dass ich taub *war*.

Die Jungs gehen aus dem Badezimmer und machen die Tür hinter sich zu. Ich nutze den Moment, um endlich meine nassen Sachen auszuziehen. Ich habe ein schlechtes Gewissen, das teure Shampoo von Jacobs Mutter zu verwenden, aber es geht nicht anders, ich muss meine Haare in Ordnung bringen. Danach produziere ich mit der Seife ganz viel Schaum, der nach Melone riecht, und wasche mich bis in die kleinsten Körperfalten.

Als mir endlich wieder warm ist, drehe ich das Wasser ab und höre, wie die letzten Tropfen auf den Boden des Duschbeckens fallen. Sie machen jeder ein etwas anderes Geräusch, als wollten sie beweisen, dass jeder von ihnen einzigartig ist.

Ich wringe mein Haar aus, steige aus der Dusche, nehme ein Handtuch aus dem Schrank, trockne mich ab und wische den Beschlag vom Spiegel. Noch immer habe ich Spuren von Mascara im Gesicht, die ich mit einem Handtuchzipfel zu entfernen versuche.

»Woher sollen wir wissen, ob wir reindürfen? Bei ihr kann man ja nicht einfach anklopfen.«

Die Stimme kommt von der anderen Seite der Tür. Da draußen stehen wohl Jacob und sein Freund und warten auf mich.

»Zur Not können wir die Tür einen Spaltbreit öffnen und die Kleider einfach reinfallen lassen«, antwortet Jacob.

Er hat eine seltsame Stimme. Als ob sie tief in seinem Hals eingeklemmt wäre und das Sprechen ihn große Anstrengung kostete. So hatte ich sie mir nicht vorgestellt. Erstaunlich, dass es ihm trotz dieses Handicaps gelungen ist, so viele Freunde zu finden.

Okay, das ist ein unfreundlicher Gedanke. Was reitet mich da? Jacob ist wahnsinnig nett und komisch. Er ist ein lieber Typ. Der Beweis? Lucie und ich haben uns gleich mit ihm angefreundet, während es uns nicht gelungen ist, mit anderen Hörbehinderten in Kontakt zu kommen, die schon lange im Zentrum sind.

Es ist schön, dass es Jacob gelungen ist, trotz seines Handicaps so viele Freunde zu finden. Das denke ich.

Ich halte das Handtuch vor mich, um mich zu verstecken, als ich höre, wie die Klinke heruntergedrückt wird. Auch wenn ich weiß, was sie vorhaben, will ich nicht, dass sie mich nackt sehen.

Ein unförmiges graues Bündel fällt auf den Boden. Die Tür schließt sich. Es ist ein grauer Trainingsanzug mit dem Logo der kanadischen Streitkräfte. Jacob, ein Soldat? Nein ... Sein Vater vielleicht. Oder sein Bruder, falls er einen hat.

Ich ziehe die Sachen an, binde mir die Kordel fest um den Bauch. Die Hose ist zu lang, ebenso wie die Ärmel, aber das gefällt mir. Ich wringe mein Piratenkostüm ordentlich aus, überprüfe mein Aussehen im Spiegel und öffne die Tür.

Jacob und James Bond drehen sich um, der eine mit schuldbewusstem Blick, der andere lächelt. Er trägt die gleichen Sachen wie ich.

»Es geht mir schon viel besser«, sage ich. »Vielen Dank für alles.«

»*Ich entschuldige mich für meinen Freund*«, sagt Jacob, »*normalerweise ist er nicht so. Er hat dir den Abend versaut ...*«

»*Macht nix! Ich hab mich trotzdem amüsiert!*«

»*Es ist ja noch früh*«, betont Jacob.

»Ja ... nein ... ich glaube, ich gehe jetzt heim.«

Er scheint enttäuscht.

»Na, dann lass ich euch mal allein und geh wieder runter«, meint James Bond.

Seine Stimme klingt anzüglich. Wenn ich noch taub wäre (kaum zu glauben, dass ich das endlich von mir sagen kann), hätte ich von diesen Zwischentönen gar nichts mitgekriegt. Gespräche sind eindeutig besser mit Ton!

Jacob und ich sehen uns einen Moment lang an, und ein gewisses Unbehagen kommt auf. Ich weiß, er wird mich bitten zu bleiben, aber das möchte ich nicht. Ich will nach Hause und meiner Familie mitteilen, dass meine Taubheit vorbei ist!

»Ich könnte eine Tüte gebrauchen, um meine nassen Sachen heimzutragen.«

Sichtlich verdrossen sieht Jacob mir zu, wie ich alles zusammenpacke. Als ich hinuntergehe, folgt er mir.

»Es war ein super Abend! Danke für die Einladung! Wir sehen uns am Montag!«

Ich küsse ihn eilig auf beide Wangen, und diesmal ziele ich genau.

»Gute Nacht«, erwidert er.

Er geht in die Küche, während ich in dem Kleiderberg unter den Garderobenhaken nach meinem Mantel wühle.

Man hat die Musik erneut voll aufgedreht, aber die Einstellung ist wirklich nicht normal. Es vibriert viel zu stark in meinem Körper, verglichen mit dem, was an meine Ohren dringt, die endlich wieder funktionieren. Ob die anderen, die ein normales Gehör haben, das auch bemerken?

Dann denke ich an Lucie. Ich müsste mich von ihr verabschieden. Wo ist sie? Noch oben im Schlafzimmer? Was soll's, ich werde ihr eine Nachricht schicken, sobald ich im Bus sitze.

»Wie kommt sie heim?«, höre ich hinter mir jemanden fragen.

»Woher soll ich das wissen?«

Ich drehe mich unauffällig um. Keine Ahnung, warum ich noch so tue, als ob ich taub wäre und sie nicht hören könnte. Vielleicht weil ich mir selbst nicht erklären kann, was mit mir los ist, vielleicht weil ich nicht noch mehr Aufmerksamkeit erregen möchte, als ich es heute Abend ohnehin schon getan habe ...

James Bond und die Katzenfrau, die uns vorhin *Shots* serviert hat, mustern mich von oben bis unten.

»Wie kommst du heim?«, fragt James Bond mit übertriebenen Lippenbewegungen.

»Mit dem Bus. Aber ... oh ... ich brauche wohl noch Schuhe.« Die Katzenfrau schaut auf die Uhr ihres Handys, während der Geheimagent auf meine nackten Füße starrt.

»In dieser Ecke fährt um diese Zeit kein Bus mehr. Vielleicht schafft sie es, wenn sie zur Endhaltestelle geht, hängt davon ab, wo sie wohnt. Aber das wird arg knapp, besser, sie nimmt ein Taxi. Nach allem, was ihr passiert ist ...«

Was? Wie viel Uhr ist es überhaupt? Ich habe überhaupt kein Geld für ein Taxi. Mist!

»Du kannst meine Schuhe haben«, sagt James Bond und beginnt, in der Masse von Sneakers und Stiefeln, die auf dem Teppich im Eingangsbereich liegen, nach ihnen zu suchen.

Er reicht mir ein Paar stylishe schwarz-rote Pumas. Sie sind mir zu groß, aber ich käme nicht auf die Idee, mich zu beschweren. Vor allem sind sie besser als die Lackschuhe, die er jetzt an den Füßen trägt (zusammen mit dem Trainingsanzug ein sehr spezieller Look!).

»Ich fahre sie nach Hause«, sagt er zu der Katzenfrau. »Ich muss sowieso heim, weil ich morgen arbeite.«

»Hast du nichts getrunken?«, fragt sie, die Hände in die Hüften gestemmt.

»Nur ganz am Anfang ein Bier, mach dir keine Sorgen, Mama Glucke. Dieses Küken wird heil und ganz vor seiner Haustür abgesetzt, das versprech ich dir.«

»Das will ich dir auch geraten haben, sie scheint ein cooles Mädchen zu sein, und wir würden sie gern wiedersehen. Lebendig.«

Habe ich da nicht auch ein Wörtchen mitzureden? Ich kenne ihn nicht, diesen James Bond, auch wenn es mir irgendwie so vorkommt, als hätte ich ihn schon einmal gesehen. Vielleicht lauert unter dem Benehmen eines perfekten Gentlemans ja ein Psychopath.

»Ich fahre dich nach Hause«, wiederholt er und sieht mir direkt in die Augen.

Ich nicke, dann schlüpfe ich in meinen Mantel. Er zieht seinen an, und die Katzenfrau hebt die Hand zum Abschiedsgruß. Als wir nach draußen gehen, durchdringt mich die Kälte der letzten Oktobertage bis auf die Knochen. James Bond zeigt mit dem Finger auf sein Auto, einen Luxusschlitten, der gut zu seiner Rolle passt. Sicher nicht sein eigener Wagen. Er muss sehr großzügige Eltern haben, die ihm vertrauen!

Er öffnet mir die Wagentür und schließt sie wieder, als ich drinsitze. Ein Punkt für gutes Benehmen! Er steigt rasch ein und lässt den Motor an. Ein leises, aber kräftiges Geräusch … das von ohrenbetäubender Musik unterbrochen wird. Ich kann mich gerade noch zurückhalten, nicht selbst die Lautstärke zu drosseln. James Bond tut es und dreht die Heizung hoch. Perfekt.

»Ich wohne in der Rue de l'Arquebuse, das ist …«

»Ich weiß. Ich wohne auch in dieser Ecke.«

Jetzt ist mir das Ganze schon weniger peinlich, er muss also meinetwegen keinen großen Umweg machen. Er fährt auf die Straße, aber ich muss ihn die ganze Zeit ansehen. Irgendwie kommt er mir bekannt vor. Aber wenn ich einen so hübschen Typen kennen würde, müsste ich mich doch an ihn erinnern!

»Du sprichst gut, dafür dass du taub bist«, sagt er und wendet den Blick einen Moment von der Straße.

Das ist ein bisschen taktlos, auch wenn es ein Kompliment ist.

»Jacob klingt immer ein bisschen komisch, aber du nicht.«

»Das kommt daher, dass ich mit meinem Bruder oft mit der Stimme spreche. Und dass ich nicht immer taub war.«

»Ach so? Wie ist das denn passiert?«

Ich zucke die Achseln. Ich habe keine Lust, ihm meine ganze Lebensgeschichte zu erzählen. Das wirft zu viele Fragen auf, die ich nicht beantworten kann.

»Ein Unfall«, lüge ich.

James Bond zieht eine mitleidige Miene und konzentriert sich wieder auf die Straße. Für den Rest der Fahrt sagt er nichts mehr, und ich nutze die Gelegenheit, die Augen zu schließen und zuzuhören. Die Musik, das Motorgeräusch, das Surren der Reifen auf dem Asphalt, die Finger meines Chauffeurs, die im Rhythmus des Lieds auf das Lenkrad trommeln, meine Atemzüge.

Ich erwache in dem Augenblick aus meiner Versunkenheit, als mir James Bond die Hand auf den Arm legt.

»Wir sind da«, sagt er.

»Ah. Oh ... danke für alles.«

»Gern geschehen. Bis zum nächsten Mal!«

Er beugt sich zu mir, und wir küssen uns auf die Wangen. Es ist wirklich der Abend dafür. Ich bin sicher, dass ich rot werde, also steige ich schnell aus. Ich winke ihm noch einmal zu, worauf er zurückwinkt, und laufe zum Haus. Als ich die Tür öffne, höre ich ihn losfahren.

Unwillkürlich lächle ich über das ganze Gesicht.
Aber nicht lange. Die Tür schließt sich hinter mir, ohne Geräusch. Der Fernseher im Wohnzimmer läuft, aber ohne Ton. Ich spüre diese große Leere. Die der Stille.
Ich bin wieder taub.

Kapitel 5

Mutmaßungen

Ich habe sehr schlecht geschlafen. Mein Unterbewusstsein hat mich fleißig daran erinnert, dass ich einen beschissenen Abend hatte. Ich habe geträumt, dass das Klo verstopft war und mein Erbrochenes sich überall ausbreitete, dass Lucie in Unterwäsche und Cowboyhut im Wohnzimmer tanzte, dass ich mich mit Superman schlug und im Swimmingpool nicht mehr an die Oberfläche kam, weil die Schicht der welken Blätter zu dick war...

Ich habe auch von meiner Tante Laura geträumt, die leidenschaftlich für mich betete. Offenbar hat mein Gehirn darin die Erklärung gefunden, dass ich plötzlich wieder hören konnte. Aber daran glaube ich nicht. Wie bitte? Unter allen Menschen auf der Welt sollte meine Tante den besten Draht zu Gott haben? Eine Art rotes Telefon, eine Direktverbindung? Nein.

Mit ein bisschen Abstand ist die plausibelste Erklärung dafür, dass ich wieder gehört habe, der Alkohol. Bekanntermaßen schwächt der Genuss einer großen Menge Alkohol das Gehirn.

Als sie richtig berauscht waren, hatten meine Neuronen offenbar größere Schwierigkeiten, mich am Hören zu hindern. Logisch, oder? Allerdings heißt das, wenn ich wieder etwas hören möchte, muss ich mich besaufen. Nicht so toll.

Über meiner Tür beginnt das Licht zu blinken. Das kann nur Fred sein. Meine Eltern sind heute früh bei einem Brunch, und Jim hat bei Charlie übernachtet.

»Komm rein!«

Er trägt eine Schlafanzughose und ein T-Shirt. Mein Wecker zeigt kurz nach zwölf. Wahrscheinlich ist auch er gerade erst aufgewacht.

»Wie war dein Abend?«, fragt er und setzt sich am Fußende auf mein Bett.

»Geht so«, antworte ich und richte mich auf.

Mein Bruder schaut mich ganz erstaunt an. Das ist ein anderer Nachteil von einem öden Leben. Jedes Mal, wenn ich ausgehe, erwartet meine Familie, dass ich eine gute Zeit habe. Aber nur, weil es selten ist, muss es ja noch lange nicht gut sein …

»Was ist passiert?«

Ein ganzer Haufen Dinge ist passiert. Ich ziehe es vor, ihm nur das Wichtigste zu erzählen, nämlich, dass ich zu viel getrunken habe, dass mir schlecht wurde (was aber niemand gemerkt hat) und dass ich mich gegen einen zu aufdringlichen Typen zur Wehr gesetzt habe.

»Wow! Ich bin stolz auf dich!«

Das soll ironisch klingen, aber ich kenne meinen Bruder, er ist sicher *echt* stolz darauf, dass seine kleine Schwester wie ein normaler Teenie gefeiert hat. Beinahe.

Ich erwähne mit keinem Wort, dass ich etwa eine Stunde lang wieder hören konnte. Er würde sich Sorgen machen und es meinen Eltern erzählen, die sich furchtbar aufregen würden.

»Und was ist das?«, fragt er und bückt sich, um etwas vom Boden aufzuheben.

Er betrachtet die Armeejacke genau.

»Lass hören.«

»Als ich Superman geschlagen habe, hat er mich in den Swimmingpool gestoßen. Jacob hat mir was zum Anziehen geliehen, damit ich trockene Sachen hatte.«

»Aha.«

Ich werde den Trainingsanzug wohl waschen müssen, um ihn meinem Freund morgen in die Schule mitzubringen. Ich sollte mich auch um Charlies Kostüm kümmern, das noch zusammengeknüllt in der Plastiktüte steckt.

»Gut«, sagt Fred und steht auf. »Willst du ein Katerfrühstück?«

»Gern, wenn's Bacon dazu gibt!«

Als meine Eltern nach Hause kommen, erzähle ich ihnen eine andere Version des Abends. Ich lasse die zu große Menge Alkohol weg und behaupte, jemand habe die Bowleschüssel über mich gekippt, deshalb habe Jacob mir etwas zum Anziehen geliehen. Ich denke, sie glauben mir. Fred schaut mir zu, wie ich meine Geschichte gebärde, und kann sich das Lächeln nicht verkneifen. Ich weiß, dass er meine kleinen Geheimnisse nicht verraten wird.

Schließlich kümmert sich meine Mutter um die Wäsche, das passt mir gut. Ich gehe wieder in mein Zimmer und schicke Lucie eine Nachricht:

> ROXANNE:
> Na? Nicht zu kaputt? ;)

Nachdem ich sie, wie ich annahm, mit dem Cowboy in dem Schlafzimmer gegenüber dem Bad erwischt hatte, habe ich sie nicht mehr gesehen. Wie ist der Abend für sie zu Ende gegangen? Eigentlich bin ich gar nicht sicher, ob ich alle Einzelheiten wissen will …
Ich warte ein paar Minuten, bekomme aber keine Antwort. Vielleicht schläft sie noch. Es ist jetzt nach zwei, aber wenn sie sehr spät nach Hause gekommen ist, kann das sein. Zur Not muss sie mir morgen Mittag alles haarklein erzählen.

❖

Ich bin seit einer guten Stunde am Lesen, als meine Mutter in meinem Zimmer aufkreuzt, ohne dass das Licht geblinkt hätte.
»Es ist jemand für dich an der Tür!«
»Wer?«
Lucie? Ich schaue auf mein Handy, aber sie hat noch nicht auf meine Nachricht geantwortet.
»Ein Junge!«
Ich versuche meine Überraschung zu verbergen. Meine Mutter ist schon ganz aufgeregt; wenn ich es auch werde, stachle ich ihre Neugierde noch an. Ich lege also mein Buch zur Seite, wobei ich darauf achte, das Lesezeichen an die richtige Stelle zu stecken, und stehe langsam auf, um ihr zu folgen.
»Er ist draußen, er wollte nicht reinkommen.«
Komisch. Mein Herz klopft zu schnell, und meine Hände werden feucht, was lächerlich ist, weil ich gar nicht weiß, wer mich erwartet. Es könnte Superman sein, der sich entschuldigen will …
Ich öffne die Tür und sehe James Bond. Er lächelt mich an. Ich spüre meine Mutter in meinem Rücken, also drehe ich mich um und ziehe ein Gesicht, das bedeutet, sie soll sich verziehen.

»Okay! Okay!« Sie kapituliert.

Ihre Stimme. Ich erinnerte mich nicht, dass sie ... Ich erinnerte mich einfach nicht daran, wie sie klingt.

»Äh, hallo«, sagt James Bond und berührt mit den Fingerspitzen vorsichtig meinen Arm, um auf sich aufmerksam zu machen.

Ich wende mich ihm zu, den Blick automatisch auf seine Lippen geheftet, und versuche mein Unbehagen zu verbergen. Aber ich bin darin wohl nicht sehr begabt, denn sein Gesichtsausdruck verändert sich, er wirkt plötzlich besorgt.

»Alles in Ordnung?«

»Ja, es ist nur so, dass ...«

Zum zweiten Mal in weniger als vierundzwanzig Stunden höre ich. Alles. Den Fernseher im Wohnzimmer, das Kläffen des Nachbarhundes, den Wind, der die trockenen Blätter die Straße entlangtreibt. Es ist, als ob mein Gehirn an einem Schalter herumspielte, um den Ton zu prüfen. Zögerlich, ob der Gehörsinn wieder in Betrieb gesetzt werden soll oder nicht. Wie ein Zeichen, dass die Jahre meiner Taubheit zu Ende gehen. Ich muss meinen Arzt fragen, so viel ist sicher.

»Es ist nur so, dass ich überrascht bin, dich hier zu sehen«, fahre ich fort und denke, das ist weder eine Lüge noch die Wahrheit. »Kommst du wegen deiner Schuhe?«

»Ja, auch.«

Ich sammle die schwarz-roten Pumas vom Teppich im Eingangsbereich auf und reiche sie ihm.

»Auf jeden Fall vielen Dank für gestern Abend.«

»Du erinnerst dich gar nicht mehr an mich, was?«

Seine Frage verunsichert mich. Gerade habe ich mich bei ihm bedankt, er weiß also, dass ich mich an die Ereignisse von gestern erinnere. Glaubt er also, dass wir uns schon vor der Party bei Jacob begegnet sind? Mein Blick wandert von seinem Mund über sein hübsches Gesicht.

»Müsste ich das?«, frage ich zurück.

Ich trete auf die Außentreppe und schließe die Tür hinter mir, da ich meine neugierige Familie an diesem Gespräch lieber nicht teilhaben lassen will.

»Liam Scott«, stellt er sich vor und legt die Hand auf seine Brust.

Ich mache große Augen.

»L«, sagt er, wobei er die rechte Hand mit ausgestrecktem Daumen und Zeigefinger hebt. »I-A-M.«

Immerhin beherrscht er das Fingeralphabet.

»Ich hab's kapiert«, unterbreche ich ihn. »Liam Scott.«

»Ernsthaft? Du kannst das von meinen Lippen ablesen? Beeindruckend. Man sollte wirklich nicht glauben, dass du taub bist!«

Nein, eigentlich hätte ich das nicht entschlüsseln können. Jedenfalls nicht so leicht. Aber ich will mich vorläufig lieber nicht aus der Deckung wagen, solange ich nicht weiß, was genau los ist.

»Du erinnerst dich jetzt also an mich?«, fragt er wieder.

Aber ja! Es war im ersten Schuljahr. Liam Scott war im Oktober an meine Schule, in meine Klasse gekommen. Madame Karine hat zu ihm gesagt, dass er sich neben mich setzen soll. Mehr brauchte es nicht, damit wir Freunde wurden. Wir verbrachten alle Mittagessen und Pausen zusammen. Zur großen Verzweiflung meiner damaligen Freundin, die ihn nicht cool genug fand. Und da er bei mir in der Nähe wohnte, sahen wir uns auch abends und an den Wochenenden.

Dann, nicht ganz zwei Jahre später, wurde ich taub.

Damals war Liam ein pummeliger Junge mit runden, immer

geröteten Backen. Außerdem war er rothaarig und etwas kleiner als ich. Aber ich hatte ihn gern.

»Du hast dich verändert«, murmle ich, weil mir nichts Besseres einfällt.

Er beginnt zu lachen, und das löst ein seltsames Gefühl in mir aus. Es ist das erste Mal seit mindestens acht Jahren, dass ich ein Lachen höre, und ich erkenne dieses Lachen wieder. Es löst eine Woge von Erinnerungen in mir aus.

»Ja, ich habe meinen Wachstumsschub ein bisschen spät gekriegt, aber das Warten hat sich gelohnt!«

Das kann man wohl sagen!

»Warum hast du dich gestern nicht zu erkennen gegeben?«, frage ich.

»Ich war mir nicht hundertprozentig sicher, dass du es warst. Ich wollte eigentlich gerade mit dir reden, als du nach draußen gegangen bist, aber dann ist mir Kevin dazwischengekommen. Ich gebe zu, dass ich euch durch die Terrassentür ein bisschen nachspioniert habe, aber das war vielleicht ganz gut, oder? So ein Arschloch! Ich kann immer noch nicht fassen, dass er dich in den Pool gestoßen hat! Zum Glück war wenigstens noch Wasser drin! Danach, na ja, da standest du unter Schock. Da gab es Wichtigeres zu tun, als herauszufinden, ob wir uns kannten.«

Er spricht schnell, aber ich verstehe alles. Das kommt mir ganz natürlich vor. Mein Gehirn ist nicht eingerostet. Ich habe immer gedacht, es würde sich sonderbar anfühlen, irgendwie unbehaglich, wenn ich eines Tages mein Gehör zurückbekäme. Aber wenn ich Liam reden höre, habe ich den Eindruck, nie taub gewesen zu sein.

»Als Jacob zu uns ins Bad gekommen ist und angefangen hat, in Gebärdensprache mit dir zu reden, fiel mir wieder ein, dass er mir öfter von einer Roxanne auf seiner Schule erzählt hatte.

Der Name passte. Der Look auch. Als du mir den Namen deiner Straße gesagt hast, wusste ich, dass du es bist. Hast du es denn nicht seltsam gefunden, dass ich wusste, wo du wohnst, ohne dass du mir die Hausnummer gesagt hast?«

Was? Ich habe ihm meine Adresse nicht gesagt? Ich versuche mich zu erinnern, aber es bleibt vage. Möglich ist es.

»Du hast ein gutes Gedächtnis.«

»Ich wohne zwei Straßen weiter, erinnerst du dich? Und ihr seid die Einzigen, die blaue Fensterläden haben«, fügt er hinzu und zeigt auf das Haus hinter mir.

Das ist wahr. Wir sind damals mit demselben Schulbus gefahren. Ich sehe sein rotes Backsteinhaus vor mir.

»Ich wusste nicht, dass du taub geworden bist«, sagt er in betrübtem Ton. »In der Schule hat man uns gesagt, du hattest einen Unfall und würdest nicht wiederkommen. Ich habe geweint, weil ich glaubte, das heißt, du bist tot. Danach haben sich alle über mich lustig gemacht. Ich habe mich nicht getraut, bei dir zu klingeln. Ich hätte es tun sollen.«

Warum? Das hätte nichts geändert. Ich hätte ihn wahrscheinlich überhaupt nicht sehen wollen. In den Monaten, nachdem ich taub geworden war, bin ich besonders scheu gewesen.

»Macht nichts«, stammle ich, etwas Besseres fällt mir gerade nicht ein.

»Hast du geglaubt, ich will nicht mehr mit dir befreundet sein?«

Das ist so lange her! Schleppt er dieses Schuldgefühl die ganze Zeit mit sich herum? Das wäre lächerlich.

»Ehrlich gesagt, ich weiß es nicht mehr. Es war wohl eher ich, die mit niemandem mehr befreundet sein wollte.«

Liam nickt. Jetzt, mit der Sonne auf seinem Haar, die den Kupferton hervorhebt, mit den blauen Augen und dem schüchternen Lächeln, erkenne ich ihn wieder. Im Grunde meines Herzens weiß ich, hätte ich nicht das Gehör verloren, wären wir heute wahrscheinlich die besten Freunde, wenn nicht mehr. Das Leben ist ungerecht.

»Meinst du …«, beginnt er, da unterbricht ihn das Klingeln seines Handys.

Er macht mir ein Zeichen, dass er drangehen muss, und dreht mir den Rücken zu.

»Hallo … Bist du schon zu Hause? … Ja, es gab ein Problem mit einem Backofen, und ich musste länger arbeiten … In zehn Minuten bin ich da … Ich liebe dich auch.«

Er legt auf und wendet sich wieder mir zu.

»Es war meine Mutter. Sie hat sich gefragt, wo ich bleibe.«

Das bezweifle ich. Es klang eher, als spräche er mit seiner Freundin. Aber warum sollte er mich anlügen?

»Ich muss jetzt wohl gehen.«

»Okay.«

»Ich hoffe, wir sehen uns bald mal wieder«, sagt er, während er mit den Achseln zuckt.

Ich begnüge mich mit einem Nicken. Wir lächeln uns an, und er verschwindet im Laufschritt. Als ich ins Haus gehe, merke ich, dass mir ziemlich kalt geworden ist. Kaum habe ich die Tür geschlossen, da stürzen schon meine Eltern und Fred herbei.

»Wer war das denn?«, fragt mein Bruder sofort.

Ich habe die Bewegung seiner Lippen gesehen, aber seine Stimme nicht gehört.

Also gehe ich meine Mutmaßungen noch einmal durch. Mein Gehirn veranstaltet keinen Hörtest. Und es waren auch nicht meine vom Alkohol getrübten Sinne, die mir wieder erlaubten zu hören.

Es war Liam Scott.

Kapitel 6

Denn das Leben geht weiter

Ich habe die ganze Nacht nicht geschlafen. Mein Gehirn wollte nicht zur Ruhe kommen, nachdem Liam fort war. Ich habe alles Mögliche im Internet gelesen, aber es gibt keine Erklärung dafür, warum und wie mein Gehör ausgerechnet in Gegenwart dieses Jungen zurückkehrt.

Also habe ich beschlossen, den Psychologen des Zentrums zu Rate zu ziehen: William. Da ich keinen Termin habe und die Sache keinen Aufschub duldet, warte ich, sobald ich in der Schule bin, vor seinem Büro. Ihm bleibt keine andere Wahl, als mich zu empfangen.

Als er auftaucht, bleiben noch zehn Minuten bis zum Unterrichtsbeginn. Er scheint erstaunt, mich hier zu sehen, und ich kann es ihm nicht verdenken.

»*Waren wir verabredet?*«, fragt er.

»*Nein, aber ich muss unbedingt mit Ihnen sprechen.*«

Das lässt ihn offensichtlich aufhorchen. William geht vor,

schließt die Tür zu seinem Büro auf, öffnet sie und bittet mich herein. Ich nehme sofort auf dem Patientenstuhl Platz, mit gefalteten Händen, das soll heißen, mein Problem ist ernst.

William nimmt sich trotzdem die Zeit, seinen Mantel auszuziehen und an einen Haken in Form eines Hirschkopfs zu hängen. Er setzt sich, macht den Computer an und wendet sich, endlich, mir zu.

»*Erzähl mir, was ist los?*«

»*Ich habe gehört.*«

Ich habe mir überlegt, was ich sagen soll, und bin zu dem Schluss gekommen, nicht um den heißen Brei herumzureden.

»*Und was? Ein Geräusch? Einen Dauerton?*«

»*Alle Geräusche! Ich habe normal gehört!*«

Er scheint verblüfft. Wie? Glaubt er mir etwa nicht?

»*Erzähl mir das genauer*«, fordert er.

Ich erzähle ihm, wie ich an dem Abend bei Jacob auf einmal wieder hören konnte. Wie natürlich und angenehm mir das erschien. Dass dann alles wieder aus war, sobald ich nach Hause kam. Und wie es am nächsten Tag erneut vorgekommen ist. Immer in Gegenwart von Liam.

Der Psychologe sagt nichts, aber ich sehe ein kleines Leuchten in seinen Augen. Was hat er bei unserem letzten Gespräch noch mal gesagt? Mein Fall sei »faszinierend«? Na, viel faszinierender geht es wohl kaum!

»*Aber du erinnerst dich überhaupt nicht an das Trauma, das du mit acht Jahren erlitten hast?*«

»*Ich bin nicht traumatisiert worden!*«

Er nervt mich total mit dieser Geschichte! Mir doch scheißegal! Es geht nicht darum, warum ich taub geworden bin, sondern was man machen muss, damit ich es nicht mehr bin!

»Die Art von Taubheit, unter der du leidest, dauert normalerweise nicht länger als ein paar Monate«, sagt er mit der Stimme, was mich zwingt, von seinen Lippen abzulesen. »Die Patienten machen eine Therapie und überwinden die Blockade. Das Problem bei dir ist, dass du dich nicht an das Trauma erinnerst, das du erlitten hast. Das könnte erklären, warum deine Taubheit so lange anhält.«

Wie bitte? All die Jahre psychologischer Betreuung durch Rachel sollten für die Katz gewesen sein?

»*Verstehst du?*«, will William wissen.

»*Warum hat mir das nie jemand erklärt?*«

»Ich glaube, Rachel hatte andere Methoden«, sagt er, jetzt wieder ohne Gebärdensprache. »Nach dem, was ich in deiner Akte gelesen habe, hat sie sich mehr auf die Angstbewältigung konzentriert und darauf, dass du deinen Zustand akzeptierst.«

»*Und was soll ich jetzt machen?*«

William seufzt. Ich weiß es, weil sein Brustkorb sich wölbt und die Nasenflügel beben, während die Luft aus seiner Lunge strömt. Ist mein Fall so aussichtslos?

»Versuch, diesen Liam wiederzusehen, um herauszufinden, ob er wirklich einen Einfluss auf deine Taubheit hat. Wenn es dreimal vorkommt, kann man nicht mehr von einem Zufall sprechen. Frag deine Familie, was an dem Tag los war, an dem du taub geworden bist. Das ist sehr wichtig. Ich werde mich, um mehr Informationen zu bekommen, mit einigen Spezialisten beraten.«

Ich nicke. Eine fix und fertige Lösung hätte mir besser gefallen. Eine Zauberformel. Jetzt habe ich noch mehr Fragen als vor dem Gespräch.

»*Glauben Sie wirklich, darin liegt das Geheimnis? Wenn ich herausfinde, was mir passiert ist, werde ich wieder hören können?*«

»*Ich kann es dir nicht versprechen, aber ich glaube, ja.*«
Mist. Das sieht schlecht aus.

◆

Mittags gehe ich bei meinem Spind vorbei, um meine Lunchbox zu holen, und flitze in die Cafeteria. Ich will unbedingt Lucie und Jacob treffen und erfahren, wie der Samstagabend zu Ende gegangen ist. Meine Freundin hat mir auf die Nachricht vom Sonntag immer noch nicht geantwortet.

Ich mache mir den Rest von meinem Pad Thai in der Mikrowelle warm und schaue mich nach meinen Freunden um. Sie sind nirgends zu sehen. Als mein Essen heiß ist, gehe ich zu dem Tisch, an dem wir gewöhnlich sitzen.

Ich nehme ein paar Bissen und beobachte die Mädchen und Jungs, die in die Cafeteria kommen. Komisch. Lucie schickt mir immer eine Nachricht, um mir Bescheid zu geben, wenn sie mal nicht da ist, und ich glaube, Jacob hat noch keinen einzigen Schultag versäumt. Ich fühle mich ganz einsam.

> ROXANNE:
> Wo steckst du?

Ich schicke die gleiche Nachricht an meine beiden Freunde. Wegen Lucie fange ich an, mir Sorgen zu machen. Ist sie mir vielleicht böse? Warum hat sie gestern nicht geantwortet? Weil ich gegangen bin, ohne mich von ihr zu verabschieden? Weil ich … ich weiß es nicht. Sieht aus, als ob sie schmollt, aber ich verstehe nicht, welchen Grund sie haben könnte.

Wegen Jacob bin ich weniger besorgt. Vielleicht hat er einen Termin beim Arzt. Wir erzählen uns nicht alles.

> LUCIE:
> Lucie wird bestraft. Sie kommt Donnerstag wieder. Hör auf, ihr zu schreiben.

Ups! Das sieht der Mutter meiner Freundin ähnlich. Lucie ist die Einzige in meiner Bekanntschaft, die, wenn sie bestraft wird, auch nicht in die Schule gehen darf. Sie bleibt zu Hause und verwandelt sich in Aschenputtel. Ihre Mutter stellt eine Liste schrecklicher Aufgaben für sie zusammen (vom Typ: großer Frühjahrsputz) und beschlagnahmt ihren Computer. Kein Internet, keine Filme. Was für ein Albtraum! Offensichtlich hat ihre Mutter ihr diesmal auch das Handy abgenommen. Trotzdem bin ich neugierig zu erfahren, wofür Lucie überhaupt bestraft wurde.

Ich will mein Handy gerade wieder weglegen, als Jacob antwortet.

> JACOB:
> Das Krankenhaus hat am Sonntag angerufen, morgen werde ich operiert, endlich. Da wollte ich nicht mehr in die Schule …

> ROXANNE:
> Verstehe.
> Toi, toi, toi für morgen.

> JACOB:
> Ich komme die ganze Woche nicht zum Unterricht.

> **ROXANNE:**
> Lucie ist auch nicht da.
> Ihre Mutter bestraft sie.

> **JACOB:**
> Kein Wunder!

Ernsthaft? Es hat also doch was mit der Party am Samstag zu tun. Das Kostüm – jede Wette!

> **ROXANNE:**
> Warum?

> **JACOB:**
> Sie war so betrunken und so ausgekühlt, dass wir sie nicht mehr wach gekriegt haben. Ihre Eltern mussten kommen und sie abholen. Ich glaube, sie haben sich für ihre Tochter geschämt …

Kein Zweifel: Wenn ich so etwas gemacht hätte, wäre ich jetzt schon auf dem Weg in ein Internat in Europa! Und ausgekühlt? Hat Lucie Drogen genommen?

> **JACOB:**
> Ich glaube, sie hatten ihr Kostüm vorher nicht gesehen!

> **ROXANNE:**
> Das hat sie sicher umgehauen!

> **JACOB:**
> Du hättest das Gesicht ihres Vaters sehen sollen!

Unterm Strich ist eine Strafe von fünf Tagen ja kein Weltuntergang! Ich stelle mir vor, wie Lucie mit einer Zahnbürste die Küchenfliesen schrubbt, und muss grinsen. Das Unglück meiner Freundin freut mich nicht, aber man muss zugeben, sie hat das Schicksal herausgefordert. Es wird ihr zumindest eine Lehre sein.

> **ROXANNE:**
> Das wird langweilig für mich, ganz allein ...

> **JACOB:**
> Für mich auch. Kommst du mich im Krankenhaus besuchen?

> **ROXANNE:**
> Natürlich!

Natürlich nicht. Ich kann doch meine Eltern oder Brüder nicht darum bitten, mich ins Krankenhaus zu fahren, damit ich meinen frisch operierten Freund besuche. Sie würden mich tagelang damit aufziehen. Außerdem würde ich mich vermutlich ein wenig unbehaglich fühlen, allein mit Jacob in seinem Krankenzimmer. Es wird eine lange Woche werden.

Kapitel 7

Hausaufgaben machen

Ich bin mit dem Unterrichtsstoff in Geschichte durch! Einen Monat zu früh! Am Montagnachmittag habe ich die Prüfung geschrieben, und der Lehrer hat sie sofort korrigiert. Gerade hat er mir gesagt, dass ich nicht mehr in seinen Unterricht zu kommen brauche! Wenn ich so weitermache, habe ich mein Abschlusszeugnis für die Highschool im März!
Ich flitze ins Sekretariat, um der Sekretärin zu sagen, dass ich den Kurs bestanden habe. Sie muss mir einen neuen Stundenplan machen. Ich werde jetzt vermutlich länger in Mathe und Naturwissenschaften sitzen. Da es nichts bringt, wenn ich heute Nachmittag in der Schule bleibe und mein neuer Stundenplan erst morgen fertig sein wird, sage ich der Sekretärin, dass ich jetzt nach Hause gehe. In solchen Fällen darf man das.
Eine Stunde später steige ich am Anfang unserer Straße aus dem Bus. Ich denke, ich werde den Nachmittag damit verbringen, einen Film anzuschauen und Chips zu essen. Oder Schokolade. Oder Chips und Schokolade.

Ich bin auf halbem Weg zwischen der Bushaltestelle und unserem Haus, als neben mir ein Auto hält. Reflexartig spanne ich die Muskeln an, um sofort fliehen zu können, falls mich jemand angreift.

Das Autofenster wird langsam heruntergelassen, und ich erkenne meinen Vater, er strahlt übers ganze Gesicht.

»*Du bist nicht in der Schule?*«

»*Du bist nicht bei der Arbeit?*«

Er muss lachen und macht mir ein Zeichen, ich solle einsteigen. Also wirklich! Es sind doch bloß noch ein paar Schritte. So faul bin ich nun auch wieder nicht!

»*Ich habe Lust, mir etwas Gutes zu tun*«, sagt er. »*Du auch?*«

Na, so was ...

»*Immer!*«, gebärde ich.

Außerdem habe ich es verdient. Ich gehe um den Wagen herum, steige ein, schließe den Gurt und wende mich meinem Vater zu.

»*Wie üblich?*«

Er nickt zum Zeichen des Einverständnisses. Eine erfolgreiche Methode ändert man nicht! Ziel: *La Délicatesse*, ein kleines Café, in das mein Vater und ich sehr gerne gehen. Dort war ich zum ersten Mal, nachdem ich gerade taub geworden war. Als wir eines Tages allein zu Hause saßen, beschloss mein Vater, nun sei es genug, jetzt müsse ich ausgehen. Er hat diese Konditorei in der Unterstadt ausfindig gemacht, und seither ist das unser geheimer Zufluchtsort. Dorthin gehen wir nur zusammen.

Nachmittags ist es hier eher ruhig. Heute sind die einzigen Gäste eine alte, sehr runzlige Dame am Fenster und zwei junge Mädchen, anscheinend Studentinnen (Handys und ein Haufen Papier und Hefte vor ihnen lassen darauf schließen) auf der Bank ganz hinten. Mein Vater und ich setzen uns gleich an unseren Lieblingstisch neben dem Kühlschrank mit der Glastür, in dem sich die Kuchen drehen.

»*Was hättest du gern?*«, fragt Papa.

»*Den Übergeschnappten und einen Erdbeersmoothie.*«

Er nickt und geht an die Theke, um unsere Bestellung aufzugeben. Hier haben die Kuchen lustige Namen. Am liebsten mag ich den Übergeschnappten, einen Schichtkuchen aus Schokolade in allen möglichen Formen: Mousse, Creme, Ganache, Rührteig, knuspriger Keks. Macht einen vorübergehend hyperaktiv!

Mein Vater kommt zurück und stellt das gigantische Dessert vor mich hin. Er hat sich für den Gehörnten entschieden, einen himmlischen dreistöckigen Kuchen, innen mit Erdbeercreme gefüllt und außen mit Ahornsirup übergossen. Dazu hat er sich einen großen Kaffee besorgt. Er wird heute Abend auch nicht so früh ins Bett kommen!

»*Jetzt mal ernsthaft, warum bist du nicht in der Schule? Nicht noch ein Unfall?*«

»*Ich bin mit meinem Geschichtskurs fertig. Die Sekretärin muss mir einen neuen Stundenplan machen.*«

»*Jetzt schon? Bravo!*«

Er hebt seine Kaffeetasse, und ich mache dasselbe mit meinem Smoothie. Wir stoßen auf meinen Erfolg an.

»*Jetzt mal ernsthaft, warum bist du nicht in der Arbeit?*«, versuche ich ihn nachzumachen.

»Ich habe mir freigenommen. Es gab eine Feier, weil die verrückte Alte in Rente geht, und ich wollte bei dieser scheinheiligen Veranstaltung nicht mitmachen«, sagt er mit der Stimme (ich nehme mal an, nicht zu laut).

Mein Vater arbeitet in einem Labor für mikrobiologische Untersuchungen. Ich glaube, das heißt, dass er mit Bakterien herumspielt. Er spricht nicht oft über seine Arbeit, außer wenn er über die verrückte Alte herzieht, seine supersture Kollegin.

»*Wir sollten deiner Mutter nichts von unserem Ausflug erzählen*«, meint er. »*Sie würde mit uns schimpfen ...*«

Ich tue so, als würde ich meinen Mund abschließen und den Schlüssel wegwerfen. Das Geheimnis wird nicht verraten. Ich verbringe gern Zeit mit meinem Vater, vor allem wenn es dabei Schokoladenkuchen gibt!

Im Übrigen könnte ich die Gelegenheit auch dazu nutzen, die Hausaufgaben zu machen, die der Psychologe mir gegeben hat.

»Papa, was ist an dem Abend passiert, als ich taub wurde?«
»Du hattest dich im Baumhaus versteckt ...«
»Nein! Vorher. Warum, denkst du, bin ich überhaupt nach draußen gegangen?«

Mein Vater zuckt die Achseln. Das finde ich zu einfach. Ich selbst erinnere mich an nichts, aber ich habe die Entschuldigung, dass ich an dem Abend halb erfroren war. Er müsste sich erinnern. Ich sehe ihn an und warte.

»Du bist krank gewesen. Du hast gespuckt.«
»Warum?«
»Aus Angst. Du musstest am nächsten Tag in der Schule ein Referat halten.«

Das leuchtet ein.

»Du bist früh zu Bett gegangen. Ich war im Keller, als deine Mutter schrie, du seist verschwunden. Als ich hinaufkam, war sie dabei, das Haus auf den Kopf zu stellen. Ich habe ihr suchen geholfen, sogar in den Küchenschränken. Dann ist deine Mutter draußen nachsehen gegangen.«

»Habe ich geschlafwandelt?«
»Ein Arzt hat das behauptet, aber ich bezweifle es. Weder vor

noch nach diesem Abend bist du je geschlafwandelt. Niemand weiß, warum du aus dem Haus gegangen bist.«

»Was muss ich tun, um mich daran zu erinnern?«

»Warum ist das auf einmal so wichtig?«

»Glaubst du nicht, dass, wenn es mir einfällt, alles wieder normal werden kann?«

Ich könnte ihm von dem Psychologen und seiner Theorie erzählen, aber ich weiß nicht, wie er reagieren würde. Und wenn er im Zentrum anruft und sich beschwert, dass William mich auf dumme Ideen bringt?

»Das wäre schön. Aber ich weiß nicht, wie ich dir helfen soll. Hat Rachel aus dem Zentrum dir nicht entsprechende Vorschläge gemacht, was du tun kannst?«

»Nicht wirklich.«

Ich konzentriere mich wieder auf meinen Kuchen. Jetzt bin ich auch nicht schlauer als zuvor. Ich bin krank gewesen, zu Bett gegangen, und dann war ich aus irgendeinem rätselhaften Grund plötzlich draußen. Wie soll man eine Ermittlung durchführen, wenn alle Zeugen von nichts wissen? Wie die Blockade in meinem Gehirn auflösen?

Papa fasst mich am Kinn und hebt mein Gesicht hoch, bis unsere Blicke sich begegnen.

»Alles in Ordnung mit dir?«

Er wirkt echt beunruhigt. Seit ich taub bin, achten meine Eltern auf jede meiner Stimmungsschwankungen. Ich glaube, sie fürchten, ich könnte etwas Schlimmes machen, etwa einen Selbstmordversuch. Ich kann ihnen noch so oft versichern, dass ich keine dunklen Gedanken habe, sie sind ständig besorgt.

Einen Augenblick lang habe ich Lust, meinem Vater von Liam zu erzählen und von der seltsamen Veränderung, die in seiner

Gegenwart geschieht. Aber nein. Ich war immer verschwiegen, das ändert sich auch jetzt nicht.
»Ja, alles in Ordnung. Es ist nur, weil wir einen neuen Psychologen haben, der mir ein paar Fragen gestellt hat, um meine Akte auf den neuesten Stand zu bringen.«
»Willst du dich wieder in psychologische Betreuung begeben?«
»Vielleicht.«
»Das wäre sicher gut.«
Das denke ich auch.

❖

Als wir nach Hause kommen, bedanke ich mich noch einmal bei meinem Vater, bevor ich in meinem Zimmer verschwinde. Ich möchte im Internet nachsehen, welche Mittel und Wege es gibt, um verlorene Erinnerungen zurückzuholen.
Aber da werde ich durch meine Facebookseite abgelenkt. Ich habe neue Benachrichtigungen: zwei Freundschaftsanfragen und eine Textnachricht. Die Katzenfrau, mit Vornamen Jade, möchte, dass ich ihre Facebookfreundin werde. Als ich sehe, dass sie vierhundertzwölf Freunde hat, ahne ich, sie ist eine von denen, die jeden anfragen, den sie treffen! Liam Scott fragt mich ebenfalls an, und auch die Nachricht ist von ihm. Ich beeile mich, seine Freundschaftsanfrage anzunehmen und zu lesen, was er schreibt.

> LIAM:
> Hallo, Roxanne. Ich will Jacob heute Abend im Krankenhaus besuchen, um ihn ein bisschen aufzumuntern. Magst du mitkommen?

Und ich habe mich gefragt, wie ich es anstellen soll, ihn wiederzusehen! Er bietet mir eine ideale Gelegenheit!

> ROXANNE:
> Ja, gern!

Nicht unbedingt aus ehrenwerten Gründen, aber wenn am Ende alle zufrieden sind, ist es doch in Ordnung, oder?

> LIAM:
> Wenn ich dich um 18:30 Uhr abhole, passt das?

Ich hatte nicht erwartet, dass er mir sofort antwortet. Sollte er nicht im Unterricht sein? Man wird ihm sein Handy wegnehmen!

> ROXANNE:
> Perfekt, bis dann!

Er schickt mir ein Smiley zurück, und ich merke, ich bin richtig aufgeregt. Halte deine Nerven im Zaum, Roxanne, das ist kein Rendez-vous! Das ist nur ein Besuch bei einem kranken Freund. Warum habe ich dann aber feuchte Hände?

Jetzt, da wir auf Facebook befreundet sind, kann ich mir dort Liams Profil ansehen. Es gibt mehrere Fotos von der Party am letzten Samstag. Ich sehe, er geht auf die Highschool in unserem Viertel, er ist in der Basketballmannschaft, er arbeitet im Supermarkt, zehn Minuten von hier entfernt, und er ist mit einer gewissen Noémie Lepage zusammen.

Ah. Gut. Liam hat eine Freundin. Wird sie heute Abend auch

dabei sein? Ich hoffe, nicht. Das wäre mir unangenehm. War sie auf der Party? Ich glaube, Liam hat sich von niemandem verabschiedet, als er gegangen ist. Vielleicht ist es keine sehr ernsthafte Sache. Vielleicht drehe ich gerade ein bisschen durch ...

Ich ziehe mich trotzdem um. Und schminke mich ein wenig. Und helfe meinen Naturwellen mit dem Lockenstab ein bisschen auf die Sprünge. Ich versuche mich abzulenken, aber es gelingt mir nicht, mich wirklich zu entspannen. Um achtzehn Uhr dreißig (wenn Liam pünktlich ist) werde ich wieder hören können. Das erscheint mir wie eine Ewigkeit!

Als meine Mutter heimkommt, biete ich an, ihr beim Kochen zu helfen, und erkläre ihr, dass jemand mich abholen wird, weil wir Jacob im Krankenhaus besuchen wollen. Sie hebt eine Braue, stellt jedoch keine Fragen. Perfekt.

Meine Brüder durchschauen mich: Pausenlos zwinkern sie mir zu oder lächeln amüsiert. Ich könnte ihnen eine Grimasse schneiden oder den Stinkefinger zeigen, aber damit würde ich zugeben, dass ich nervös bin, richtig hibbelig. Sie sollen lieber glauben, es sei nichts Besonderes los. Ein ganz normaler Mittwochabend.

Um achtzehn Uhr zwanzig aber hänge ich am Fenster neben der Eingangstür und halte Ausschau nach meinem Chauffeur. Ich habe die Zähne geputzt, zweimal, und bin noch mal hinaufgegangen, um ein paar Tropfen Parfüm aufzulegen. Lächerlich, ich weiß.

Dieselbe schwarze Limousine, mit der er mich neulich abends heimgefahren hat, parkt in unserer Einfahrt. Liam steigt aus, und sofort kommt der Ton zurück.

»Tschüs, ihr Lieben«, rufe ich, erstaunt über meine kraftvolle Stimme. »Ich bin weg!«

»Schnell, lass uns schauen, wer es ist!«

Jim. Ich wette, das ist seine Stimme. Mir scheint, die von Fred ist tiefer. Aber das ist meine Erinnerung von vor acht Jahren. Wie um meine Annahme zu bestätigen, taucht mein großer Bruder in der Eingangshalle auf, mit gespielt lässiger Miene.

»Na dann, schönen Abend«, sagt er und reckt den Hals, um hinauszuschauen.

Ja, Freds Stimme ist tatsächlich tief. Verführerisch. Ich verstehe, dass er bei den Mädchen gut ankommt.

»Tschüs!«

Ich öffne die Tür, als Liam gerade klopfen will.

»Hallo!«

»Hallo. Gehen wir?«

Er nickt, und ich folge ihm zum Wagen. Auch diesmal öffnet er mir die Tür. Gentleman.

»Hast du etwas von ihm gehört seit der Operation?«, fragt Liam.

»Nein. Du?«

»Nur eine Nachricht, dass er noch am Leben ist.«

»Typisch!«

Liam fährt los und konzentriert sich auf die Straße. Er wirkt sehr ernst. Bestimmt darf er noch nicht lange allein fahren. Ich starre ihn noch ein paar Sekunden an, dann merke ich, dass das wohl einen komischen Eindruck macht, und schaue stattdessen aus dem Fenster. Ich lausche der Musik, aber erkenne die Band nicht. Auf diesem Gebiet hinke ich mehr als acht Jahre hinterher. Ich weiß, wer gerade in ist, weil ich die Szene verfolge, aber ich weiß nicht, wie die Musik jeweils klingt. Jedenfalls hat Liam einen guten Geschmack.

Etwa zwanzig Minuten später findet er, zwei Straßen vom Krankenhaus entfernt, einen Parkplatz. Ich verstehe, dass er keine Parkgebühr zahlen will, sie kostet ein Vermögen. Ich erinnere mich, dass das Thema auch meine Eltern beschäftigt hat, als ich wegen meiner Ohren zu so vielen Ärzten musste.

Wir bleiben an der Infotheke stehen, um nach der Zimmernummer unseres Freundes zu fragen, dann nehmen wir den Lift in den dritten Stock. Ich hatte die Vorstellung, im Krankenhaus sei es gewöhnlich laut, aber in Wahrheit ist es eher ruhig.

Jacob liegt in einem Doppelzimmer, aber man sieht den anderen Patienten nicht, dazwischen ist ein Vorhang. Jacobs Mutter steht auf, als wir hereinkommen.

»*Du hast Besuch*«, gebärdet sie.

Bald braucht sie das nicht mehr zu tun. Dank seines Implantats wird Jacob hören, und das Leben wird für ihn und seine Familie etwas normaler werden.

»Guten Tag!«, sagt Liam. »Wie geht es Ihnen?«

»Danke, gut. Wie nett, dass ihr Jake besuchen kommt, ich glaube, mein Anblick geht ihm schon gehörig auf die Nerven! Er ist nicht sehr gesprächig«, fügt sie flüsternd hinzu, obwohl Jacob sie nicht hören kann. »Ich glaube, die Stille macht ihm mehr zu schaffen, als man glaubt. Ich hoffe, mit euch ist er umgänglicher.«

Sie wendet sich mir zu und gibt mir die Hand.

»Wir sind uns noch nicht begegnet. Du bist …?«

Ich schüttle ihr die Hand und will antworten, aber Liam kommt mir zuvor.

»Das ist Roxanne. Eine Freundin von Jacob aus dem Zentrum.«

»Oh!«

Aha. Der Gesichtsausdruck von Jacobs Mutter verändert sich. Ganz leicht. Nur das scharfe Auge eines Menschen, der sich auf Körpersprache verlassen muss, um das mitzukriegen, was er nicht hören kann, wird es bemerken. So wie ich. Die freudige

Miene dieser Frau hat sich in eine mit Mitleid gemischte Neugier verwandelt. Jacob hat seiner Familie von mir erzählt, das ist klar.

»*Ich habe schon oft von dir gehört. Ich freue mich, dass wir uns endlich einmal treffen!*«

»*Ich auch!*«

Mehr fällt mir als Antwort nicht ein. Die reine Höflichkeitsfloskel.

»Na, dann lasse ich euch mal allein, ich komme später wieder!«

Wir lächeln ihr zu, als sie an uns vorbei aus dem Zimmer geht. Liam bedeutet mir, mich auf den einzigen Stuhl zu setzen, während er das Fußende des Betts wählt. Ich bleibe lieber stehen.

»Hallo, Frodo!«

Frodo? Ist das Liams Spitzname für Jacob? Vielleicht wegen seiner etwas langen Locken. Ja, es gibt eine gewisse Ähnlichkeit.

»Na, noch nicht so richtig fit?«

Jacob hat ganz kleine Augen. Er trägt einen schwarzen baumwollenen Trainingsanzug, in dem er noch weißer aussieht als die Bettwäsche. Sein Blick schweift von Liam zu mir und bleibt dann irgendwo in der Mitte hängen. Er zuckt die Achseln.

»Ich glaube, er hat mich nicht verstanden«, sagt Liam zu mir gewandt. »Kannst du das in Gebärdensprache übersetzen?«

Ich nicke. Jacob sieht so ähnlich aus wie ich, wenn ich krank bin und zu müde, um das, was jemand zu mir sagt, von den Lippen abzulesen.

»Frag ihn, wie's ihm geht.«

Ich gehorche. Ich hebe den Daumen, dann richte ich den Zeigefinger auf ihn. Jacob zeigt zur Antwort mit dem Daumen nach unten.

»Ernsthaft?!«, ruft Liam. »Daumen nach oben oder nach unten, um zu sagen, wie es einem geht! Das ist ja einfach!«

Ich tue, als hätte ich ihn nicht gehört, aber ich kann mir das Lächeln nicht verkneifen. Er erinnert mich an Jim und wie begeistert er jedes Mal war, wenn er eine Gebärde sehr einfach oder komisch fand. Wie »Schildkröte«: Der Daumen der rechten Hand wird zum Kopf des Tieres und die linke Hand zum Panzer, den man von hinten nach vorn schiebt, als ob die Schildkröte zuerst herausschaut und sich dann versteckt.

»Ich habe die ganze Nacht gekotzt. Dieses Schmerzmittel macht mir den Magen kaputt. Und das Essen ist scheußlich«, erklärt Jacob mit schwachen Handbewegungen, denen ich ein paar kaum verständliche Silben entnehmen kann.

Weit entfernt, sich über Jacobs mangelnde Freundlichkeit aufzuregen, wendet sich Liam mir zu, und ich wiederhole für ihn mit der Stimme, was unser Freund gesagt hat. Er lächelt und holt eine Tüte Jujubebonbons aus seiner Manteltasche. Mist! Ich habe nicht daran gedacht, Jacob etwas mitzubringen. Bin ich doof!

Dieser richtet sich auf und nimmt die Bonbons, aber er öffnet die Tüte nicht. Er wirkt furchtbar erschöpft. Vielleicht sind wir im falschen Moment gekommen, Liam und ich.

»Frag ihn, wann er rausdarf«, schlägt Liam vor.

Inzwischen kapiere ich, warum er mich heute Abend mitgenommen hat. Er ahnte wohl, dass er eine Dolmetscherin brauchen würde. Ich sehe ein, dass ich mich echt umsonst aufgeregt habe. Auch wenn mich das ein wenig kränkt, übersetze ich die Frage.

Jacob zuckt die Achseln.

»*Seit wann seid ihr befreundet?*«, gibt er zurück.

»Ich habe was verstanden! Das Wort ›Freund‹«, wiederholt Liam und legen die Spitzen seiner Zeigefinger aneinander.

»*Wir sind nicht wirklich befreundet. Ich glaube, er brauchte jemand, der ihm hilft, sich mit dir zu unterhalten.*«

»Was redet ihr da?«, erkundigt sich Liam.

»Er denkt, wir sind befreundet, aber ich habe ihm gesagt, dass du nur eine Dolmetscherin gebraucht hast.«

Sogleich wende ich den Blick ab. Ich weiß nicht, warum ich das gesagt habe. Doch, ich weiß es. Weil ich traurig bin. Ich hatte mir eingebildet, Liam sei überglücklich, mich wiedergetroffen zu haben, unsere Freundschaft könnte wieder aufleben, und wir würden versuchen, die verlorene Zeit nachzuholen. Für diese Noémie wäre da kein Platz mehr. Es gäbe nur uns zwei. Und die Chance, dass ich wieder höre.

»Das ist nicht wahr«, murmelt Liam.

Ich beachte ihn nicht.

»*Ich weiß jetzt, wie du dich fühlst*«, sagt Jacob. »*Diese absolute Stille. Schrecklich.*«

Ich mache ein trauriges Gesicht, aber mein Mitleid hält sich in Grenzen. Für ihn ist die absolute Stille in fünf Wochen vorbei. Für mich dauert sie schon ein halbes Leben. Und die einzige Möglichkeit, das zu ändern, ist, dass ich mich an ein traumatisierendes Ereignis erinnere, das ich anscheinend ganz allein erlebt habe.

Was gäbe ich für ein Hörimplantat!

»Er sagt, die Stille tötet ihm den letzten Nerv«, erkläre ich Liam, noch bevor er fragt.

Er begnügt sich mit einem Nicken. Ein unbehagliches Schweigen tritt ein, und ich fühle mich ein bisschen schuldig. Ich glaube, meine Bemerkung hat Liam gekränkt, und jetzt traut er sich nicht mehr, mich ums Dolmetschen zu bitten. Mist! Ich hab's verbockt.

Plötzlich springt Jacob auf und rempelt mich leicht an, um

ins Bad zu kommen. Wir hören durch die geschlossene Tür, wie er sich übergibt. Und dann flucht, mit seiner eigenartigen Stimme.

»Er ist richtig krank«, erklärt Liam und mimt, wie ihm etwas aus dem Mund läuft.

»Ich bin nicht sicher, dass unser Besuch ihm guttut.«

»Du meinst, wir sollten gehen?«

Ich mache die Gebärde für Ja.

»Wir sollten wenigstens warten, bis er wieder rauskommt, um uns zu verabschieden«, schlage ich vor.

Wir bleiben sitzen und warten schweigend. Fünf Minuten später kommt Jacobs Mutter herein. Sie schaut zu dem leeren Bett, dann zu uns, dann zur Badezimmertür.

»Hat er sich übergeben?«, fragt sie Liam.

»Ja«, bestätigt er.

»Dann geht ihr mal besser. Das verletzt seinen Stolz, und dann bekommt er schlechte Laune. Ich werde ihn von euch grüßen.«

»Okay, danke.«

Wir lassen uns das nicht zweimal sagen und verlassen rasch das Zimmer. Liam holt den Lift. Ich starre nachdenklich auf meine Schuhe. Ich hätte auch nicht gewollt, dass meine Freunde mich sehen, wenn ich krank bin.

»Roxanne?«

Ich hebe den Kopf, als Liam mir die Hand auf die Schulter legt. Er wirkt sehr betrübt, und das macht ihn noch viel attraktiver.

»Ich wollte nicht, dass du nur mitkommst, um zu dolmetschen, bestimmt nicht.«

Ich zucke die Achseln, was heißen soll, ist nicht so schlimm, mir doch egal.

Plötzlich eine Explosion in meinen Ohren. Ein lautes Scheppern von Metall. Hinter mir. Ich krümme mich vor Überraschung und Angst zusammen. Das Geräusch verhallt, wird von Stimmen abgelöst. Ich schaue, woher der Lärm gekommen ist, und entdecke weiter unten auf dem Gang eine Krankenschwester, die auf dem Boden kniet und Metallkännchen aufhebt. Eine andere steht neben ihr und entschuldigt sich immer wieder, sie habe sie nicht gesehen.

Als ich mich zu Liam umdrehe, erschüttert mich sein Gesichtsausdruck mehr als das Geräusch der fallenden Kännchen.

»Du bist ja gar nicht taub«, ruft er, und es klingt wie ein Vorwurf.

KAPITEL 8

Ein paar Wahrheiten.
Und ein paar Lügen.

Die Aufzugtür öffnet sich, und ich stürze in den Lift. Liam folgt mir. Hektisch drücke ich auf »E« und zittere dabei.

»Du hast das Geräusch gehört! Du bist zusammengezuckt! Es ist hinter dir passiert! Eigentlich hättest du es gar nicht bemerken dürfen!«

Bravo, Sherlock, du hast alle Prüfungen bestanden. Ich habe Scheiße gebaut. Mist und wieder Mist!

»Du hast es gehört!«, wiederholt er.

»Ja, ich habe es gehört!«, gebe ich zu.

Zum Glück sind wir allein im Aufzug. Liam scheint außer sich, dafür gibt es keinen Grund. Er hat kein Recht, sich angegriffen zu fühlen.

»Lügst du die ganze Zeit?«

»Nein!«

Was für eine Idee! Wer würde sich denn für taub ausgeben wollen? Schwachsinn.

Im Erdgeschoss öffnen sich die Türen, und ich flitze pfeilschnell hinaus, Liam auf meinen Fersen.

»Wie ist das möglich? Du bist taub, aber du hörst. Ich verstehe es nicht!« Er lässt nicht locker und redet viel zu laut.

Ich sehe, wie die Leute sich nach uns umdrehen. Liam weiß nicht, wie schrecklich ich es finde, Aufmerksamkeit zu erregen. Ruckartig bleibe ich stehen und drehe mich zu ihm um. Er prallt auf mich drauf. Aus dem Gleichgewicht geraten, mache ich einen Schritt rückwärts, und er schließt die Arme um mich, damit ich nicht falle.

»Ich werde dir alles erklären, aber draußen«, sage ich leise und befreie mich aus seiner Umarmung.

Wir verlassen das Krankenhaus und gehen zum Auto. Unsere Schritte hallen auf dem Bürgersteig, rasch und regelmäßig. Liam entriegelt mit der Fernbedienung die Türen, und ich stoße einen kleinen Seufzer der Erleichterung aus, als ich auf den Beifahrersitz sinke. Liam setzt sich hinters Steuer, aber er fährt nicht los. Er schaut mich unverwandt an und wartet.

Was kann ich ihm erzählen? Was *will* ich ihm erzählen? Wird er es verstehen? Mich für verrückt halten?

»Du bist also«, sagt er, wieder etwas gefasster, »nicht *vollkommen* taub, wie Jacob glaubt.«

»Eigentlich schon. Aber in letzter Zeit kann ich manchmal hören.«

»Wie ist das möglich? Entweder sind die Ohren kaputt oder nicht. Stimmt doch, oder?«

»Meine Ohren sind nicht kaputt. Mein Gehirn ist das Problem.«

Liam zieht die Augenbrauen hoch. Ich erkläre ihm in Kurzfassung, dass es sich um eine psychisch bedingte Taubheit handelt und dass ich das selbst erst vor Kurzem herausgefunden habe. Dann erzähle ich ihm von dem Moment, als mein Gehör zurückgekommen ist, auf der Halloween-Party.

»Du hast alles verstanden, was ich zu dir gesagt habe? Zuerst im Bad, dann im Auto?«

»Ja. Es war das erste Mal seit sehr, sehr langer Zeit, dass ich etwas gehört habe. Aber nicht für lange.«

»Und heute ist es wieder so?«

»Ja.«

»Das ist ein gutes Zeichen, oder?«

Ich atme tief ein, so lange habe ich Zeit zu überlegen, wie viel ich preisgeben will.

»Nicht unbedingt. Es scheint nur unter bestimmten Umständen zu passieren.«

Ich merke, dass Liam nachdenklich wird. Er sucht sicher nach Gemeinsamkeiten zwischen dem Abend bei Jacob und dem heutigen. Errät er, dass er der Auslöser ist?

»Was sagt denn deine Familie dazu?«, fragt er schließlich.

»Nichts, niemand weiß etwas davon, nur du. Und der Psychologe im Zentrum.«

»Warum?«, fragt Liam erstaunt.

Ich war nie besonders mitteilsam. Einmal, im dritten Schuljahr, hatte ich einen Zeichenwettbewerb gewonnen, und mein Bild wurde in der Zeitung abgedruckt. Meine Eltern haben es erst ein paar Wochen später auf einem Elternabend erfahren. Als sie mich fragten, warum ich sie nicht informiert habe (sie hätten die Zeitung gern gekauft und aufgehoben), habe ich nur die Achseln gezuckt.

Tatsächlich hatte ich Angst, sie würden es der ganzen Verwandtschaft erzählen und ich müsste pausenlos irgendetwas zeichnen. Ich hasse es, Aufmerksamkeit zu erregen, und zwar, seit ich ein Kind war. Deshalb versuche ich, mich möglichst unauffällig zu verhalten, mich unsichtbar zu machen. Das kann den anderen doch nur recht sein. Sie haben keine Erwartungen an mich, und ich kann sie nicht enttäuschen. Rachel meinte, das sei bis zu einem gewissen Grad auch der Grund für meine Angst. Der Blick der anderen. Jetzt geht es mir besser, aber ich muss trotzdem nicht jedes Mal die ganze Stadt zusammentrommeln, wenn in meinem Leben irgendetwas geschieht.

»Ich möchte verstehen, was mit mir los ist, bevor ich mit ihnen rede«, antworte ich schließlich.

»Und was sagt der Psychologe?«

»Dass ich mich erinnern muss, was an dem Abend passiert ist, als ich taub wurde.«

Liam dreht sich zurück Richtung Lenkrad, als ob er endlich losfahren wollte. Ich hoffe, ich mache ihm keine Angst mit meinen seltsamen Geschichten. Nach dem Motto: »Scher dich zum Teufel, du bist ja durchgeknallt!«

»Du hattest also gar keinen Unfall. Das ist echt verrückt«, meint Liam. »Kann ich etwas tun, um dir zu helfen?«

Mit mir zusammenziehen, dich an meiner Schule einschreiben, mich nicht mehr loslassen. Aber ich sage nur:

»Nein, ich glaube nicht.«

Wenn ich ihm sagen würde, dass ich nur höre, solange er da ist, würde er sich vielleicht bedrängt fühlen. Ich möchte nicht, dass sich Liam zu irgendetwas verpflichtet fühlt. Er hat sein eigenes Leben. Wenn ich herausfände, dass Lucie nur hören könnte, wenn ich dabei bin, würde es mir schwerfallen, sie allein zu lassen. Trotzdem brächte ich es nicht über mich, jede Minute des Tages mit ihr zu verbringen. Eine Sackgasse.

Ich weiß, dass Liams Gegenwart mir erlaubt zu hören, das genügt. Wenn ich ihn brauche, weiß ich, wo er zu finden ist.

»Wie lange hält es an, wenn du hören kannst?«

»Das ist unterschiedlich.«
»Dann musst du es ausnutzen!«
Ja, ich genieße jede Sekunde, in der ich höre. Aber ich kann mir nur so viel erlauben, wie Liam mir zu bieten hat, denn er ist der Auslöser, dass meine Ohren funktionieren.
»Was möchtest du unternehmen?«, ruft er, auf einmal supergut gelaunt.
»Wie meinst du das?«
»Es ist noch früh«, stellt er fest, als er auf sein Handy schaut.
»Wir können alles machen, wozu du Lust hast! Einfach irgendwo hingehen, wo du sonst nicht hingehst, weil du taub bist.«
»Aber es ist Mittwochabend. Morgen haben wir Schule!«
»Das stimmt ... Aber wir pfeifen drauf! Du hörst! Das müssen wir ausnutzen!«
Er hat recht. Wozu soll ich jetzt nach Hause gehen? Solange ich mit Liam zusammen bin, kann ich unternehmen, was ich will.
»Wozu hast du Lust? Was fehlt dir am meisten, seit du taub bist?«
»Das Kino«, sage ich, ohne nachzudenken.
Als ich jünger war, sind wir an dem Abend mit der Familie hingegangen, an dem die Vorstellungen verbilligt waren. Wir aßen früh zu Abend und sahen uns dann einen Film an, der allen gefiel. Manchmal gingen wir auch getrennt. Die Jungs in ein Kino, die Mädchen in ein anderes, je nach Interesse. Als ich taub wurde, war es aus mit dieser Tradition.
»Auf ins Kino!«
Liam fährt los. Ich schnalle mich an, noch ein bisschen zweifelnd. Will er wirklich auf der Stelle mit mir ins Kino? Das wäre vollkommen verrückt. Das wäre cool.

Wir haben uns für einen Superhelden-Film entschieden. Zehn Minuten nach unserem Eintreffen fing er an. Liam bestand darauf, Popcorn und Getränke zu kaufen. Wir setzten uns in den fast leeren Kinosaal. Liam flüsterte mir ins Ohr, dass ich ihm sagen soll, wenn ich wieder taub werde und gehen will. Dabei lief mir ein leichter Schauer über den Rücken. Dieses Gefühl hatte ich ganz vergessen. Den warmen Atem, wie er kitzelte.

Während des ganzen Films haben wir kein Wort miteinander gesprochen, aber ich habe gemerkt, dass Liam regelmäßig zu mir herübersah. Wie um mich zu überwachen.

»Und? Hat es dir gefallen?«, fragt er, als wir aus dem Parkplatz fahren.

»Und wie! Eine Explosion ohne Ton ist halt nicht besonders eindrucksvoll! Außerdem lenken die Untertitel ab. Diesmal konnte ich alles verstehen, alles sehen. Das ist etwas ganz anderes!«

Liam lächelt mich an und schaut wie jemand, der ein Kind *süß* findet. Ich weiß nicht, ob ich das für kränkend oder charmant halten soll.

»Ich würde dir gern vorschlagen, noch etwas anderes zu machen, aber es ist schon spät …«

»Oh ja, ich muss auch heim.«

Ein Blick auf mein Handy zeigt, dass ich sechs Nachrichten bekommen habe. Vier von meiner Mutter und eine von jedem meiner Brüder. Ups! Liam schaut auf seins und schneidet eine Grimasse. Unser Ausflug wird uns in Schwierigkeiten bringen.

»Rasten deine Eltern auch immer gleich aus?«, frage ich mit einem gezwungenen Lachen.

»Meine Eltern nicht, meine Freundin schon.«

»Ah.«

Er schaut mich an, als ob er etwas Dummes gesagt hätte, und scheint sich plötzlich unbehaglich zu fühlen.

»Noémie hat Sehnsucht nach dir?«, frage ich in neckischem Ton, um unsere Verlegenheit zu überspielen.

»Woher weißt du …«

»Facebook.«

»Ach so. Sie … sie schreibt mir die ganze Zeit«, murmelt er und zeigt mir sein Handy.

»Was wirst du ihr erzählen?«

»Willst du etwa, dass ich meine Freundin anlüge?«, ruft er schockiert.

»Äh … nein … ich … dachte nur …«

Liam beginnt zu lachen, und ich merke, dass ich mich geirrt habe. Er ist ein guter Schauspieler, ich dachte, er meint es ernst. Einen Moment lang fand ich es schäbig von mir, dass ich ihn auffordere, seine Freundin anzulügen.

»Ich werde sagen, eine Krankenschwester hat verlangt, dass wir die Handys ausmachen.«

Also will er ihr nicht die Wahrheit sagen.

»Das erzählst du am besten auch deinen Eltern.«

»Ja. Nein. Meine Eltern wissen, dass so spät keine Besuchszeit mehr ist. Es ist schon fast elf.«

»Sag ihnen, wir waren noch eine heiße Schokolade trinken, um uns an die guten alten Zeiten zu erinnern, und haben nicht auf die Uhr geschaut.«

»Wie? Du willst, dass ich meine Eltern anlüge?«, mache ich ihn nach.

Wir müssen beide lachen. Nur kurz, aber es ist so angenehm. Lachen ist das schönste Geräusch im ganzen Universum.

»Die Geschichte mit der heißen Schokolade ist einleuchtend«, gebe ich zu. »Die wird's.«

»Bei *Tim Hortons*?«

»Wie?«

»Um sicherzugehen, dass wir dieselbe Geschichte erzählen, für alle Fälle«, erklärt er.

»Ah so, wir stimmen unsere Alibis ab! Einverstanden. Noch besser: Mit einer Schachtel Timbits.«

»Wenn es so weitergeht, werden wir das unbedingt auch mal machen müssen!«

Ich werde rot. Denn das möchte ich nur zu gern, einen weiteren Abend mit ihm verbringen, und sei es bei *Tim Hortons*. Und weil ich es will, soll Liam es auch wollen. Er hat es gesagt, also hat er doch daran gedacht, oder?

Es ist mir ganz recht, als ich sehe, dass er in meine Straße einbiegt. Oder doch, ja, etwas stört mich. Die Stille wird gleich zurückkehren. Na, und wenn. Ich bin darauf gefasst. Und ich hatte einen super Abend.

Liam hält vor dem Haus und dreht sich zu mir.

»Das war cool«, sagt er.

»Ich danke dir für …«

Mist. Die Eingangstür hat sich geöffnet, ich erkenne die Silhouette meiner Mutter, mit verschränkten Armen. Ich werde erwartet.

Liam dreht sich wieder in die andere Richtung, um nachzusehen, was mir die Sprache verschlagen hat.

»Immer dasselbe mit den Müttern«, seufzt er. »Viel Glück mit deiner. Später können wir dann unsere Strafpredigten vergleichen!«

»Ja … auf jeden Fall vielen Dank für diesen Abend, es war echt toll.«

»Mir hat's Spaß gemacht.«

Ich steige aus, bevor ich wieder rot werde, Liam winkt mir

noch einmal zu und fährt los. Eine Sekunde lang, vielleicht zwei, höre ich noch das Brummen des Motors. Dann verstummt jedes Geräusch.

Es gibt keine Zufälle. Ich weiß nicht, warum dieser Typ die Fähigkeit hat, meine Sinne zum Leben zu erwecken, aber ich werde Mittel und Wege finden, ihn öfter zu sehen.

Aber erst mal muss ich ein paar Lügen erzählen.

KAPITEL 9

Lucies Rückkehr

Während der Fahrt mit dem Bus habe ich versucht zu lesen, aber ich konnte mich nicht konzentrieren. Immer wieder denke ich an den gestrigen Abend. Immer wieder denke ich an Liam. Meine Eltern haben die Geschichte mit der heißen Schokolade geglaubt. Sie waren sauer, dass ich ihnen nicht geschrieben habe, um sie zu informieren (schließlich bezahlen sie mir genau dafür das Handy), aber ich wurde nicht bestraft. Mein glücklicher Abend wog schwerer als ihre Sorge.

Als ich zu meinem Spind komme, fällt mir ein, dass ich im Sekretariat vorbeigehen und meinen neuen Stundenplan abholen muss. Vielleicht brauche ich nicht gleich mit dem Englischkurs anzufangen. Ich gehe in die Verwaltung und baue mich vor der Sekretärin auf. Sie blickt zu mir hoch, ohne zu lächeln.

»Ich möchte meinen neuen Stundenplan abholen«, sage ich.

»Dein Name?«

»Roxanne Doré.«

Sie hebt den Zeigefinger, um mir zu bedeuten, dass ich warten soll, kehrt mir den Rücken und blättert in einem Haufen Papier. Schließlich nimmt sie ein Blatt und reicht es mir, immer noch ohne Lächeln.

Ich werfe einen raschen Blick auf den Stundenplan und merke, dass er gleich geblieben ist. Sie haben den Geschichtsunterricht herausgenommen, aber den Rest nicht verändert. Auf diese Weise werde ich sehr viel Zeit verlieren. Ich öffne den Mund, um zu protestieren, aber der Blick der Sekretärin überzeugt mich, dass es keinen Sinn hat, mit ihr zu diskutieren. Damit werde ich heute Abend meine Mutter beauftragen.

Ich gehe also zurück zu meinem Spind, um mein Englischheft zu holen. Lucie steht dort, an die Wand gelehnt, und tippt auf ihrem Handy herum. Sie trägt leuchtend blaue Leggins und ein weißes T-Shirt mit etwas, das aussieht wie Flecken von Leuchtfarbe. Sie hat die Haare oben auf dem Kopf zu einem lockeren Knoten zusammengebunden und einen Lidschatten vom selben Blau wie die Leggins aufgelegt. Das wirkt ... sehr speziell.

Sie hört auf zu schreiben und steckt das Gerät ein, als sie mich sieht.

»Endlich! Ich konnte es kaum erwarten!«, gebärdet sie und umarmt mich.

Meine Freundin drückt mich so lange, dass es anfängt, mir unangenehm zu werden. Ich bin sicher, alle schauen uns zu. Ich bewege mich ein bisschen, damit sie begreift, es ist genug, und Lucie lässt mich los.

»Meine Eltern sind so was von bescheuert. Rasten aus wegen nichts.«

»Haben sie dich bestraft, weil du getrunken hast?«

Ich stelle die Frage, obwohl ich die Antwort schon kenne. Aber Lucie spricht gern über sich selbst, das wird sie besänftigen.

»Dafür und weil mein Vater meinte, ich wäre angezogen wie eine Nutte. Er ist so was von beschränkt ...«

Anscheinend bin ich das auch. Nur bei halbem Bewusstsein, von Alkohol und Drogen berauscht, bot Lucie sicherlich keinen schönen Anblick. Ich verstehe, dass ihre Eltern außer sich waren. Meine hätten mich sicher gleich in eine betreute Wohngruppe gesteckt!

»*Und bei dir? Ich hab dich den ganzen Abend nicht mehr gesehen. Bist du so früh verschwunden? Warum?*«

»*Ich bin nach draußen gegangen, ein bisschen frische Luft schnappen, und im Pool gelandet. Jacob hat mir was zum Anziehen geliehen, und dann bin ich gleich nach Hause.*«

Lucie macht große Augen. Man kann beinahe sehen, wie Aufregung und Neugier von ihr Besitz ergreifen. Ich habe keine Lust, zum zigsten Mal von meinem Abenteuer zu berichten. Aber sie ist meine Freundin, da kann ich auch nicht einfach gar nichts sagen.

»Erzähl mir alles«, befiehlt sie mit präzisen, ruckartigen Handbewegungen.

Das Licht im Flur beginnt zu blinken, was bedeutet, es ist Zeit für den Unterricht. Ich weiß, es gibt auch eine Klingel, aber ich habe sie noch nie gehört.

Ich verspreche Lucie, beim Mittagessen alles zu erzählen, öffne meinen Spind, nehme meine Englischunterlagen und flitze in meine Klasse.

Im Zentrum sind die Tage in fünf Abschnitte von je einer Stunde eingeteilt. Drei am Vormittag, zwei am Nachmittag. Wir fangen um acht Uhr dreißig an und hören um fünfzehn Uhr fünfzig auf.

Ich habe jede Woche den gleichen Stundenplan. Er ändert sich nur, wenn ich einen Kurs abbreche oder bestanden habe. Einmal in der Woche haben wir eine Freistunde, entweder die dritte oder die vierte, damit die Eltern kommen und sich mit allen möglichen Fachkräften treffen können. Ich habe die Freistunde für die psychologische Betreuung durch Rachel genutzt. Als sie nicht mehr da war, habe ich in dieser Zeit Hausaufgaben gemacht oder bin spazieren gegangen, um ein bisschen aus dem Zentrum rauszukommen. Inzwischen habe ich fünf Freistunden in der Woche. Und weiß nicht mehr, was ich damit anfangen soll.

Schon eine Weile irre ich durch den Flur und warte, dass es Zeit wird fürs Mittagessen, da treffe ich Monsieur Bourgeois, den Lehrer für Naturwissenschaften. Er kommt aus der Cafeteria, in einer Hand einen Kaffee, in der anderen einen Schokomuffin. Ich lächle ihn schüchtern an.

»Hast du keinen Unterricht?«, lese ich von seinen Lippen ab.

Ich schildere ihm kurz meine Situation, meinen löchrigen Stundenplan, weil ich keinen Geschichtskurs mehr habe. Er erklärt mir, dass die Direktion Schwierigkeiten hat, neue Lehrkräfte zu finden, und im Moment alle Kurse belegt sind. Sobald jemand mit Mathe oder Französisch fertig ist, bekomme ich einen Platz in der Gruppe. So wie ein anderer Schüler auf meinen Platz in Geschichte warten musste.

Mist. Das kann dauern. Da könnte ich genauso gut zu Hause lernen und Jim bitten, dass er mir hilft.

»Normalerweise seid ihr doch immer froh, wenn ihr ein paar Freistunden habt, oder? Erzähl mir nicht, dass du so scharf bist auf den Unterricht!«, frotzelt der Lehrer.

»Nein, aber es gibt ja auch nicht allzu viel, was man hier machen könnte …«

»Arbeite doch in der Cafeteria! Die suchen gerade jemanden. Du gehst in deinen Freistunden hin, und sie sagen dir jeweils, was zu tun ist. Sie zahlen den Mindestlohn. Das ist kein fettes Gehalt, aber besser als nichts.«

Und genug, um das nächste Mal mit Liam auszugehen. In der Cafeteria zu arbeiten, kann nicht so schwierig sein. Es scheint mir eine gute Idee.

»Komm«, bietet mir Monsieur Bourgeois an, »ich stelle dich gleich mal vor.«

Ich gehe hinter ihm her, und wir landen hinter der Theke, wo alle Angestellten ein Haarnetz tragen. Das werde ich auch tragen müssen, nehme ich an. Nicht gerade elegant ...

Der Lehrer geht zu einer kleinen, sehr dünnen Frau hinter dem Ausgabetresen und deutet auf mich. Sie reden ein bisschen, dann fordern sie mich auf, zu ihnen zu kommen. Ich mache ein paar Schritte auf sie zu, als ob ich etwas Unrechtes täte. Als ob ich ansteckend wäre. Denn die Schüler dürfen normalerweise nicht auf die andere Seite der Theke, und ich bin es gewohnt, mich an die Regeln zu halten.

»Ich habe ihr erklärt, dass du sehr gut von den Lippen ablesen kannst«, sagt Monsieur Bourgeois.

Ich nicke.

Die kleine Frau lächelt mir zu.

»Je nachdem, wie deine Freistunden liegen, kannst du aufräumen, Geschirr spülen oder ein bisschen in der Küche helfen. Ist dir das recht?«

»Ja. Wann könnte ich anfangen?«

»Jetzt sofort!«, ruft die kleine Frau und fängt an zu lachen.

Sie nimmt mich beim Handgelenk und zieht mich hinter sich her in die Küche.

Ich drehe mich noch kurz zu Monsieur Bourgeois um, der

mir ein breites Lächeln schenkt, offenbar freut er sich über seine gute Tat.

Die kleine Frau bleibt vor einer Reihe Schließfächer stehen und gibt mir eine Wachstuchschürze.

»Du kannst dir Kleidung zum Wechseln mitbringen, wenn du willst, und deine Sachen einfach im Schließfach lassen. Schau ... offen ... abgeschlossen.«

Thérèse (ich habe ihren Namen auf dem Schild an ihrer Bluse gelesen) scheint nicht daran zu denken, dass ich von ihren Lippen nur ablesen kann, wenn ich diese auch sehe. Macht nichts, ich kann ihr trotzdem folgen.

»Hier, du könntest den Kuchen des Tages aufschneiden, willst du?«

Ich nicke, und sogleich fällt Thérèse' Blick auf mein langes Haar. Nicht optimal. Sie bringt mir einen Gummi und ein Netz. Ich schlüpfe in meine Schürze, gehe mir die Hände waschen und nehme den Platz ein, den Thérèse mir zuweist.

»Schau mir zu und mach es genauso, okay?«

Wieder nicke ich. Mit einem langen, nicht sehr scharfen Messer schneidet Thérèse den Kuchen in kleine Stücke und legt sie auf Pappteller, die auf einem Tablett stehen.

»... voll ist, kommt es auf den Rollwagen.«

»Äh?«

Sie zeigt mir ein Metallgestell auf Rädern, wo schon zwei Tabletts mit Kuchenportionen stehen.

»Ah, okay!«

Sie reicht mir das Messer, lächelt mich an und verschwindet im Laufschritt zu einem riesigen, dampfenden Topf. Und ich, ich mache mich ans Werk. Ich muss ordentliche Arbeit leisten, wenn ich will, dass sie mich auch in den anderen Freistunden anstellt. Ein Gehalt, sogar ein bescheidenes, kommt mir gerade recht!

Als alle Kuchen aufgeschnitten sind, fragt Thérèse, ob ich die Suppe austeilen will. Das heißt, ich muss bis zwölf Uhr fünfundvierzig bleiben. Warum nicht? Ich muss nur eine dünne, sehr heiße Suppe – möglichst ohne mich zu brennen – in Pappschüsseln füllen und sie auf die Theke stellen.

Die meisten Leute beachten mich gar nicht, sondern nehmen sich einfach eine Suppe und stellen sie auf ihr Tablett. Meine Anwesenheit wird gar nicht bemerkt. Das gefällt mir.

Weiter hinten sehe ich Lucie, die sich an unseren Tisch setzt und ihre Lunchbox auspackt. Sie schaut ständig zum Eingang der Cafeteria, wahrscheinlich erwartet sie mich. Ich würde ihr gern zu verstehen geben, dass ich hier bin. Es ist ihr erster Tag in der Schule seit ihrer Bestrafung, und ich lasse sie im Stich. Schließlich beginnt sie zu essen und daddelt gleichzeitig auf dem Handy. So wie ich letzten Montag. Das macht mich traurig.

Um Viertel vor eins verlasse ich meinen Posten und räume die Schürze ins Schließfach. Das Haarnetz reiße ich mir fast vom Kopf und werfe es auf die Ablage. Jetzt kann ich zu meiner Freundin gehen, aber Thérèse fängt mich ab.

»Füll das aus«, sie gibt mir ein paar Blätter, »und bring es morgen wieder mit. Wir machen dir einen Arbeitsplan.«

»Okay, danke!«

Lucie hat die Cafeteria bereits verlassen. Wahrscheinlich steht sie schmollend vor ihrem Spind. Ich stürze hin und versuche, meinen Hunger zu vergessen. Sobald sie mich sieht, hebt sie die Arme. Eine Geste, die so viel heißt wie »Wo warst du denn?«, mit einem Anflug von Verzweiflung.

»*Ich habe angefangen, in der Cafeteria zu arbeiten. Ich hatte keine Zeit, es dir vorher zu sagen.*«

»*Was machst du da? Gemüse schnippeln?*«

»*Heute habe ich Kuchen aufgeschnitten und Suppe ausgeteilt.*«

»*Was bekommst du dafür?*«
»*Mindestlohn.*«

Sie wirkt nicht gerade beeindruckt. Dabei hätte ich gedacht, dass bei dem Gedanken an einen kleinen Job, also etwas Taschengeld, ihre Augen aufleuchten würden. Wir können fast nie ausgehen, weil sie sich nicht mal eine heiße Schokolade leisten kann. Am Ende treffen wir uns meistens bei ihr und sehen immer dieselben Filme.

»*Aha. Kannst du mir sagen, warum du auf der Party bei Jacob im Swimmingpool gelandet bist? Wo steckt Jacob überhaupt?*«

»*Er ist operiert worden und hat sein Implantat bekommen. Ich habe ihn gestern Abend im Krankenhaus besucht.*«

In Lucies Gesicht geht eine vollständige Verwandlung vor sich. Ich kenne diesen Ausdruck. Es war ein Fehler von mir. Ich habe zu viel gesagt.

»*Ich muss jetzt etwas essen*«, gebärde ich, bevor sie mir irgendwelche Fragen stellen kann.

Ich nehme mein Mittagessen aus dem Fach und gehe wieder in die Cafeteria, Lucie mir hinterher. Ich habe noch nicht mal den ersten Bissen von meinem Caesar-Salad mit Hähnchen im Mund, als meine Freundin mich schon mit Fragen bombardiert.

»*Läuft da was zwischen Jacob und dir? Habt ihr euch auf der Party geküsst? Geht ihr zusammen? Ihr habt ein Mitternachtsbad genommen, scheint mir, hast du deshalb den Pool erwähnt? Hast du ihn jeden Abend im Krankenhaus besucht?*«

Wie kommt sie denn auf solche Ideen? Ein Mitternachtsbad am 31. Oktober?

»*So ein Blödsinn!*«, schimpfe ich. »*Ich bin in den Pool gefallen, weil ein betrunkener Typ mich hineingestoßen hat. Das ist alles. Ich gehe auch nicht mit Jacob. Ich habe ihn im Krankenhaus besucht, weil ...*«

Mist. Wenn ich Liam erwähne, bin ich reif. Lucie wird sich nicht mehr einkriegen, und dann werde ich bestimmt rot. Außerdem soll Liam mein Geheimnis bleiben.

»… *weil ihm langweilig war. Aber ich bin nicht lange geblieben, es ging ihm nicht gut.*«

Auch wenn es nicht die ganze Wahrheit ist, so ist es doch keine Lüge. Ich merke meiner Freundin die Enttäuschung an, aber ich kann mich nicht dazu durchringen, ihr alles zu erzählen, nur um ihr Klatschbedürfnis zu befriedigen. Ich bin nicht wie sie.

»*Am Ende war es also kein richtig heißer Abend für dich*«, sagt sie betrübt.

»*Nein, nicht wirklich.*«

Abgesehen davon, dass ich hören konnte und das Schicksal dafür gesorgt hat, dass Liam mir wieder über den Weg lief.

»*Ganz im Gegensatz zu mir! Ein echt geiler Abend!*«

Genau das hatte ich befürchtet. Sie wird mir von ihren Abenteuern erzählen. Ich bekomme alles aufgetischt, was passiert ist, nachdem ich von der Tanzfläche verschwunden bin. Die ganze Geschichte mit dem Cowboy. Sämtliche Einzelheiten. Auf die ich ehrlich gesagt gern verzichtet hätte. Dann kommt noch die Episode mit dem Marihuana-Pfeifchen dran und dem dazugehörigen Trip. Da war ich wohl schon gegangen. Zum Glück.

Lucie trifft oft eine zweifelhafte Wahl. Ich selbst bin vielleicht zu streng, aber ich finde sie leichtsinnig. Mit einem Typen zu schlafen, von dem man überhaupt nichts weiß, scheint mir nicht die beste Idee. Vor allem, wenn man zu viel getrunken hat. Und dazu noch Gras rauchen, das ist die Kirsche auf dem Cupcake!

Sie scheint stolz auf sich zu sein, als hätte sie große Heldentaten vollbracht. Ich kann ihre Begeisterung nicht teilen. Deshalb höre ich ihr etwas zerstreut zu, nicke von Zeit zu Zeit und lächle.

»*Ist dir klar, dass du in den Armen seines Freundes hättest landen können*«, sagt sie. »*Du warst ganz sein Typ* ...«

Superman? Ich weiß. Ich hätte auch in den Armen des Cowboys landen können, und zwar vor ihr.

»*Wirst du ihn wiedersehen?*«, frage ich.

Das mache ich extra. Ich weiß, dass das nicht passieren wird. Ich habe nur Lust, sie ein bisschen zu provozieren, die Aufmerksamkeit wieder auf sie zu lenken.

»*Den Cowboy? Das weiß man nie. Wenn Jacob wieder eine Party macht, vielleicht. Sonst war es halt ein One-Night-Stand.*«

Ich unterdrücke einen mutlosen Seufzer. Auch wenn Lucie ihn vermutlich nicht bemerkt hätte. Sie neigt dazu, zu glauben, dass ich alles gut finde, was sie macht. Aber es ist auch nicht meine Art, sie zu erziehen.

Ich esse meinen Salat auf und stelle den Teller zurück. Diese Woche hat meine Mutter einen Diplomaten-Pudding gemacht, und ich habe noch eine Portion als Dessert. Ich stehe auf, um ihn in der Mikrowelle aufzuwärmen. Es ist mir ganz recht, Lucie den Rücken zu kehren, und sei es auch nur für eine halbe Minute.

Sie hat mir diese Woche gefehlt, aber jetzt geht sie mir auch ein bisschen auf den Wecker. Die Halloween-Party ist vorbei, und ich will mich mit etwas anderem beschäftigen. Etwas, worüber ich mit ihr nicht reden möchte. Liam und die Wirkung, die er auf mich hat, auf mein Gehör.

Lucie könnte das nicht verstehen. Sie kommt mit ihrer Hörbehinderung gut zurecht, und sie hat ja auch nicht die Möglichkeit, ihren Zustand zu ändern. Doch, eigentlich schon: Sie könnte auch ein Implantat bekommen, aber das verträgt sich nicht mit dem Wertesystem ihrer Familie. Ein Grund mehr, nicht darüber zu reden, dass ich wieder angefangen habe zu hören. Unsere Freundschaft würde das womöglich nicht überleben ...

Ich setze mich ihr wieder gegenüber und reiche ihr meinen Löffel.

»*Magst du einen Happen?*«

Sie macht sich nicht einmal die Mühe zu antworten und verschlingt mit einem Happs ein Drittel meines Desserts. Ihre Mutter ist eine schlechte Köchin, und die einzigen Leckereien, die meine Freundin zu ihrem Lunch bekommt, sind kleine, abgepackte Kuchen. Wenn Mama gebacken hat und es ist noch genug da, nachdem meine Brüder zugelangt haben, nehme ich eine zusätzliche Portion mit, für Lucie. Darüber freut sie sich wahnsinnig.

So mag ich meine Freundin. Verliebt in einen Cupcake. Nicht in irgendeinen unbekannten, oberflächlichen Kerl oder Drogen.

»*Darfst du mich Ende der Woche besuchen?*«, frage ich sie.

»*Ja, aber am Freitagabend muss ich zu meiner Großmutter, sie hat Geburtstag, und am Sonntag ist Flohmarkt bei den Hörbehinderten.*«

Ach ja. Ich erinnere mich an die Einladung. Die ich ausgeschlagen habe.

»*Ich muss meiner Mutter helfen, ihre Bilder zu verkaufen. Aber du könntest mitgehen. Ansonsten kannst du auch am Samstag zu mir kommen.*«

Lucies Mutter ist Kinderbuchillustratorin. Es gibt von ihr auch Ölgemälde, im gleichen kindlichen Stil. Jims Arbeiten sind mir lieber.

»*Mal sehen. Ich schreib dir.*«

Die Zeit ist schnell vergangen. Wenn ich mir vor dem Unterricht noch die Zähne putzen will, muss ich mich beeilen. Ich wünsche Lucie einen schönen Nachmittag, aber sie folgt mir zu den Toiletten, um ihr Make-up aufzufrischen. So setzt eben jede ihre Prioritäten.

KAPITEL 10

Spontane Entschlüsse

Eine meiner Geschichtsstunden war freitagnachmittags gewesen. Die habe ich in der Cafeteria nicht angegeben, weil ich das Zentrum lieber früher verlassen und ins Wochenende möchte! Allerdings ist es bei mir zu Hause ein bisschen öde. Es ist ja nicht so, dass ich mich auf einen schönen Abend vorbereiten könnte. Ich gehe so gut wie nie aus. Ich surfe im Internet und warte auf Jims Rückkehr. Freitags arbeitet seine Freundin, und manchmal gehen wir zusammen Fastfood kaufen und einen Film ausleihen, den wir dann gemeinsam ansehen.

Ich checke meine letzten Facebook-Nachrichten. Da ist nicht viel los, weil ich wenige Freunde habe, obwohl sich das in letzter Zeit ein wenig geändert hat, seit Liam und die Katzenfrau mich zu ihren Freunden hinzugefügt haben. Sie sind ziemlich aktiv und posten oft Fotos oder kleine Geschichten.

Auf Liams Seite (die ich zu oft besuche, das gebe ich zu) sehe ich, er arbeitet heute Abend nicht, und ein gewisser Jonathan beneidet ihn darum, dass er am Freitagabend freihat.

Es ist zwanzig nach vier. Falls ich mich richtig erinnere, sind Fred und Jim immer gegen halb fünf aus der Schule gekommen. Wie wär's, wenn ich zu Liam nach Hause gehe und dort auf ihn warte? Auch wenn er heute Abend sicher schon etwas vorhat, gäbe mir das die Möglichkeit, eine Weile zu hören. Wer weiß, vielleicht lädt er mich ein mitzukommen?

Ich ziehe mich rasch um, damit ich es gleichzeitig bequem und warm habe und ein bisschen sexy aussehe. Für alles gerüstet. Ich gehe hinunter, schlüpfe in meinen Mantel und meine Stiefel, verlasse das Haus und schließe hinter mir ab. Auf der Straße fällt mir ein, dass der kürzeste Weg zu Liam hintenherum führt. Mit der Abkürzung über das Grundstück von Monsieur Piché.

Ich kehre um. Auf der Rückseite des Hauses überquere ich im Laufschritt unseren Rasen und dann die Straße. Erst als ich den Kiesweg des kleinen Parks erreicht habe, der mich noch von meinem Ziel trennt, werde ich langsamer. Liams Haus und meins stehen sich fast gegenüber, mit zwei Straßen Abstand. Ohne die Abkürzung bei Monsieur Piché brauche ich mindestens zehn Minuten, wenn ich schnell gehe.

Ich hatte genügend Zeit, wieder zu Atem zu kommen, als ich vor der Haustür der Scotts eintreffe. Ich setze mich auf das Mäuerchen aus Betonsteinen und warte auf Liam. Es sollte nicht mehr lange dauern, einige Schüler kommen bereits rasch die Straße herunter. Ein Mädchen starrt mich im Vorbeilaufen neugierig an, aber die meisten beachten mich gar nicht.

Als auf der Straße nicht mehr viel los ist, frage ich mich allmählich, ob ich mich vielleicht geirrt habe. Und wenn Liam heute gar nicht nach Hause kommt? Oder, schlimmer noch, seine Eltern vor ihm eintreffen? Dann sähe ich ganz schön blöd aus! Mist.

Endlich entdecke ich Liams rötlich-blonden Haarschopf.

Sofort höre ich alles. Diese Art Hintergrundgeräusch, das vom Leben ringsumher zeugt. Als Liam mich bemerkt, beschleunigt er den Schritt, rennt fast, bis er bei mir ist.

»Und, hörst du? Jetzt in diesem Augenblick?«, fragt er.

»Ja. Ich weiß nicht recht, warum ich gekommen bin, aber ...« Gut, das ist ein bisschen geschwindelt, aber verzeihlich.

»Nein, schon in Ordnung! Komm herein.«

Ich gehe hinter Liam her, neugierig, ob sich sein Haus in den letzten Jahren verändert hat. Sobald er die Tür geschlossen hat, stürmt ein großer Hund auf mich zu, sichtlich erfreut über den Besuch.

»Bruce Lee! Sitz!«

Der Hund gehorcht, aber er behält mich im Auge.

»Hast du Angst vor Hunden?«, fragt Liam. »Ich versichere dir, er tut nichts.«

»Ich erinnere mich an dich, Bruce Lee«, sage ich und streichle den Kopf des Deutschen Schäferhundes. »Er muss inzwischen alt sein, nicht?«

»Er wird zwölf. Aber er ist noch ganz gut in Form! Übrigens ist jetzt ungefähr die Zeit für seinen Spaziergang. Willst du mitkommen?«

»Ja, klar.«

Liam stellt seinen Rucksack in den Eingangsbereich und nimmt die Hundeleine. Bruce Lee wird ganz aufgeregt. Wir gehen hinaus, der Hund voran, er kennt seine übliche Runde.

»Ich habe diese Woche über dein Problem nachgedacht«, beginnt Liam das Gespräch. »Darüber, dass du vergessen hast, was an jenem Abend passiert ist, und wenn es dir wieder einfiele, könnte das helfen, dass du die Taubheit überwindest.«

»Und, hast du eine Lösung gefunden?«

»Hypnose. In der dritten Klasse der Highschool habe ich mich

damit mal ein bisschen beschäftigt. Sie funktioniert tatsächlich! Und ich habe im Internet nachgesehen. Kliniken für Hypnotherapie gibt es fast überall.«
Er hat sich Zeit genommen, um etwas für mich herauszufinden? Um mir zu helfen? Also hat er an mich gedacht. So wie ich an ihn gedacht habe.
»Du bist nicht der Erste, der auf diese Idee kommt. Es ist nur ziemlich schwer, jemanden zu hypnotisieren, der nichts hört. Und wenn ich erst mal in Trance bin«, füge ich leicht theatralisch hinzu, »ist es unmöglich, mit mir zu reden.«
»Ja, aber neuerdings hörst du. Zumindest zeitweise. Ich bin sicher, falls du dich an einen dieser Hypnotherapeuten wendest, wird er sich sehr für deinen Fall interessieren und dir sofort und jederzeit zur Verfügung stehen. Du musst einfach zu ihm gehen, sobald du etwas hörst.«

Ja, außer dass ich eben nur in Liams Gegenwart etwas höre. Ich könnte schwer begründen, warum er bei jeder dieser Sitzungen dabei sein muss.

»Aber stell dir mal vor, ich werde während einer Sitzung wieder taub, und es gelingt ihm nicht mehr, mich wieder aufzuwecken!«

Das ist die beste Ausrede, die ich finden kann. Liams Gesichtsausdruck verändert sich, so schrecklich findet er diese Vorstellung. Ich, wie ich erstarrt auf einem Krankenhausbett liege, unfähig, aus dem Reich der Träume zurückzukehren. Lieber tot, als im Koma liegen.

»Okay, vergiss es«, meint Liam. »Das ist zu beängstigend. Ich lass mir was anderes einfallen.«

»Du sollst dich zu nichts verpflichtet fühlen. Es ist schon nett, dass ich dich jedes Mal in Beschlag nehmen darf, wenn mein Gehirn den Ton anstellt.«

»Du findest mich nett?«

»Das habe ich nicht gesagt!«

Er lächelt mich an, dann stupst er mich mit dem Ellbogen in die Seite. Mein Magen krampft sich zusammen. Man könnte fast glauben ... er flirtet mit mir. Und das gefällt mir gut.

Wir drehen mit Bruce Lee eine große Runde durch das Viertel. Liam stellt mir tausend Fragen über mich, das Zentrum, meine Familie. Er möchte alles über mein ödes Leben erfahren. Ich frage zurück, weil ich wissen möchte, was mir dadurch entgeht, dass ich keine normale Highschool besuche.

»Willst du noch mit reinkommen?«, fragt er, als wir wieder vor seinem Haus sind.

»Wenn es dir recht ist.«

»Meine Eltern sind noch nicht zurück. Außerdem würden sie nichts sagen.«

Ich nicke und gehe hinter ihm ins Haus. Drinnen macht er den Hund los und gibt ihm einen kleinen Knochen. Bruce Lee legt sich auf den Wohnzimmerteppich und kaut sein Leckerli.

»Möchtest du etwas trinken? Oder essen?«

»Nein, danke.«

Eigentlich habe ich ein bisschen Hunger, aber ich bin zu schüchtern, um ihn um irgendetwas zu bitten. Liam öffnet eine Packung Kekse mit Schokoladenstückchen und schiebt sie mir rüber, nachdem er selbst zwei genommen hat. Ich werde schwach. Na gut, einen.

»Was hast du heute Abend vor?«, fragt Liam schließlich, ohne mir dabei in die Augen zu sehen.

»Du hast mir wohl nicht richtig zugehört?«, erwidere ich streng. »Ich habe gar nichts vor, wie immer.«

»Aber wir könnten ...«

Wir werden durch Liams Vater unterbrochen, der ins Haus

gestürmt kommt. Er legt weder Stiefel noch Mantel ab und geht gleich in den ersten Stock hinauf.

»Papa?«

Liam folgt ihm, sichtlich beunruhigt durch das Verhalten seines Vaters.

»Was ist denn los?«

Ich bleibe unten an der Treppe, kriege ihr Gespräch aber trotzdem mit.

»Ich habe deine Mutter ins Krankenhaus gebracht. Du kennst ihren Stolz, seit heute Morgen hatte sie Schmerzen, aber sie hat so getan, als ob nichts wäre, bis sie mit ihrem Tagesprogramm fertig war. Sie hat mich angerufen, ob ich sie abholen würde, weil sie vor Schmerzen nicht mehr selbst fahren konnte!«

Sein Vater spricht sehr schnell. Bei ihm könnte ich niemals von den Lippen ablesen. In Notfällen ist die Gebärdensprache nicht besonders nützlich. Da braucht man das Gehör. Ich frage mich, wie ich mich in einer solchen Krise verhalten würde ...

»Was hat sie denn? Ist es schlimm?«

»Es ist die Gallenblase. Ich bin hier, um ein paar Sachen für sie zu holen.«

»Ist es schlimm?«, fragt Liam noch mal.

»Nein. Sie wird operiert werden. Ich bleibe auf jeden Fall die Nacht über bei ihr im Krankenhaus. Ich halte dich auf dem Laufenden.«

Liam und sein Vater kommen wieder herunter. Ich husche in die Küche und versuche mich in einer Ecke ganz klein zu machen. In solchen Situationen besäße ich gern die Gabe, unsichtbar zu sein.

»Das ist eine alltägliche Operation, Liam, mach dir keine Sorgen.«

»Wenn du es sagst.«

Monsieur Scott nimmt sein Portemonnaie aus der Gesäßtasche und gibt seinem Sohn etwas Geld.

»Hier, du und ...«

Er hält beim Blick auf mich inne. Ich lächle ihn ängstlich an.

»Deine Freundin ...«

»Das ist Roxanne Doré«, stellt Liam mich vor. »Erinnerst du dich an sie?«

»Ja, ja. Aber ich dachte, sie ...«

»Sie ist taub«, unterbricht ihn sein Sohn und wirft mir einen kurzen Blick zu.

Sein Vater sieht ihn an, als hätte er eine Beleidigung ausgesprochen.

»Aber sie kann sehr gut von den Lippen ablesen! Wir haben uns auf der Party bei Jacob wiedergetroffen. Gerade sind wir uns zufällig begegnet, als ich mit Bruce Lee spazieren war.«

»Aha. Na, dann bestellt euch doch eine Pizza oder irgendetwas anderes. Einen schönen Abend. Und mach dir keinen unnötigen Stress, okay?«

»Schreibst du mir, sobald es etwas Neues gibt?«

»Versprochen.«

Monsieur Scott verschwindet so schnell, wie er gekommen ist, und hinterlässt eine bedrückende Stille.

»Ich ... soll ich vielleicht ...«

Ich weiß einfach nicht, was ich sagen soll!

»Hast du Lust auf Pizza?«, fragt Liam. »Bist du mehr für Peperoni oder für Pizza mit allem?«

»Vegetarisch mit einer extra Fleischzulage.«

»Das ist ja witzig. Aber ich will es gern versuchen.«

»Das musst du nicht, ich kann auch ...«

»Du hast gesagt, dass du heute Abend nichts vorhast. Ich auch nicht. Bleib einfach da und iss mit mir Pizza.«

Ich nicke. Liam hat keine Lust, allein hier zu sitzen und auf Nachrichten von seiner Mutter zu warten. Das kann ich verstehen. Außerdem ist es nicht so, dass ich zu Hause etwas Besseres zu tun hätte. Ich lasse ihn also meine seltsame Pizza bestellen.

Unterdessen schicke ich meiner Mutter eine Nachricht, dass ich nicht zum Abendessen komme und dass sie sich keine Sorgen machen soll, ich bin bei einem Freund. Sie schickt mir einen zwinkernden Smiley, ich soll mich amüsieren. Uff! Ich hatte Angst, sie würde mir tausend Fragen stellen. Wer? Wo? Wann? Was? Wie?

»Na, hat das Küken die Erlaubnis von der Glucke bekommen, dass es bei dem bösen Wolf bleiben darf?«, fragt Liam, während ich mein Handy in die Gesäßtasche stecke.

»Ja! Aber ich weiß nicht, von welchem Wolf du sprichst ...«

Er lacht. In meinen Augen ist es unmöglich, dass Liam auch nur ein Fitzelchen bösartig ist. Weder, wenn ich an den kleinen, pummeligen Rothaarigen aus der Vergangenheit denke, noch an den attraktiven jungen Mann, der er heute ist. Seit ich taub bin, habe ich gelernt, meine anderen Sinne zu schärfen, und ich täusche mich selten.

Ich sehe ihm zu, wie er für uns beide den Tisch deckt, und möchte mich kneifen. Werde ich echt den Abend allein mit ihm verbringen? Schmetterlinge im Bauch! Er stellt die Teller so hin, dass wir nebeneinandersitzen. Einer am Kopfende des Tischs, der andere um die Ecke. Das gefällt mir.

»Was möchtest du trinken?«, fragt er und öffnet den Kühlschrank.

»Wasser.«

»Das ist eine Verlegenheitsantwort. Wir haben Pepsi, Apfelsaft, Orangensaft, Zitronenlimo ...«

»Pepsi! Das passt zur Pizza.«

Liam nimmt zwei Dosen aus dem Kühlschrank und schließt ihn mit dem Ellbogen. Doch statt an den Tisch zurückzukehren, bleibt er wie angewurzelt stehen. Er hat irgendetwas entdeckt auf den Zetteln, die mit Magneten an der Tür hängen.

»Ist was?«, frage ich.

Vielleicht denkt er an seine Mutter. Ich sollte besser still sein.

»Wir werden uns beeilen müssen mit unserer Pizza«, sagt er nur.

»Okay.«

Ich versuche, meine Enttäuschung zu verbergen. Ich verstehe, dass er sich nicht gut fühlt und lieber allein sein möchte. Ich hätte wahrscheinlich genauso reagiert, wenn meine Mutter im Krankenhaus liegen würde.

Liam reicht mir die beiden Dosen, die ich sogleich auf den Tisch stelle. Er nimmt einen Umschlag vom Kühlschrank und schaut mich an, als hätte er einen Schatz entdeckt.

»Cold play«, flüstert er und sieht mir direkt in die Augen.

Glaubt er, dass ich das verstehe? Mein Englisch ist nicht so besonders. Cold play? Wie »kalt« und »spielen«?

»Wie, du kennst Coldplay nicht?«, fragt er erstaunt und zieht zwei Tickets aus dem Umschlag.

Ah doch, das sagt mir etwas.

»Diese Band? Denk dran, ich bin seit meinem neunten Lebensjahr taub!«

»Ach, stimmt ja. Tut mir leid. Ja, es ist eine Band. Meine Eltern wollten heute Abend auf das Konzert gehen.«

»Oh nein, wie schade für sie ...«

»Stattdessen gehen wir hin!«

»Wie?«

Ich bin in meinem ganzen Leben noch auf keinem Konzert gewesen.

»Hier sind die Tickets, also können wir hingehen!«
»Ich … Ja, warum nicht?«
Liams Gesichtsausdruck verändert sich, und ich ahne, ich werde einen denkwürdigen Abend erleben.

Kapitel 11

Den Augenblick genießen

Wir haben die Pizza rasch hinuntergeschlungen (Liam musste zugeben, dass die vegetarische mit extra Fleischzulage in Sachen Belag das Beste aus beiden Welten vereint) und den Bus zum Centre Vidéotron genommen. Wir haben mindestens die Hälfte der Vorgruppe versäumt, aber das ist mir egal. Wie soll ich ein Fan ihrer Musik sein, wenn ich sie nicht mal kenne!

Unsere Plätze sind super, seitlich etwas oberhalb der Bühne, aber noch so nah, dass man alles gut sieht. Die Lautstärke ist infernalisch, und ich bin völlig aus dem Häuschen. Dass ich hier bin, in diesem Moment, ist surreal.

Als die erste Band von der Bühne geht, wird es etwas ruhiger. Es herrscht eine Art lautes Brummen. So viele Dezibel bin ich nicht gewohnt, und ich muss der Versuchung widerstehen, die Hände schützend auf die Ohren zu legen. Ich will alles hören, ohne Einschränkung.

Liam muss mein Unbehagen bemerken, denn er sagt:

»Wir hätten daran denken sollen, dir Ohrstöpsel mitzunehmen. Das wäre für dich besser gewesen …«

»Nein! Es geht schon. Ich will jeden Ton der Musik genießen. Es ist das erste Konzert meines Lebens!«

»Du wirst ausrasten«, verspricht mein Freund.

Während wir auf den Beginn der Show warten, hält mir Liam einen kurzen Vortrag über die Band. An einige Dinge erinnere ich mich, weil ich sie in der Zeitung oder in den Internetnachrichten gelesen habe. Die Abteilung Kunst und Theater überfliege ich immer nur, weil ich mich mehr für Bücher und Kino interessiere. Taub zu sein beschränkt meine Möglichkeiten, an künstlerischen Veranstaltungen teilzunehmen, die mit Geräusch verbunden sind.

Schließlich wird das Licht gedämpft, woraufhin Tausende Fans in der Arena anfangen zu schreien. Die Stimmung wirkt elektrisierend, ich trete aus mir heraus, wie in einem Wachtraum. Liam lehnt sich zu mir herüber und flüstert mir ins Ohr, sodass mir ein Schauer über den Rücken läuft.

»Du sagst mir, wenn du plötzlich wieder taub wirst, dann gehen wir, das macht nichts.«

»Das wird nicht passieren! Solange ich mit dir zusammen bin, höre ich!«

Zu spät merke ich, was ich da verraten habe. Liam betrachtet mich mit einem komischen Blick. Als ob ihn mein Geständnis ebenso sehr beunruhigt wie freut. Ich will noch etwas hinzufügen (irgendwelche Lügen), aber da betritt der Sänger die Bühne, begleitet von einer neuen Woge begeisterten Geschreis. Sogleich setzt die Musik ein.

Noch mal Glück gehabt.

Für den Moment.

Ich kenne die Musik von *Coldplay* nicht, aber trotzdem mag ich, was ich höre. Die Melodien sind schön, und der Refrain geht ins Ohr. Liam singt fast die ganze Zeit mit und bewegt den Körper im Takt. Ich bin genauso fasziniert von ihm wie von der Band und von der Menge, die außer Rand und Band ist.

Ich habe ein bisschen Kopfweh, meine Ohren brummen, und ich fühle, wie die Schallwellen im Raum mich schütteln. Doch ich verbringe den schönsten Abend meines Lebens. Was ich empfinde, ist unbeschreiblich. Ich habe den Eindruck, etwas Einzigartiges zu erleben. Einen Moment, der sich für mich nie wiederholen wird. Die Art Augenblick, von der man sagt: »Ich bin dabei gewesen!«

Als die Band einen schönen langsamen Song anstimmt, zücken die Zuschauer ihre Handys, um die Atmosphäre anzuheizen. Dann beginnt die Menge gemeinsam zu singen. Das ist fabelhaft, ich bekomme Gänsehaut. Liam holt sein Handy heraus, ich auch, und wir machen es wie die anderen, schwenken die Arme von links nach rechts, ungefähr im Takt des Songs.

Ich wende mich zu Liam, der singt, mit geschlossenen Augen, wie geflasht von dem Moment.

»*When you lose something you can't replace … when you lose someone, but it goes to waste … could it be worse …*«

Ich beobachte ihn ganz ungeniert. Ein guter Moment. Er ist schön. Ich habe das Bedürfnis, diesen Moment zu verewigen. Um einen Beweis zu haben, dass das alles wirklich geschehen ist. Ich mache ein Selfie von uns beiden.

In dem Moment öffnet Liam die Augen und sieht mich an, lächelt und singt dabei. Ich mache ihm ein Zeichen, er soll ins Objektiv schauen, er rückt näher zu mir, und ich drücke auf den Auslöser. So. Ich brauche gar nicht nachzusehen, ob das Foto gut geworden ist, ich *weiß*, dass es das ist.

Plötzlich fühle ich mich wie elektrisiert. Als müsste ich von einer Minute zur anderen explodieren. Ich kann mich nicht mehr bewegen, meinen Blick in Liams Blick gesenkt.

»Lights will guide you home«, singt er, *»and ignite your bones, and I will try to fix you ...«*

Liam hebt die Brauen und fährt sich mit der Zunge über die Lippen. Ich mache das Gleiche, bereit für seinen Kuss. Er zögert. Unsere Gesichter nähern sich, zu langsam. Der Sänger schweigt jetzt, lässt der Musik allen Raum, als wisse er um unseren Moment. Ich schließe die Augen, gleich werden Liams Lippen meine berühren. Ich spüre schon seine sanfte Wärme.

Dann beginnt die Menge noch lauter zu schreien und lenkt unsere Aufmerksamkeit ab. Unsere Münder haben sich nur ganz leicht und kurz berührt. Ich stoße einen Seufzer aus, ohne zu wissen, ob vor Enttäuschung oder Erleichterung.

Liam und ich lächeln uns scheu an und richten den Blick wieder auf die Bühne. Was beinahe geschehen wäre, hätte nicht geschehen dürfen. Liam hat eine Freundin, Noémie. Und mag ich mir auch einreden, wenn ich das Gehör nicht verloren hätte, wäre Liam irgendwann mein Freund geworden, ich habe kein Recht, so etwas zu tun.

Man kann sagen, es geschah aus einem emotionalen Moment heraus. Ein kurzer Augenblick der Verirrung. Nichts Schlimmes. Eine Art, den Augenblick zu genießen.

Als der Song zu Ende ist, wendet sich Liam mir zu, als wollte er das, was passiert ist, kommentieren. Aber *Coldplay* machen offenbar weiter mit einem ihrer größten Hits, denn die Menge beginnt noch lauter zu kreischen. Liam lässt sich ablenken und beginnt wieder zu singen und mit Kopfnicken und Fußklopfen den Rhythmus zu unterstreichen.

So geht es für den Rest des Konzerts: entfesselte Leidenschaft.

Als die Band von der Bühne abgeht, verlangt das Publikum mit ohrenbetäubender Lautstärke eine Zugabe und skandiert ansteckend: »Olé, olé, olé.«

»Sie werden mindestens noch zwei oder drei Songs spielen«, erklärt mir Liam.

»Umso besser! Ich will nicht, dass es aufhört!«

Ich rede weiter und verwende alle Adjektive, die ich kenne, um zu beschreiben, was ich gerade erlebe. Liam amüsiert sich ein wenig über meine Begeisterung, aber ich merke, er ist ebenfalls ganz hin und weg.

»Wenn ich nicht taub wäre, würde ich jede Woche auf ein Konzert gehen!«, sage ich und schreie beinahe.

»Wenn du das machst, wirst du garantiert taub! Die Lautstärke ist zu hoch, das ist nicht gut fürs Trommelfell. Du wirst sehen, das hallt noch stundenlang nach. Vielleicht tagelang. Als ich das letzte Mal ein solches Konzert gehört habe, dauerte es zwei Tage!«

»Ach was, nicht bei mir. Ich werde sowieso bald wieder taub.«

Meine Bemerkung sollte nicht dramatisch klingen, aber genau diese Wirkung hat sie auf Liam. Er macht ein mitleidiges Gesicht, und ich versuche, die Sache geradezurücken.

»In diesem Fall muss man es als Vorteil sehen! Bei mir wird unser Abend keine schlimmen Nachwirkungen haben!«

»Spürst du das? Wenn du gleich nichts mehr hörst? Etwa so, als müsstest du dich gleich übergeben? Wie wenn dir schlecht wird, und ein paar Minuten später kommt die große Stille.«

Ich weiß genau, wann ich gleich wieder hören werde und wann es vorbei ist. Aber das kann ich ihm nicht erklären.

»Nein. Es kommt ganz plötzlich.«

»Aber vorhin hast du gesagt ... du hast gesagt, solange du mit mir zusammen bist, hörst du. Was heißt das genau?«

»Du hast sicher gemerkt, dass ich nicht wieder taub geworden bin, wenn du dabei warst. Vielleicht ist es reiner Zufall, aber ich sage mir, wenn ich daran glaube, hilft es vielleicht ... Ganz schön blöd, was?«

Vor allem ist es superglaubwürdig.

»Gar nicht so blöd. Ich bin sicher, wenn mir das passierte, würde ich zu allen möglichen Formen des Aberglaubens greifen. Etwa immer nach derselben Bettseite aufstehen, dieselben Sachen anziehen, das Gleiche essen ...«

»Ganz so *crazy* bin ich noch nicht!«

Liam lacht, ganz kurz, dann wird er ernst.

»Was da gerade passiert ist, während des Songs«, sagt er und blickt zu Boden, »ich ...«

Mist.

Wenn wir darüber reden, wird das alles kaputtmachen.

»Gar nichts ist passiert«, unterbreche ich ihn. »Nur *beinahe*. Und das ist total okay. Du hast eine Freundin. Ich hatte den schönsten Abend meines Lebens. Und jetzt verdirb bitte nicht alles.«

»Das hatte ich auch nicht vor«, verteidigt er sich und hebt endlich den Kopf. »Ich wollte nur ...«

Coldplay kommt wieder auf die Bühne, das rettet mich. Die Menge kreischt noch lauter als zuvor, und sofort setzt die Musik wieder ein.

Uff!

Wir haben ein oder zwei Songs, um uns abzulenken.

Als die Lichter schließlich wieder angehen, folgen Liam und ich der Menschenflut aus der Halle.

»Hat's dir gefallen?«, fragt Liam. »Wird *Coldplay* deine Lieblingsband?«

»Es war ganz großartig! Und da ich zum ersten Mal seit acht

Jahren Musik gehört habe, hat *Coldplay* echt gute Chancen auf den ersten Platz.«

Als wir nach draußen kommen, überfällt uns die beißende Novemberkälte. Ich schlage den Mantelkragen hoch und stecke die Hände in die Taschen, Liam und ich legen einen Schritt zu, um zur Bushaltestelle zu kommen, plötzlich sehr schweigsam. Aber unser Schweigen hat nichts Peinliches, gar nicht. Es ist einfach ganz normal. Als unser Bus kommt, steigen wir schnell ein und suchen uns Sitzplätze.

Es dauert nicht lange, bis wir wieder anfangen über das zu reden, was wir erlebt haben. Ich erkläre Liam, dass die Rock-Hand, die alle während der Aufführung geschwenkt haben, eigentlich »Ich liebe dich« bedeutet, und er findet es cool, dass die Menge diese Botschaft aussendet, ohne es zu wissen. Er probiert die Bewegung ein paarmal und untersucht seine Hand, als hätte sie sich plötzlich verändert. Etwas in mir hofft, dass er diese Geste nicht für seine Freundin macht. Es ist *meine* Rock-Hand.

Wir steigen an der Bushaltestelle am Ende von Liams Straße aus und laufen automatisch zu seinem Haus. Ich schaue auf mein Handy und bin überrascht, dass ich nicht hundert Nachrichten von meiner Mutter habe, immerhin ist es schon nach zwölf.

»Willst du noch reinkommen?«, fragt Liam. »Wie wäre es mit einem Mitternachtssnack? Es gibt noch Pizza.«

»Ich weiß nicht, es ist schon spät, meine Mutter …«

… hat mich noch nicht zum Heimkommen ermahnt. Also macht sie sich keine Sorgen. Das heißt, ich könnte noch ein bisschen bleiben.

»Okay, auf ein Stück Pizza!«

Kapitel 12

Auf das Schlimmste gefasst sein

Als ich heimkomme, ist es vier Uhr. Ich komme mir vor wie eine Rebellin oder auch nur wie ein ganz normaler Teenie. Auch wenn ich nichts höre (eigentlich vor allem, *weil* ich nichts höre), versuche ich, so wenig Lärm wie möglich zu machen, um meine Eltern nicht zu wecken. Wenn ich mir schon eine Strafpredigt anhören muss, dann will ich vorher lieber noch ein bisschen schlafen. Ganz vorsichtig ziehe ich meine Stiefel aus und hänge meinen Mantel auf. Ich will gerade auf Zehenspitzen die Treppe hinauf, als mein Bruder Fred auftaucht, einen Teller mit Sheperd's Pie in der Hand. Er kommt wohl direkt von der Arbeit.

»Wo warst du?«

»*Bei einem Freund.*«

Ich sehe, er ist schon im Begriff, mit mir zu schimpfen, weil ich gebärde, besinnt sich aber anders. Es ist schon spät, oder früh, je nach Standpunkt, und wir wissen beide, dass ich nicht flüstern kann.

»Und du kommst erst um vier Uhr morgens nach Hause? Hat Mama dich nicht tausendmal angerufen?«

»*Nein!*«

»Na, so was! Und was habt ihr gemacht, dein Freund und du, bis in aller Herrgottsfrühe?«

Ich werde ihm nicht erzählen, dass ich auf dem Konzert von *Coldplay* war, das würde ihm zu seltsam vorkommen.

»*Wir haben geredet.*«

Fred wirft mir einen Blick zu, wenig überzeugt. Ich weiß, was er denkt. Er hat, als er so alt war wie ich, mit seinen Freundinnen sicher nicht nur gequatscht, wenn er so spät heimkam.

»So, so, und wer ist dieser Freund?«

»Liam Scott«, versuche ich zu murmeln und drücke mir selbst die Daumen, dass ich den Namen nicht herausgeschrien habe.

»Dickerchen?«

Bevor er ihn aussprach, hatte ich den fiesen Spitznamen ganz vergessen, den meine Brüder Liam in der Kindheit gegeben haben. Okay, er hatte ein paar Speckrollen, aber meinen besten Freund so zu nennen, war gemein. Sie taten es zwar nie in seinem Beisein, aber es war trotzdem eine Beleidigung.

»*Er ist überhaupt nicht mehr dick, heute*«, versuche ich ihn auch in seiner Abwesenheit zu verteidigen.

Fred lächelt, und ich merke, dass ich besser geschwiegen hätte. Er wird auf allerlei Ideen kommen.

»*Gute Nacht*«, beende ich das Gespräch, bevor mein Bruder anfängt, mich zu necken.

Immer noch bemüht, den Rest der Familie nicht aufzuwecken, gehe ich direkt ins Bett. Die Zähne werden mir schon nicht ausfallen, weil ich sie einmal nicht geputzt habe.

◆

Ich wache mit dem Eindruck auf, nur wenige Stunden geschlafen zu haben. Doch mein Wecker zeigt kurz vor eins. Ich stehe auf und flitze ins Bad. Die fehlende Körperpflege gestern rächt sich, und ich fühle mich schmutzig. Außerdem steht mir wohl eine Auseinandersetzung mit meinen Eltern bevor, also lieber erst mal duschen.

Ich muss an Liam denken, der seit heute Morgen um neun im Supermarkt arbeitet. Igitt. Ich habe gestern mehrfach Anstalten gemacht zu gehen, aber er bestand darauf, dass ich noch ein bisschen bleibe. Sicher, weil er allein zu Hause war. Sein Vater rief an, um ihm zu sagen, dass es seiner Mutter gut gehe, sie aber erst am nächsten Tag nach Hause kämen.

Erstaunlicherweise gefällt es mir, allein zu Hause zu sein. Das ist komisch, weil es überhaupt nicht zu meinen sonstigen Ängsten passt.

Als ich herunterkomme, sitzt meine Mutter im Esszimmer und näht für meinen Vater einen Hemdenknopf an. Sie hebt den Kopf, lächelt und wendet sich wieder ihrer Arbeit zu. Ich weiß nicht, was das zu bedeuten hat. Entweder ist sie supersauer und kann jeden Augenblick explodieren, oder sie weiß nicht, wann ich heimgekommen bin.

Ich halte den Atem an, als sie Nadel und Faden endlich weglegt und ihren Blick auf mich heftet.

»Hattest du einen schönen Abend?«, fragt sie.

»Ja.«

»*Ich wusste gar nicht, dass du deinen alten Freund wieder triffst. Liam Scott. War er das, neulich abends? Er hat sich ganz schön verändert.*«

Einatmen, ausatmen. Meine Mutter scheint nicht wütend zu sein. Aber woher weiß sie, wo ich gewesen bin? In meiner Nachricht habe ich nur erwähnt, »bei einem Freund«. Über mein verdutztes Gesicht muss sie lachen. Ja, ich bin echt verwirrt.

»*Ich habe dich überwacht*«, erklärt sie mir schließlich. »*Mit dem hier.*«

Mama steht auf und holt ihr Handy vom Küchentisch. Sie tippt ein paarmal darauf und zeigt mir das Display. Es ist die App, mit der wir den Standort unserer Kontakte bestimmen können. Wenn sie mich verfolgt hat, weiß sie also, dass ich nicht den ganzen Abend bei Liam war. Oder hat sie nur einmal nachgesehen?

»*Was habt ihr gemacht?*«

Diesmal höre ich die Neugier in ihrer Frage. Auch wenn meine Mutter weiß, wo ich war, sie hat keine Ahnung, was ich dort gemacht habe.

»*Wir haben uns Pizza bestellt, wir sind zu einer Veranstaltung gegangen, und wir haben geredet.*«

»*Bis um vier Uhr morgens?*«

Mist! Ich war mir sicher gewesen, dass ich dieses Detail vor ihr verbergen könnte.

»*Seine Eltern waren nicht da. Seine Mutter liegt im Krankenhaus.*«

Meine Mutter blinzelt mehrmals mit den Augen, was sie selten tut. Das heißt, sie ist raus aus ihrer Komfortzone. Das ist nicht gut für unser Gespräch.

»*Ihr wart allein?*«

Ach! Mist! Sie denkt, dass ich ... dass wir ... MIST! Ich ahne, jetzt wird die Sache richtig unangenehm. Meine Mutter ahnt es offenbar auch, denn sie hört nicht auf, mit den Augen zu zwinkern.

»*Nicht während der Veranstaltung. Da waren ein paar Tausend Menschen um uns herum.*«

Mein Versuch zu scherzen funktioniert nicht.

»*Wir haben ja niemals über ... Sex gesprochen*«, sagt Mama.

»*Das ist auch nicht nötig*«, versichere ich ihr.

»*Das ist sehr wohl nötig. Aber ... ich kenne nicht alle Gebärden, um mich richtig auszudrücken.*«

»*Okay, dann sprechen wir darüber, wenn ich wieder hören kann!*«

Ich finde meine Art, das Gespräch zu beenden, ganz schön komisch, aber der Gesichtsausdruck meiner Mutter ernüchtert mich total. Sie hebt die Augen zum Himmel und schüttelt seufzend den Kopf. Ich sehe, wie ihre Nasenflügel beben.

»*Du glaubst, ich bleibe für immer taub.*«

Das ist keine Frage, das ist eine Anklage. Mama bemerkt den Unterschied. Ihr Gesicht fällt ein, sie setzt eine mitleidige Miene auf, die ich verabscheue.

»*Es ist nicht so, dass ...*«

»*Du glaubst, ich bleibe taub*«, wiederhole ich.

»*Nur, weil es schon so lange geht, Roxanne. Der Arzt hat gesagt, es dauert ein Jahr, schlimmstenfalls. Und jetzt sind es acht. Wir müssen der Tatsache ins Auge sehen, dass du nie wieder hören wirst.*«

»*Nein! Wenn ich es schaffe, mich an das zu erinnern, was an jenem Abend vorgefallen ist, wird alles gut!*«

»*Wer sagt das?*«

»*Der neue Psychologe im Zentrum. Ich habe ein Trauma erlitten und muss mich erinnern, wodurch es verursacht worden ist.*«

»*Und hast du eine Vermutung?*«

»*Ja.*«

Das ist gelogen. Der einzige Hinweis, den ich habe, ist das, was mein Vater mir erzählt hat. Dass ich wegen eines Referats am nächsten Tag wahnsinnig gestresst war. Nichts, was eine plötzliche Taubheit erklären könnte oder auch nur, dass ich im Schlafanzug in die beißende Februarkälte hinausgelaufen bin.

»Wie?«, hakt meine Mutter nach.

»*Ich will mit dir nicht darüber sprechen. Du glaubst sowieso, dass das nichts hilft!*«

Für eine Antwort lasse ich ihr keine Zeit. Ich stehe auf und renne schnell hinauf, um mich in meinem Zimmer zu verbarrikadieren. Ich knalle die Tür so stark zu, dass ich die Vibration spüre. Gut so!

Kapitel 13

Ein paar Neuigkeiten

Rachel, meine Psychologin, hat mir geraten, wenn es einem nicht gut geht, soll man sich an etwas Schönes erinnern, damit die schlechten Gedanken Reißaus nehmen. Es ist mir nicht oft gelungen.
Aber heute muss ich nur an den gestrigen Abend zurückdenken, um mich in eine bessere Stimmung zu versetzen. Die Pizza, das Konzert, die Stunden, in denen ich mit Liam über alles und nichts geredet habe. Ich schließe die Augen, wie um meine Gedanken deutlicher zu sehen. Plötzlich fällt mir ein, dass ich während der Veranstaltung ein Foto gemacht habe. Man braucht keine Fantasie, wenn man einen greifbaren Beweis hat!
Ich hole mein Handy aus der Tasche und öffne die Fotogalerie, sicher, dass ich das Foto sofort finde, Liam und ich nebeneinander, lächelnd. Ich hatte recht, das Foto ist perfekt.
Das rote Licht über meiner Tür beginnt zu blinken, und ich zucke zusammen, als ob man mich bei etwas Unrechtem ertappt

hätte. Ich stecke mein Handy weg, bevor ich den Besucher hereinlasse. Sicher meine Mutter, die sich entschuldigen will.

Aber nein. Fred und Jim schlüpfen ins Zimmer und schließen die Tür hinter sich. Sie checken rasch, in was für einer Laune ich bin, und als sie die Andeutung eines amüsierten Lächelns sehen, lassen sie sich am Fußende meines Betts nieder.

Meine beiden Brüder sind vollkommen gegensätzlich. Fred ist der Stämmige, der Kampfsportchampion und Charmeur. Man könnte meinen, er versteckt sich hinter einem sicheren Panzer, aber er kümmert sich wirklich um die Gefühle der anderen. Mit ihm kommt man direkt ans Ziel und findet immer eine Lösung. Er beschützt mich, wie es sich für einen großen Bruder gehört, macht mir aber auch Mut, meine eigenen Flügel zu gebrauchen.

Jim ist der Künstlertyp, der Genussmensch, der Freigeist. Der jede Form von Diskriminierung verurteilt, jederzeit bereit, eine Petition zu unterschreiben, um die Fauna oder Flora, Witwen und Waisen zu retten. Unerschütterlicher Optimist, erfahren in der Kunst des Loslassens. Er ist nie lange beleidigt. Ein offenes Buch.

Ich wüsste nicht, welchen der beiden ich lieber mag. Sie ergänzen sich, und ich finde abwechselnd Halt beim einen oder beim anderen, je nachdem, um was für ein Problem es sich handelt. Sie haben immer auf mich aufgepasst, und noch mehr, seit ich taub bin.

Wenn sie jetzt hier aufkreuzen, wissen sie, dass ich mich mit Mama gestritten habe.

»Was ist los?«, fragt Fred. »Weißt du, dass du mich geweckt hast, weil du die rebellische Tochter spielen musstest?«

Er deutet mit einer Kopfbewegung zur Tür, die ich gerade so heftig zugeknallt habe. Oh, daran hätte ich denken sollen.

»*Mama glaubt, dass ich mein ganzes Leben lang taub bleibe*«, sage ich, als ob das die schlimmste Beleidigung wäre.

»*Na und? Das denken wir doch alle.*«

Seine Antwort schockiert mich, und meine Augen füllen sich mit Tränen.

»*Das heißt natürlich nicht, dass wir es uns wünschen*«, präzisiert er. »*Du weißt, dass wir alles Erdenkliche tun würden, damit du wieder hören kannst. Woher diese plötzliche Wut?*«

»*Weil mir niemand sagen kann, was an jenem Abend passiert ist.*«

»*Wir waren doch gar nicht da!*«, verteidigt sich Jim.

Das ist wahr. Fred war bei seinem Karatetraining und Jim in der Klavierstunde.

»*Warum ist das denn plötzlich so wichtig?*«, fragt Jim. »*Das ist hundert Jahre her, und nie hast du darüber was gesagt oder danach gefragt. Warum jetzt auf einmal?*«

Nun habe ich keine Wahl mehr. Wenn ich mit dieser Sache vorankommen will, muss ich meine Brüder einweihen. In den Romanen, die ich lese, vollbringt der Held seine Taten auch selten allein. Er braucht Verbündete. Zwar habe ich Liam, der allerdings keine Ahnung hat, welche Rolle er spielt. Wenn ich noch Fred und Jim hinzufüge, werden meine Erfolgschancen größer, also die Aussicht, dass das Gehör zurückkommt, oder etwa nicht?

»*Weil ich angefangen habe, wieder zu hören*«, gestehe ich.

Meine Neuigkeit überrascht sie, das sehe ich. Eine Weile sind sie sprachlos.

»*Du hörst?*«, fragt Fred schließlich.

»*Nicht in diesem Moment*«, erkläre ich. »*Es ist nicht von Dauer.*«

»*Aber das ist doch großartig*«, ruft Jim. »*Ein gutes Zeichen!*«

»*Ja, mein neuer Psychologe denkt das auch.*«

»*Warum hast du es Mama nicht gesagt?*«

Fred wirft Jim einen vielsagenden Blick zu, und der nickt. Mama reagiert manchmal etwas heftig. Wir kennen das alle.

»Sie würde mit dir zu sämtlichen Spezialisten laufen und dich die ganze Zeit überwachen. Ich verstehe, dass du es lieber für dich behältst«, meint Fred.

»*Es würde sie wieder vollkommen in den Wahnsinn treiben*«, ergänzt Jim.

»*Wie meinst du das?*«

»Als du taub wurdest, hat Mama immer wieder gesagt, es sei ihre Schuld. Deshalb hat sie dich bis nach Toronto geschleppt, um die besten Fachärzte aufzusuchen.«

Daran erinnere ich mich nicht. An die Besuche bei den Fachärzten schon, aber nicht, dass sie glaubte, sie sei für meine Taubheit verantwortlich. Das ist wohl typisch Eltern, immer zu glauben, sie seien schuld, wenn den Kindern etwas Schlimmes passiert.

»*Warum hat sie das gesagt?*«

»Weil sie zu diesem Zeitpunkt vollkommen wahnsinnig war!«, bekräftigt Fred. »Heute wissen wir, dass sie in einer Depression steckte, aber damals haben wir nicht begriffen, warum sie sich so schrecklich aufgeführt hat. Erinnerst du dich nicht daran?«

»Nein.«

»Na ja, du warst damals auch noch klein«, räumt Fred ein. »Sie ist wegen jeder Kleinigkeit ausgerastet und hat uns die ganze Zeit angeschrien. Ich hab's ihr zurückgegeben und wurde am Ende immer bestraft. Jim hat bloß geweint.«

»*Sie hat gesagt, ich soll aufhören zu weinen und mich nicht wie ein kleines Mädchen, sondern wie ein Mann benehmen*«, ergänzt er.

»Aber du warst die Schlimmste«, fährt Fred fort. »Du hast sie echt verrückt gemacht.«

»*Ich?*«

Das kann nicht sein. Ich müsste mich doch daran erinnern, wenn meine Mutter mich pausenlos beschimpft hätte. Auch wenn meine Erinnerungen an die Zeit vor der Taubheit alle ein bisschen vage und verschwommen sind. Wenn ich daran zurückdenke, kommt es mir vor wie das Leben von jemand anderem.

»Sobald sie wütend wurde, bist du erstarrt. Du bist sitzen geblieben und hast einfach ins Leere geschaut, bis sie aufgehört hat zu schreien. Als ob dein Geist ganz woanders wäre. Null Reaktion. Einmal bist du während dem Essen aufgestanden, wie ein Roboter, und in dein Zimmer gegangen. Mama hat immer wieder gesagt, du seist nicht normal.«

»*Das hab ich gemacht, um nicht aufzufallen.*«

Jetzt fällt es mir wieder ein. Mama konnte ohne Grund ausrasten. Wenn man das Essen nicht lobte, nannte sie sich eine schlechte Köchin und sagte, am nächsten Tag sollten wir allein klarkommen. Ich erinnere mich auch, dass Papa die Mülltonne draußen durchwühlen musste, um nach Kleidungsstücken meiner Mutter zu suchen: Sie hatte sie weggeworfen, weil sie sich hässlich fand.

Die Mama von damals hat mit der jetzigen nichts zu tun. Meine Mutter ist freundlich, nett, liebevoll. Sie wird selten wütend. Sie hat nicht einmal geschimpft, weil ich erst gegen Morgen heimgekommen bin.

»Als du taub wurdest, ist sie ausgeflippt«, erklärt Fred. »Sie weinte und sagte, es sei ihre Schuld. Sie sei eine schlechte Mutter.«

»*Mama hat geweint?*«

»*Nicht vor uns*«, stellt Jim klar. »*Aber manchmal hörten wir es durch die Schlafzimmertür.*«

»*Und Papa? Was hat er gemacht?*«

»Er hat getan, was er konnte, damit alle glücklich sein sollten«, meint Fred. »Um Krisen vorzubeugen. Ich glaube, er und Mama regelten das alles unter sich.«

Ich war zu der Zeit gerade mal acht. Jim war noch neun und Fred elf. Wer von uns konnte wirklich begreifen, was da vor sich ging? Keiner. Allerdings hatten meine Brüder die letzten acht Jahre Zeit, mehr zu erfahren, während ich in meiner Welt allein war.

Wie auch immer, jetzt habe ich einen Knoten im Magen. William, der Psychologe, wollte, dass ich die Vergangenheit wieder zum Leben erwecke, aber was da an die Oberfläche kommt, gefällt mir gar nicht.

»Wir sind ganz vom Thema abgekommen«, klagt Fred. »Du hast uns gerade gesagt, dass du wieder hören konntest. Erzähl doch mal genauer!«

»*Es ist komisch. Auf einmal höre ich. Dann ist plötzlich wieder Schluss.*«

»Wann passiert das?«

»*Das erste Mal war auf der Halloween-Party bei meinem Freund Jacob. Aber es ist auch im Krankenhaus passiert. Und gestern.*«

»Es hat nicht zufällig etwas mit Dickerchen zu tun?«

Ich werde sauer, während Jim anfängt zu lachen. Erstens hasse ich diesen Spitznamen. Zweitens hätte ich Fred nicht für so scharfsichtig gehalten. Mist!

»*Ich weiß nicht, von wem du redest*«, sage ich verstimmt.

»Okay, entschuldige. Es passiert nicht zufällig, wenn Liam dabei ist?«, fragt mein großer Bruder noch einmal.

»*Vielleicht.*«

»*Du fängst wieder an zu hören, weil du verliebt bist?*«, meint Jim entgeistert.

»*Ich bin nicht verliebt!*«

Zu spät merke ich, dass ich überreagiert habe. Mein Eifer, es abzustreiten, wirkt wie ein Geständnis.

»*Übrigens hat er schon eine Freundin.*«

Als ob diese Antwort meine Brüder überzeugen könnte, dass ich nicht von Liam fasziniert sei. Lächerlich.

»Ist sie so toll wie du?«, fragt Fred mit einem amüsierten Lächeln.

Unwillkürlich schießen mir die Tränen in die Augen. Als ich taub wurde, habe ich nach und nach alle meine Träume begraben. Eine super Babysitterin zu werden, um Taschengeld zu verdienen, zur Tanzgruppe der Grundschule und später zu den *Cheerleadern* der Highschool zu gehören, mit Freundinnen herumzuhängen, auf Partys zu gehen, einen Freund zu haben, am Schulball teilzunehmen …

Wenn mein Gehör heute zurückkäme, wäre noch nicht alles verloren. Und genau das macht mir Angst. Die Möglichkeit, wieder ein normales Leben zu führen und keine Entschuldigung mehr zu haben, dass ich meine Wünsche nicht in die Tat umsetze.

»*Wir wollen dir helfen*«, versichert Jim. »Wir werden herausfinden, was Sache ist, und alles tun, damit du das Leben führen kannst, das du willst.«

»*Wie wollt ihr das anstellen?*«

»*Lass uns mal machen*«, entgegnet er, ohne mit Details herauszurücken.

Fred nickt zustimmend. Jetzt ist mir noch mehr nach Weinen zumute. Ich hätte ihnen von Anfang an erzählen sollen, was mit mir los ist.

Kapitel 14

Ein Dreieck mit vier Seiten

Am späten Nachmittag hat mir Jacob eine Nachricht geschickt mit der Einladung, den Abend bei ihm zu verbringen, und ich habe zugesagt. Er durfte das Krankenhaus verlassen und hat Langeweile. Zum ersten Mal werden wir allein sein, er und ich. Ich fürchte, wir werden uns ein wenig unbehaglich fühlen. Dabei haben wir uns im Zentrum doch seit September jeden Tag gesehen.

Ich bin in der Küche und mache mir ein Sandwich, als meine Eltern mit einer Tüte Lebensmittel hereinkommen.

»*Was machst du?*«, fragt mein Vater erstaunt. »*Es gibt bald Abendessen!*«

»*Ich gehe heute Abend weg. Zu Jacob. Ich muss den Bus um halb sieben nehmen und werde nicht mit euch zu Abend essen.*«

»*Liam, Jacob ... muss ich anfangen, mir Sorgen zu machen?*« fragt mein Vater spöttisch.

Die Mitglieder meiner Familie haben sich angewöhnt, mit

der Stimme zu sprechen, während sie gebärden. Aus Rücksicht gegenüber den anderen Personen im Raum. Es überrascht mich also nicht, dass meine Mutter sich umdreht und ihn mit großen Augen ansieht. Ich wette, sie hat ihm von unserem Gespräch heute Morgen erzählt.

»Du schreibst uns, wenn du abgeholt werden willst«, sagt mein Vater, wieder ernst geworden.

»Okay.«

»Schönen Abend.«

Er macht eine Rock-Hand, und ich antworte auf dieselbe Weise. Ich schenke meiner Mutter ein kleines Lächeln, wie eine weiße Fahne. Ich werde ihr nicht länger böse sein, schon gar nicht nach dem, was Fred und Jim mir erzählt haben.

Ich schlinge mein Sandwich runter, danach noch einen Schokopudding. Dann mache ich mich fertig und flitze hinaus, um meinen Bus zu erwischen. Meine Nervosität steigt, obwohl das lächerlich ist. Schließlich habe ich gestern Abend mehrere Stunden allein mit Liam verbracht und auch keine Zustände gekriegt. Warum sollte das mit Jacob anders sein.

Als ich vor seinem hübschen weißen Backsteinhaus stehe, kommen mir Zweifel. Und wenn Jacob andere Erwartungen an diesen Abend hat als ich? Auf seiner Party wirkte er irgendwie komisch.

Ich schüttle diese Gedanken ab und klingle. Ein großer breitschultriger Typ mit rasiertem Kopf macht mir auf. Er trägt einen Trainingsanzug von der Armee, der genauso aussieht wie der, den Jacob mir nach meinem unfreiwilligen Bad geliehen hat und der immer noch in meinem Spind liegt und darauf wartet, dass mein Freund wieder in die Schule kommt.

»Hallo, ich bin Roxanne und möchte Jacob besuchen.«

Glatzkopf setzt ein Lächeln auf wie in einer Fernsehserie. Das

Lächeln des Bösewichts. In Büchern heißt so etwas oft »Raubtierlächeln«. Wie ein Jäger, der eine gute Beute entdeckt hat. Ein paar Sekunden lang fühle ich mich wie ein Stück Fleisch. Nicht gerade angenehm.

»*Er ist unten*«, gebärdet er und lässt mich herein.

Glatzkopf zeigt mir den Weg, und ich gehe ins Untergeschoss. Ich lande in einer Art Wohnzimmer, das fast vollständig von einer L-förmigen Sofaecke ausgefüllt wird. An der Wand hängt ein überdimensionierter Fernsehschirm, auf dem Bilder von einem Autorennen vorbeihuschen. Jacob sitzt mit dem Rücken zu mir auf dem Sofa, ganz in sein Videospiel vertieft.

Ich persönlich hasse es, wenn die Leute sich einem von hinten nähern. Dann erschrecke ich und glaube ein paar Sekunden lang, dass ich angegriffen werde. Mein Puls rast, und ich wirke völlig aufgelöst. Also gehe ich um das Monster aus braunem Leder herum und trete langsam in Jacobs Blickfeld.

Als er mich bemerkt, steht er auf, ohne sein Autorennen anzuhalten.

»*Hallo! Schön, dass du da bist!*«

»*Hallo. Wie geht es dir?*«

Die Operation, bei der man das Implantat eingesetzt hat, war keine Vergnügungsreise. Jacob sieht zwar besser aus als bei unserem Besuch im Krankenhaus, aber er hat noch tiefe Augenringe.

»*Du weißt ja, wie es ist, vollständig taub zu sein. Ich kann mich schwer daran gewöhnen. Ich halluziniere Geräusche, bin supernervös, schlafe schlecht.*«

»*So war das bei mir anfangs auch. Na ja, ich bin immer noch ziemlich ängstlich, aber ich schlafe gut. Meistens jedenfalls.*«

Ich lächle ihn an, als könnte ihm das Sicherheit geben. Als ich taub wurde, war niemand für mich da. Niemand hat mir gesagt, was mich erwartete. Jacob hatte wenigstens Zeit, sich darauf vorzubereiten.

»*Ich darf mich nicht beklagen*«, sagt er und schüttelt den Kopf. »*Bei mir dauert es ja nur fünf Wochen. Bei dir dagegen* ...«

»... *schon acht Jahre*«, falle ich ihm ins Wort.

Ja, man kann jemandem »ins Wort fallen«, auch in Gebärdensprache. Man muss nur heftiger gestikulieren als der andere. Und ich wollte nicht, dass Jacob sagt: »Bei dir ist es für immer.« Zweimal am selben Tag, das wäre zu viel.

»*Kann ich deine Narbe sehen?*«, frage ich.

Mein Freund tritt näher, wendet den Kopf und hebt die Haare hoch. Nicht besonders eindrucksvoll. Fred hat am Kinn eine schlimmere Narbe nach einem heftigen Kampf bei einem seiner Karate-Turniere.

»*Deshalb lasse ich die Haare wachsen. Dann sieht man das Implantat nicht. Nicht besonders sexy, so ein Dingsda seitlich am Kopf.*«

»*Hör auf! Es ist doch deine Persönlichkeit, für die man sich interessiert!*«

Jacob wird rot. Ich spüre jetzt dasselbe Unbehagen wie auf der Party. Ich fände es anmaßend zu glauben, er sei in mich verliebt, aber er vermittelt mir den Eindruck, dass ich ihm gefalle. Genau das ist mir unbehaglich.

Er sieht gut aus, ist nett und stört sich nicht daran, dass ich taub bin, denn er sitzt im selben Boot. Wenn Liam nicht wieder auf der Bildfläche erschienen wäre, könnte ich blindlings in seine Arme fliegen. Der Einwand ist allerdings lächerlich. Liam ist bereits vergeben, und selbst wenn er anscheinend problemlos mit Hörbehinderten Freundschaften schließt, glaube ich nicht, dass er eine taube Freundin haben möchte. Jacob ist die bessere Wahl.

Sei's drum, ich bin nicht das erste Mädchen, das einen Konflikt zwischen Herz und Verstand erlebt. Und gibt es nicht ein Sprichwort, das sagt: *Im Zweifelsfall lieber verzichten?*
»*Magst du Videospiele? Sonst habe ich auch Filme.*«
»*Wir können ein paar Rennen fahren*«, sage ich und zeige auf den Fernseher.

Meine Brüder haben eine ziemlich heftige Play-Station-Phase hinter sich, aber mich hat das nie gereizt. Ein paarmal habe ich mitgespielt, mehr ihnen zuliebe, als dass ich wirklich Spaß daran hatte. Egal bei welchem Spiel, ich hab immer verloren. Mit Jacob wird es vermutlich nicht anders.

Ich setze mich neben ihn aufs Sofa, er gibt mir einen Joystick und erklärt mir, dass ich mich für ein Fahrzeug entscheiden muss. Ich wähle ein schnelles Motorrad, er ein Mountainbike. Der Countdown läuft, dann beginnt das Rennen. Das ich gewinne.

»*Hast du mich absichtlich gewinnen lassen?*«
Mein geheuchelter Ärger bringt ihn zum Lachen.
»*Vielleicht. Ich bin eben ein Kavalier.*«
Ich wische seine Antwort mit einer Handbewegung fort.
»*Das lass mal die Damen entscheiden.*«
»*Okay. Wir machen noch eins. Kein Erbarmen!*«

Wir spielen ein Rennen nach dem anderen, und Jacob gewinnt sie alle. Dennoch schlage ich mich wacker und bin in der Regel unter den ersten fünf. Dann beginnt die Sache sich zu wiederholen, und mein Eifer erlahmt.

Wie viele Hörbehinderte ist Jacob sehr gut darin, nonverbale Zeichen zu verstehen. Er merkt, dass mein Interesse nachlässt, und stoppt das Spiel.

»*Willst du lieber einen Film schauen?*«
»*Solange es nicht* Magic Mike *ist!*«

»*Warum?*«

»*Lucie schwärmt für diesen Schauspieler. Mit ihr habe ich den Film sicher hundertmal gesehen!*«

»*Trefft ihr euch oft außerhalb des Zentrums, Lucie und du?*«

»*Eigentlich nicht. Ihre Eltern haben es nicht gern, dass sie zu mir kommt. Und sie unternehmen viel zusammen mit anderen Hörbehinderten. Das ist wie ein Verein, und ich habe nicht den Eindruck, dass ich dazugehöre.*«

»*Wie? Du bist nicht stolz darauf, vollständig taub zu sein? Du glaubst nicht, dass du deshalb etwas Außergewöhnliches bist?*«

Aus seinem amüsierten Lächeln schließe ich, dass er auch einige dieser anstrengenden Leute kennengelernt hat. Die meisten sind ungeheuer freundlich, geben einem gute Ratschläge und helfen einander, so gut sie können. Andere dagegen entwickeln eine seltsame Art von Intoleranz gegenüber den Hörenden. Obwohl es nicht viele sind, verderben sie meine Erfahrungen mit dieser Gruppe. Da meine Taubheit psychisch bedingt ist, muss ich immer mit ein paar schiefen Blicken rechnen.

»*Es gefällt ihnen nicht besonders, dass ich immer noch hoffe, eines Tages wieder hören zu können.*«

»*Wäre es denn möglich, dass du wieder hören kannst?*«, fragt Jacob erstaunt.

Statt einer Antwort begnüge ich mich mit einem Achselzucken. Ich will mich mit ihm nicht auf dieses Thema einlassen, weil ich nicht weiß, wie er reagieren würde. Wenn ich mit Lucie darüber gesprochen habe, fing sie jedes Mal an zu schmollen, und das verdarb die Stimmung. Ich glaube, ihr wäre es lieber, wenn ich für immer taub bliebe, und das finde ich egoistisch. Deshalb vermeide ich das Thema, um unsere Freundschaft nicht zu gefährden.

»*Das wäre cool für dich*«, meint er.

Er steht auf und geht zu einem Regal voller DVDs. Ich folge ihm, um ihm bei der Auswahl zu helfen. Ich kenne einige Titel, zwei oder drei interessieren mich besonders.

»*Action, Liebesgeschichte, Horror, Comedy, worauf hast du Lust?*«, fragt Jacob.

»*Ganz egal.*«

Ich tue so, als wäre mir alles recht, aber wenn er sich für einen Horrorfilm entscheidet, besteht die Gefahr, dass ich während der ganzen Rückfahrt im Bus Panik habe und in der Nacht nicht schlafen kann. Ich flehe dich an, nimm nicht *Das Kettensägen-Massaker*, bitte!

Zu meiner großen Überraschung schlägt Jacob eine romantische Komödie mit Justin Timberlake und Mila Kunis vor. Die kenne ich zwar schon, aber sie hat mir gut gefallen. Es war lustig. Eine gute Wahl.

»*Okay!*«

Jacob legt den Film ein, während ich mich wieder aufs Sofa setze. Aber er kommt nicht zu mir. Ich hatte gar nicht bemerkt, dass unter der Treppe eine Bar eingerichtet ist. Hoffentlich bietet er mir keinen Alkohol an! Beim letzten Mal ist das nicht gut ausgegangen ...

»*Popcorn?*«

Ich nicke. Popcorn liebe ich. Außerdem bekomme ich eine Dose Pepsi mit einem rosa Strohhalm. Jacob dimmt das Licht und setzt sich neben mich, so nah, dass unsere Schultern sich fast berühren. Ich werde auf einmal nervös. Hat er die romantische Komödie in der Hoffnung ausgesucht, eine geeignete Atmosphäre zu schaffen, damit ... damit wir es wie die Schauspieler machen?

Der Film beginnt, Jacob und ich fischen abwechselnd in der großen Schüssel mit Puffmais. Aus dem Augenwinkel beobachte ich ihn. Nichts lässt darauf schließen, dass er nur den richtigen Moment abpassen will, um sich auf mich zu stürzen. Schließlich entspanne ich mich.

Aber warum sorge ich mich überhaupt deshalb? Gerade habe ich doch gedacht, dass Jacob eine gute Wahl wäre. Ich hätte gern einen Freund. So, wie Charlie Jim hat. Wir würden ins Restaurant gehen, wir würden unsere Wochenenden zusammen verbringen ... in der Stille. Was soll's, man braucht schließlich kein Geräusch, um es zu genießen, wenn man geküsst wird.

Ich frage mich, ob Jacob schon mal ein Mädchen geküsst hat. Ob er schon eine Freundin hatte. Nicht, dass ich mich einer viel größeren Erfahrung auf diesem Gebiet rühmen könnte. Einmal habe ich einen Typen geküsst, an einem Tag mit Outdooraktivitäten in Lucies Gruppe, eines der seltenen Male, dass ich daran teilgenommen habe. Er war älter als ich und sah gut aus, das hat mich beeindruckt. Ich weiß noch, dass ich es auch ein bisschen tat, weil Lucie mich dazu drängte; sie selbst lag in den Armen eines anderen Jungen.

Und dann hätte ich beinahe Liam geküsst, aber das war nicht das Gleiche. Es hätte nicht passieren dürfen, es waren die Umstände. *Coldplay* und der schöne Song waren schuld.

Ich glaube, ich würde Jacob gern küssen.

Ich wende mich ihm zu. Er wartet etwa zwei Sekunden, dann tut er das Gleiche. Wir sehen uns in die Augen, ich lächle ihm zu. Dann geht das Licht an.

Automatisch drehen wir uns um. Da steht Glatzkopf, ein spöttisches Lächeln auf den Lippen. Neben ihm ein winziges Mädchen mit schwarzen Haaren und ein großer blonder Junge.

Dann kehren die Geräusche zurück.

»Ich glaube, ihr stört«, lacht Glatzkopf und zieht vielsagend die Augenbrauen hoch, bevor er wieder hinaufgeht und die Tür hinter sich schließt.

»Ich hatte dir gesagt, du sollst ihm vorher eine Nachricht schicken«, bemerkt Noémie in vorwurfsvollem Ton.

»Hallo!«, sagt Liam nur.

Jacob erhebt sich, um ihn mit einem stilvollen Händedruck zu begrüßen. Ich stehe ebenfalls auf, weil ich nicht die Einzige sein will, die sitzt.

»Wir waren grad in der Nähe, und ich wollte sehen, wie es dir geht. Stören wir?«

»Nein. Wir haben nur einen Film angeschaut«, antwortet Jacob mit seiner unsicheren Stimme.

Das sehe ich ein wenig anders. Gerade war ich im Begriff, meinen Plan B zu küssen, als ich von meinem Plan A und seiner Freundin unterbrochen wurde. Ich fühle mich sehr unbehaglich. Als ob mir alle meine Gedanken ins Gesicht geschrieben stünden und meine Geheimnisse ausgeplaudert worden wären. Es wäre mir sogar lieber gewesen, wenn die Eltern von Jacob oder sogar meine hereingekommen wären. Das wäre weniger peinlich gewesen.

Liam schaut zum Fernseher und versucht offenbar zu erkennen, welcher Film läuft. Was machen wir jetzt? Laden wir sie ein, sich dazuzusetzen?

Genau das geschieht. Jacob setzt sich wieder aufs Sofa, Liam und Noémie folgen seinem Beispiel. Ich drücke auf Pause, bis alle Platz genommen haben.

»Wie geht es dir?«, fragt Liam sowohl mit der Stimme wie mit Gebärden.

Er hat alles behalten, was ich ihm bei unserem Besuch im Krankenhaus gezeigt habe. Jacob antwortet, indem er die Hand hin und her bewegt. Übersetzung: So lala.

»Es ist komisch, wenn man nichts mehr hört, aber ich fange an, mich daran zu gewöhnen.«

Seine Stimme ist echt seltsam. Schon beinahe wieder faszinierend. Ich hätte Lust, ihn nachzumachen, einfach um zu verstehen, woher der Ton kommt. Welcher Teil seiner Kehle wird dabei beansprucht?

»Wann bekommst du das andere Teil?«

Jacob öffnet die Hand, alle fünf Finger ausgestreckt.

»Fünf Wochen?!«, ruft Liam.

Jacob nickt und macht ein trauriges Gesicht.

»Aber die Zeit geht schnell vorbei, am Montag komme ich wieder ins Zentrum.«

Während er das sagt, wirft er mir einen Blick zu. Liam bemerkt es und heftet seine Augen ebenfalls auf mich. Ich merke, dass ich rot werde. Mist! Um mich der Aufmerksamkeit der beiden zu entziehen, wende ich mich zu … Noémie.

Auch sie sieht mich an, aber anders. Sie hat die Augen zusammengekniffen, die Lippen gespitzt, die Arme vor der Brust gekreuzt und die Beine übereinandergeschlagen. Die nonverbale Aussage ist eindeutig: Ich mag dich nicht. Und das gilt mir.

Warum? Wir kennen uns nicht, sind einander nie zuvor begegnet! Liam muss ihr von mir erzählt haben, nur so lässt sich ihre feindselige Haltung erklären. Was hat er wohl gesagt?

»Kommst du wieder auf unsere Schule, wenn du deine Implantate hast? Das wäre cool.«

»Du meinst, auf die Gesamtschule?«, fragt Jacob.

Liam nickt hoffnungsvoll.

»Ich weiß es noch nicht.«

Wenn ich an seiner Stelle wäre, würde ich alles tun, um in mein früheres Leben zurückzukehren. Es gibt doch keinen

Grund, im Zentrum zu bleiben, wenn man auf eine normale Schule gehen kann.

»*Warum solltest du bleiben?*«, frage ich, ein wenig erstaunt über sein Zögern.

Er zuckt die Achseln und stellt lieber Liam eine Frage, um das Thema zu wechseln.

»Wo kommt ihr denn gerade her?«

»Wir waren essen. Seit einem Monat gehen wir miteinander«, erklärt Noémie, die zum ersten Mal das Wort an uns richtet.

Während sie das sagt, legt sie ihre Hand auf Liams Oberschenkel, wie es meine Mutter bei meinem Vater tun würde.

»Und was habt ihr mit dem Rest des Abends vor?«, fragt Jacob mit spöttischem Unterton.

»Das hier sicher nicht«, presst Noémie zwischen den Zähnen hervor.

Liam bedenkt sie mit einem bösen Blick und dreht sich zu mir. Ich weiß, was er denkt. Er fragt sich, ob ich höre. Ich ziehe es vor, die Taube zu spielen.

»Nichts Bestimmtes«, antwortet Liam und achtet darauf, Jacob dabei ins Gesicht zu sehen.

»Wollt ihr hierbleiben und mit uns zusammen den Film anschauen? Wir haben gerade erst begonnen und können noch mal von vorn anfangen.«

Was? Nein!

»Ich hab ihn schon gesehen.«

»Ja, gern!«

Noémie und Liam haben gleichzeitig geantwortet. Er möchte bleiben, sie will weg. Mir scheint, sie sollten den ersten Monat ihrer Beziehung allein feiern. Zusammen mit zwei anderen einen Film mit Untertiteln anzusehen, ist nicht besonders romantisch.

»Ich mache noch mehr Popcorn!«, ruft Jacob erfreut.

Auch wenn Jacob und ich sehr gut darin sind, von den Lippen abzulesen, zwei Münder gleichzeitig können wir nicht entschlüsseln. Offenbar hing Jacob an Liams Mund. Komisch, es so auszudrücken, das wird mir vermutlich in Erinnerung bleiben!

Jacob steht auf, stellt eine Tüte Popcornmais in die Mikrowelle und flitzt ins Bad. Noémie dreht sich zu Liam, sodass ich ihr Gesicht nicht mehr sehen kann.

»Wolltest du deshalb, dass wir hier vorbeigehen?«, keift sie.

»Wie?«

»Weil du *sie* sehen wolltest?«

»Ich wusste gar nicht, dass sie hier sein würde!«, verteidigt sich Liam. »Was hast du denn auf einmal?«

»Das ist unser Abend! Sollen wir ihn echt damit verbringen, zusammen mit zwei lächerlichen Tauben einen alten Film anzuschauen?«

Wow! Sie hat es drauf, die kleine Noémie! Auch wenn ich schockiert bin von dem, was sie sagt, ich kann sie verstehen. Wenn ich mit Liam ginge, würde ich auch mit ihm allein sein wollen.

»Pass auf, was du sagst«, meint Liam warnend.

»Warum? Sie hört es doch sowieso nicht.«

»Aber ich höre es. Beleidige meine Freunde nicht.«

Peng! Das saß, Noémie!

»Okay, entschuldige. Aber warum gehen wir nicht zu mir nach Hause? Wir könnten einen schöneren Abend haben als hier, oder?«

Ich weiß genau, was sie meint. Ich würde Liam wahrscheinlich den gleichen Vorschlag machen. Ein Angebot, das man nicht ausschlagen kann.

Aber Liam zuckt die Achseln.

»Wir bleiben«, entscheidet er.

Die Mikrowelle klingelt, und Liam steht auf, um nach dem Popcorn zu sehen. Er nimmt die große Schüssel mit, aus der Jacob und ich genascht haben, und füllt sie auf. Er schnappt sich eine Dose Pepsi und bietet auch Noémie eine an, die ablehnt.

Jacob kommt zurück, und die beiden Jungs setzen sich gleichzeitig aufs Sofa, Jacob zu meiner Rechten und Liam zu meiner Linken. Wir starten den Film noch einmal. Niemand schlägt vor, das Licht zu dimmen. Dabei scheint mir, dass das Unbehagen im Dunkeln weniger sichtbar wäre.

Kapitel 15

Das Puzzle

Es ist mir ganz recht, als der Film endlich zu Ende ist. Oh, es war superschön. Besser als in meiner Erinnerung, dank des Tons (wenn man nicht an den Lippen der Schauspieler hängt, die etwas anderes sagen als die Untertitel). Wir haben viel gelacht, sogar Noémie, obwohl sie versucht hat, weiter zu schmollen.

Aber die fast zwei Stunden wurden mir lang. Auf meinem Platz zwischen dem einen, dem ich gefalle, und dem anderen, der mir gefällt, der neben seiner Freundin saß, die mich hasst, musste ich auf jede meiner Bewegungen achten.

Ich will weder, dass Jacob merkt, dass ich in Liam verknallt bin, noch dass Liam erfährt, dass ich darüber nachdenke, mit Jacob zu gehen. Ich möchte auch nicht, dass Noémie noch mehr Gründe hat, mich zu hassen. Also saß ich steif auf meinem Platz und habe auf den Bildschirm gestarrt.

»Es ist schon ziemlich spät, und wir müssen morgen beide arbeiten«, ruft Noémie und räkelt sich.

Liam steht auf und sammelt den Abfall ein.

»*Ich muss los*«, sage ich zu Jacob. »*Mein Bus fährt.*«
»*Wir machen das mal wieder. Mit oder ohne Besuch.*«
»*Ja.*«

Wir gehen alle zusammen hinauf. Ich schlüpfe in meinen Mantel und meine Stiefel, die aus der Altkleidersammlung stammen könnten, wenn man sie mit Noémies Kleidung vergleicht. Sie hat Stil, das muss ich zugeben, ein bisschen wie Charlie. Ich kann verstehen, was Liam an ihr findet.

Ich zucke zusammen, als er mir auf die Schulter klopft.

»Soll ich dich nach Hause fahren?«, fragt er.

Und ich spare mir eine Stunde im Bus? Mit Vergnügen! Nur ... Noémies Blick wirkt nicht gerade einladend.

»Das geht schon, ich nehme den Bus.«

»Ach was, schau, ich fahre doch sowieso bei dir vorbei.«

Jawohl. Angesichts dieses Arguments ist es schwer, sein Angebot auszuschlagen. Schließlich nicke ich. Ich kann ja auf dem Rücksitz die unsichtbare Gehörlose spielen, um Noémies Zorn nicht zu erregen.

Ich verabschiede mich von Jacob, der sich zu mir beugt und mich auf beide Wangen küsst.

»*Wir sehen uns am Montag*«, sagt er und wirkt ganz zufrieden.

Ich habe den Eindruck, das unerwartete Eintreffen des Pärchens hat ihn nicht allzu sehr gestört. Vielleicht hätten wir uns am Ende doch nicht geküsst.

Ich folge Liam und Noémie zum Wagen und setze mich nach hinten. In verbittertem Schweigen fahren wir los. Ich glaube, jeder von uns schmollt, aus unterschiedlichen Gründen.

Welche Erleichterung, als ich feststelle, dass Noémie nur drei Autominuten von Jacob entfernt wohnt! In einem der prächtigen Häuser, wie man sie in Architekturzeitschriften sieht. Noémie gehört einer anderen sozialen Schicht an als ich. Ich stelle sie mir als das reiche kleine Mädchen vor, den Liebling der ganzen Schule, die Böse in den Teenie-Filmen.

»Wir sehen uns morgen«, gurrt sie und drückt Liam einen Kuss auf die Lippen.

Der Kuss der beiden erscheint mir ein bisschen zu innig angesichts der Kälte, die zwischen ihnen herrscht, seit sie in Jacobs Keller gelandet sind. Ich habe Noémie im Verdacht, dass sie ein bisschen übertreibt, um mich einzuschüchtern. Endlich steigt sie aus und rennt, ohne einen Blick zurück, die Einfahrt hinauf. Die wären wir los!

Liam dreht sich um und macht mir ein Zeichen, mich nach vorn zu setzen. Er ist schließlich kein Taxifahrer.

»Hast du alles gehört?«, fragt er, während ich meinen Gurt schließe.

Da ich ihn nicht ansehe, muss ich entscheiden, ob ich ihm jetzt die Wahrheit sage oder mein Spiel weiterspiele. Wenn ich zugebe, dass ich ihre Streitereien mitbekommen habe, fühlt Liam sich vielleicht unwohl. Und ahnt am Ende womöglich, dass ich höre, sobald er da ist.

Dabei handelt es sich doch um Liam. Den Jungen, den ich heiraten wollte, als ich sieben war. Bei dem Geheimnis, das die plötzliche, aber nicht anhaltende Wiederkehr meines Gehörs umgibt, ist er ein wichtiges Puzzleteil. Vielleicht wäre es, wie bei meinen Brüdern, der größte Irrtum, ihn nicht einzuweihen?

»Ja, alles«, gestehe ich.

»Ich hab's geahnt.«

»Warum? Ich wollte doch taktvoll sein.«

»Genau. Du warst zu taktvoll!«

Er wirft mir ein komplizenhaftes Lächeln zu. Seit seine Freundin ausgestiegen ist, hat sich die Atmosphäre entspannt. Wie gestern Abend. Ich habe den Eindruck, wir könnten noch viele

Stunden damit zubringen, uns all das zu erzählen, was einer vom Leben des anderen in den letzten acht Jahren versäumt hat.

»Noémie muss keinen besonders guten Eindruck auf dich gemacht haben«, bemerkt Liam, als bekümmere ihn das.

Mir fällt auf, dass er ihren Namen und nicht »meine Freundin« gesagt hat.

»Ich glaube, sie mag mich nicht«, erwidere ich.

»Wohl wahr. Mein Vater hat mich in ihrem Beisein gefragt, ob dir das Konzert gestern gefallen hat. Sie hat tausend Fragen gestellt.«

»Danach hat dich dein Vater gefragt?«

»Man geht ja nicht alle Tage mit einem tauben Menschen in so eine Show. Das hat ihn neugierig gemacht, er wollte wissen, wie du es gefunden hast. Und ich habe Noémie angelogen. Ich habe behauptet, du wärst danach gleich nach Hause gegangen. Sonst hätte sie ... dir wahrscheinlich die Augen ausgekratzt, oder ich weiß nicht was.«

Eine Verrückte also! Danke, Liam, dass du für meine Sicherheit gesorgt hast.

»Normalerweise ist sie zu allen ganz nett.«

»Ich glaube, sie hatte vom Abend eures kleinen Jubiläums andere Vorstellungen«, sage ich und weiche seinem Blick aus.

»Ach, das hat sie gesagt, aber ...«

»Können wir vielleicht über etwas anderes reden als über sie? Entschuldige, es ist nur ...«

»Willst du lieber über Jake sprechen?«

Er klingt beinahe empört. Als hätte ich ihn gekränkt, und er wolle es mir nun mit gleicher Münze heimzahlen. Ich werfe ihm einen erstaunten Blick zu, dem er ein paar Sekunden standhält, dann richtet er seine Aufmerksamkeit wieder auf die Straße.

»Macht ihr das oft, Jacob und du, solche gemeinsamen Kinoabende?«

»Es war das erste Mal.«

»Geht ihr miteinander?«

»Nein.«

»Noch nicht?«

Ich zucke die Achseln. Liam und ich sehen uns ein paar Sekunden schweigend an, dann wird er rot. Noch eine seltsame Reaktion. Alles, was ich in diesen Jahren gelernt habe, in denen ich die nonverbale Sprache studieren konnte, besagt unmissverständlich, dass Liam sich für mich interessiert. Das wäre zu schön, um wahr zu sein.

»Habe ich euch den besonderen Moment vermasselt?«, fragt er in einem Ton, der mich glauben lässt, dass er die Antwort nicht unbedingt hören möchte.

»Ich glaube, du hast vor allem den deiner Freundin vermasselt.«

»Mag sein...«

Wir sagen nichts mehr, bis er einige Minuten später vor meinem Haus hält. Ich fände es schön, wenn er einfach weiterführe, bis wir einen coolen Ort fänden, nur für uns allein. An dem alles Übrige nicht existiert.

»Danke, dass du mich nach Hause gebracht hast«, sage ich und öffne die Tür.

»Gern geschehen«, antwortet er und wirkt dabei nachdenklich und müde.

Ich schließe die Augen, um die letzten Sekunden des Hörens zu genießen. Nichts Aufregendes, nur das Geräusch eines Samstagabends, der sich allmählich schlafen legt. Dann kehrt, ganz undramatisch, die Stille zurück. Ich beginne mich daran zu gewöhnen. *On, off.* Und Liam ist der Schalter.

Ich gehe ins Haus, und sofort empfängt mich der Geruch nach Popcorn. Automatisch rieche ich an meiner Kleidung. Aber ich bin das nicht. Meine Eltern sitzen im Wohnzimmer, aneinandergelehnt, und sehen einen Film. Als mein Vater mich sieht, macht er ihn aus. Eine Art Déjà-vu.

»*So früh? Du kommst schon heim*«, fragt er erstaunt. »*Es ist noch nicht mal Mitternacht!*«

Er klingt ein bisschen spöttisch und spielt auf den gestrigen Abend an. Das passt zu ihm. Darin schlagen ihm meine Brüder nach.

»*Hattet ihr einen schönen Abend?*«, fragt meine Mutter. »*Was habt ihr gemacht?*«

Also ein Verhör.

»*Das Gleiche wie ihr*«, antworte ich und zeige auf den Bildschirm und das Popcorn.

Mein Vater zieht vielsagend die Augenbrauen hoch, wie es Jacobs Bruder vorhin getan hat. Dann legt er meiner Mutter den Arm um die Schultern und gibt ihr ein Küsschen auf den Hals. Kitzlig, wie sie ist, wehrt meine Mutter ihn ab. Ich betrachte die beiden mit einem übertrieben verächtlichen Blick.

»*Gute Nacht*«, gebärde ich, um den Überschwang meines Vaters zu beenden.

Er antwortet mit einer Rock-Hand und einem Augenzwinkern.

Ich gehe in mein Zimmer hinauf und ziehe den Schlafanzug an. Ich bin echt müde, wahrscheinlich, weil ich während des ganzen Films bei Jacob angespannt war. Das ist nicht gut für die Nerven.

Ich lösche das Licht und gehe ins Bett. Ich denke an Jacob und das, was heute Abend hätte geschehen können. Ich denke an Liam und an das, was ich mir wünsche, dass geschieht. Eine Option für mein taubes und eine für mein hörendes Ich. Ich habe den Eindruck, ein Doppelleben zu führen. Das ist gar nicht so falsch. In Liams Gegenwart bin ich nicht dieselbe wie sonst.

Das Display meines Handys leuchtet auf, ich bekomme eine Nachricht. Um diese Uhrzeit? Das ist vielleicht Liam!

Sie ist von Facebook. Neue Nachricht von Noémie Lepage. Dabei sind wir nicht mal befreundet! Was will sie von mir?

Ich setze mich auf, mache meine Nachttischlampe an, öffne den Facebook Messenger und finde Noémies Nachricht.

> NOÉMIE:
> Ich weiß nicht, was du vorhast,
> aber lass meinen Freund in Ruhe.
> Er braucht dich nicht.

Auweia. Sie mag mich echt nicht. Dabei habe ich ihr nichts getan. Den ganzen Abend bin ich Liams Blick ausgewichen und habe mich bemüht, ihn bloß nicht zu berühren. Gut, es gab den Freitagabend, aber offenbar weiß sie ja nicht alles. Nur, dass wir zusammen auf dem Konzert von *Coldplay* waren. Was hat Liam ihr sonst noch erzählt?

Noch wichtiger, was antworte ich Noémie? Ein Berg von Antworten schießt mir durch den Kopf, manche höflich, andere richtig grob. Gut, Noémie hat mich nicht beleidigt, ich werde mir meine bösen Kommentare also für die nächste Runde aufheben, falls erforderlich. Außerdem sollte ich aufpassen, was ich schreibe, wenn ich Liam nicht in Verlegenheit bringen will.

Am einfachsten wäre es, gar nicht zu antworten, aber ich habe das Bedürfnis, mich zu verteidigen. Am liebsten würde ich einmal darüber schlafen und mir Zeit nehmen, damit ich die beste Formulierung finde, um ihr das Maul zu stopfen, aber der kleine

Kreis mit meinem Bild verrät, dass ich ihre Nachricht gesehen habe. Ich muss sofort reagieren.

> ROXANNE:
> Solltest du das nicht Liam überlassen, wen er braucht und wen nicht?

Ich lese die Antwort noch ein Dutzend Mal. Noémie kann den Satz verstehen, wie sie will, aber ich habe nichts Böses gesagt und nichts, was sich gegen Liam richten könnte. Schließlich klicke ich auf »senden«.

Vielleicht zwei Minuten lang erwarte ich ihre Antwort, dann denke ich, dass es auch am nächsten Tag reicht. Zufrieden mache ich mein Handy aus und lege mich wieder hin. Allerdings spukt mir außer Jacob und Liam jetzt auch noch Noémie im Kopf herum. Es ärgert mich, dass sie es wagt zu behaupten, ich wolle ihr den Freund ausspannen; und schlimmer noch, dass er mich nicht braucht. Vielleicht, weil etwas Wahres daran ist.

Als wir Kinder waren, habe ich Liam geliebt. Damals war er rothaarig und rund wie eine Kugel. Man könnte denken, acht Jahre Trennung reichen, um alles zu vergessen, aber nein. Während der vielen Stunden, die wir gestern Abend zusammen gequatscht haben, fand ich den netten, komischen Jungen wieder, mit dem ich immer meine Zeit verbracht hatte, *vorher*. Nur, dass er jetzt blond und athletisch ist. Sexy.

Das Licht meines Handys reißt noch einmal ein Loch in die Dunkelheit meines Zimmers. Sicher Noémie, der eingefallen ist, was sie mir antworten kann. Aber nein. Es ist eine neue Nachricht. Von Jacob.

> JACOB:
> Danke für unseren Abend. Ich hoffe, es gibt noch viele weitere.

Aha … Okay. Muss ich das irgendwie interpretieren? Was für eine Antwort erwartet er?

> JACOB:
> Nächstes Mal werde ich dafür sorgen, dass wir allein sind. ;)

Das ist nun ganz schön anzüglich! Hinter einer Handytastatur wird er richtig mutig! Wenn Jacob so etwas gebärdet hätte, bevor ich gegangen bin, hätte es außer mir niemand verstanden.

> JACOB:
> Gute Nacht, träum schön!

Jetzt wird es komisch. Ich antworte nicht. Wenn er mich am Montag im Zentrum fragt, werde ich sagen, ich hätte schon geschlafen.

Das Handy vibriert noch in meiner Hand. Diesmal ist es Liam. Ist heute Vollmond, oder wie? Was ist denn heute Abend los?

> LIAM:
> Bist du sauer?

Ich werde ihm antworten. Sonst denkt er noch, dass ich wirklich sauer bin.

> ROXANNE:
> Nein. Warum?

> LIAM:
> Ich dachte bloß ...

> ROXANNE:
> Was?

> LIAM:
> Ich schwöre, ich wusste nicht, dass du heute Abend da warst.

> ROXANNE:
> Ich glaube dir.
> Nicht schlimm.
> Denk nicht mehr dran.

Ich würde gern hinzufügen, dass es eine angenehme Überraschung war, aber das hieße, mit dem Feuer zu spielen.

> LIAM:
> Hörst du noch?

> ROXANNE:
> Nein. Warum?

> LIAM:
> Sonst hätte ich dich angerufen.

> ROXANNE:
> Du solltest schlafen.
> Morgen musst du arbeiten. ;)

> LIAM:
> Verstanden. Gute Nacht.

Ups. Ich glaube, er hat meine letzte Nachricht in den falschen Hals gekriegt. Ich möchte die Verbindung zu ihm nicht abbrechen, ich will nur verhindern, dass seine durchgeknallte Freundin mir den Krieg erklärt.

> ROXANNE:
> Gute Nacht.

Lieber hätte ich ihm etwas anderes geschrieben. Ich weiß nur noch nicht, was. Mist! Was haben sie heute Abend bloß alle? Wollen sie mich um den Schlaf bringen, oder wie? Ich schalte mein Handy ganz aus. Keine Überraschung mehr, keine Störung. Jetzt wird geschlafen.

KAPITEL 16

Ein paar Bomben

Ich zucke zusammen, als Monsieur Drolet, der Französischlehrer, mit seinem großen, behaarten Zeigefinger auf meine Bank klopft, genau da, wo mein Blick einige Minuten zuvor hängen geblieben ist. Das macht er offenbar schon zum zweiten Mal, seit der Unterricht begonnen hat, und es ist noch nicht mal neun Uhr. Ich kann mich einfach nicht konzentrieren.

In der Nacht von Samstag auf Sonntag habe ich so viel über Jacob, Noémie und Liam nachgedacht, dass ich kaum schlafen konnte. Tatsächlich bin ich wohl erst gegen vier Uhr eingeschlafen. Den Sonntag habe ich im Zombie-Modus verbracht und alle zehn Minuten nachgeschaut, ob ich eine neue Nachricht habe. Keine einzige habe ich bekommen.

Meine Ängste hielten also den ganzen freien Platz in meinem Kopf besetzt. Ich habe mir tausend Möglichkeiten ausgemalt, um jedes meiner Probleme zu lösen, aber ich musste einsehen (irgendwann zwischen zwei und drei Uhr nachts): Es wird mir nicht gelingen, weil ich keinerlei Erfahrung mit solchen Beziehungen habe.

»*Entschuldigung, Monsieur Drolet*«, gebärde ich. »*Ich werde jetzt arbeiten.*«

»*Jemand will dich sprechen.*«

Mit einer Kopfbewegung weist er zur Tür. Da steht William und macht mir ein Zeichen, ihm zu folgen. Waren wir verabredet? Ich bin sicher, dass nicht. Also ist irgendetwas nicht in Ordnung. Ich springe auf, packe rasch meine Sachen zusammen und gehe zu ihm.

»*Gibt es ein Problem?*«, frage ich, als wir draußen auf dem Flur sind.

»*Nein, nein. Lass uns in mein Büro gehen, ich muss mit dir reden.*«

Wir laufen schnell, als handelte es sich um einen Notfall, aber wahrscheinlich ist das Williams normales Tempo. Ich hingegen bin seit gestern eher lethargisch, von der plötzlichen körperlichen Aktivität wird mir fast schwindlig.

»Nimm Platz«, fordert er mich auf, sobald er sein Büro betreten hat.

Er setzt sich an seinen Computer, und einen Moment lang habe ich Angst, dass er wieder eine Ewigkeit braucht, um meine Akte zu öffnen. Aber nein. Diesmal ist er vorbereitet.

»*Ich habe ein super Wochenende verbracht*«, sagt er, aufgeregt wie ein Kind am Weihnachtsmorgen.

Ich auch, zumindest teilweise. Einen traumhaften Freitag, einen coolen Samstag.

Aber ich unterbreche andere Leute nicht, um ihnen davon zu erzählen. Was will er von mir?

»*Ich habe mich mit Kollegen und Universitätsprofessoren über deinen Fall beraten. Dabei habe ich einiges über deine Form der*

Taubheit erfahren. Alle sagen übereinstimmend, es sei faszinierend, aber nicht normal, dass sie so lange anhält.«

»Liegt es daran, dass ich mich an nichts erinnere?«

»Wahrscheinlich.«

»Was kann man tun?«

»Wir sind uns alle einig, dass man es mit Hypnose versuchen sollte.«

Ach so? Und wie soll das gehen?

»Das heißt, wir brauchen dazu deinen Freund Liam.«

Natürlich. Das konnte ihm nicht einfallen, bevor es kompliziert wurde zwischen uns.

»Weiß er Bescheid?«, fragt William.

»Nein.«

»Bist du bereit, ihm alles zu erzählen?«

Das werde ich wohl müssen. Er ist der Einzige, in dessen Gegenwart ich höre, und ich wünsche mir nichts mehr, als wieder hören zu können. Liam muss mir helfen.

»Ja.«

»Heute Abend?«

Ich mache große Augen. Ernsthaft? So schnell?

»Ich habe einen Kollegen, der mit Hypnose arbeitet, und er könnte morgen Abend hierherkommen. Nur für dich.«

Ich nicke. William lächelt zufrieden. Dann ändert er seine Haltung und wird wieder ernst.

»Ich habe auch mit deinen Brüdern gesprochen. Sie haben mir eine E-Mail geschrieben, und wir haben gestern miteinander telefoniert.«

Wow. Fred und Jim waren fix.

»Es wäre gut, wenn sie nach Möglichkeit morgen Abend auch dabei sein könnten. Ich glaube, du möchtest deinen Eltern im Moment noch nicht alles erzählen, aber überleg es dir. Je mehr

Leute wir sind, um die Puzzleteile zusammenzufügen, desto besser.«

Ich nicke wieder.

»Wir werden die Lösung finden, Roxanne, ich spüre es.«

Ich begnüge mich mit einem Lächeln. Meine Herzensangelegenheiten kommen mir auf einmal zweitrangig vor. Jetzt habe ich einen Krampf im Bauch und ganz andere Ängste. Die Angst, dass Liam mir seine Hilfe verweigert. Die Angst vor dem, was ich morgen Abend herausfinden könnte. Die Angst, dass sich nichts ändert.

Der Kunstkurs hat mir gutgetan. Ich konnte meine Gedanken schweifen lassen, während ich lässig mit einem Klumpen Ton spielte, ohne dass Fanny, die Lehrerin, sich über meine mangelnde Aufmerksamkeit beklagte. Am Ende der Stunde hatte ich so eine Art Taschenleerer fabriziert, mit unregelmäßigen Kanten. Nächstes Mal werde ich ihn anmalen.

In Mathe war es nicht so einfach. Ich war froh, dass ich vorzeitig verschwinden konnte, um meinen Dienst in der Cafeteria anzutreten. Die Suppe auszuteilen, ohne mich zu verbrennen, war eine gute Übung, um meinen Geist wieder aufs rechte Gleis zu bringen.

Als ich zu Lucie und Jacob an unseren Tisch gehe, fühle ich mich ein bisschen besser. Sie sind mit ihrem Lunch zwar schon fertig, bleiben aber noch mit mir sitzen. Keiner von uns interessiert sich für die Mittagsaktivitäten des Zentrums. Wir finden es viel angenehmer, unter uns zu bleiben und uns zu unterhalten.

»*Was hat denn der Psychologe von dir gewollt?«*, fragt Lucie, sobald ich ihr gegenübersitze.

»*Nichts Besonderes.*«

Sie wirft mir einen misstrauischen Blick zu, während Jacob mich anlächelt. Als wir uns heute in der Vormittagspause gesehen haben, hat er weder unseren gemeinsamen Abend noch seine Nachricht erwähnt.

»*Du bist so seltsam*«, beharrt Lucie. »*Du verbirgst etwas vor mir.*« Ich schüttle den Kopf. Meine Freundin hat ein sehr gutes Radarsystem für alles, was sich zu Klatsch und Tratsch eignet. Je mehr Geheimnisse ich habe, umso schwerer wird es, sie vor ihr zu verbergen. Und was sie dabei entdecken könnte, dürfte ihr missfallen.

»*Du warst am Samstagabend bei Jacob und hast es mir nicht einmal erzählt! Er selbst hat es mir gesagt!*«

Mist! Hätte er seinen Mund nicht halten können? Oder vielmehr seine Hände?

»*Du wirkst übernächtigt*«, fährt sie fort, »*du arbeitest in der Cafeteria, um Geld zu verdienen, du hast neue Facebook-Freunde, die hören können, und erzählst mir nichts von ihnen, du hast mir das ganze Wochenende keine einzige Nachricht geschickt, und meine Geschichte heute Morgen hat dich offensichtlich überhaupt nicht interessiert.*«

Wohl wahr. Die Geschichte von ihrem Flirt mit dem superverführerischen jungen Mann, der auf dem Flohmarkt den Tisch neben ihr hatte. Wieder so eine Cowboygeschichte, neue Folge. Während sie mir von ihrem Abenteuer berichtete, habe ich an meine eigenen Erlebnisse gedacht. Zum ersten Mal, seit ich Lucie kenne, finde ich mein Leben aufregender als ihres. Ich weiß, wenn ich ihr alles erzählen würde, was mir passiert ist, bliebe ihr der Mund offen stehen.

»*Ich habe Sorgen, Lucie. Ich spreche nicht mit dir darüber, weil du es nicht verstehen würdest.*«

Jacob macht ein komisches Gesicht, das ich akustisch als »Hihihi« übersetzen würde. Ich weiß, ich war grob, aber meine Freundin hat meine Geduld strapaziert. Sie müsste allmählich begreifen, dass sich die Welt nicht nur um sie dreht.

»*Weil ich hörbehindert bin oder weil ich dumm bin?*«, fragt sie mit eisigem Blick.

Ach, ich hätte Lust zu antworten: Beides!

»*Du vergisst wohl, dass ich ebenfalls taub bin.*«

»*Nicht echt taub*«, wirft sie ein. »*Meine Mutter hatte recht, du willst einfach nur wieder werden wie die anderen!*«

»Die anderen«, das sind alle die vom Glück Begünstigten, die keine Behinderung haben. »Die anderen«, das sind meine Eltern, meine Brüder. »Die anderen«, dazu habe auch ich vor jener Nacht im Februar gehört.

»*Und Jacob*«, entgegne ich, inzwischen richtig wütend. »*Bist du ihm etwa auch böse? Wirst du ihm die Freundschaft aufkündigen, jetzt, wo er sein Implantat hat? Hast du ihn wenigstens gefragt, wie es ihm seit seiner Operation geht?*«

»*Was hat das eine mit dem anderen zu tun?*«, fragt Lucie genervt, während Jacob die Hände hebt, um zu zeigen, dass er mit diesem Streit nichts zu tun haben will.

»*Der Zusammenhang ist, dass sich die Welt nicht allein um dich dreht, Lucie! Auch wir haben ein Leben! Vielleicht könntest du mal weniger auf deinen Nabel starren!*«

»*UND WENN ICH ES TUE, LÜGST DU MICH AN.*«

Mist, da hat sie nicht unrecht. Nur dass ich viel zu wütend bin, um es zuzugeben. Ich sehe ihr also zu, wie sie aufsteht und mit zornigem Schritt die Cafeteria verlässt. Das wird sie mir wohl kaum vergeben.

»*Entschuldige*«, sage ich zu Jacob. Es ist mir unangenehm, dass er bei diesem Krach dabei war.

»*Macht nichts. Ich habe an meiner alten Schule viele Streitereien zwischen Mädchen mitgekriegt.*«

Das Licht beginnt an- und auszugehen, das heißt, wir müssen wieder in den Unterricht. Jacob steht auf, nimmt seinen Lunchbeutel, winkt mir zum Abschied und geht. Ich mache mich ebenfalls auf, um nicht zu spät zu kommen.

Als ich vor meinem Spind stehe, geht Lucie an mir vorbei und rempelt mich an. Das tut vielleicht nicht körperlich weh, aber es kränkt mich. Wird sie zur Strafe während der ganzen Englischstunde mit Papierkügelchen auf mich schießen?

Zum zweiten Mal innerhalb kurzer Zeit beschließe ich, das Zentrum ohne Erlaubnis zu verlassen. Ich werde nur eine Unterrichtsstunde versäumen, die letzte habe ich frei. Es ist also nicht so schlimm, wenn ich abhaue.

Im Bus entschließe ich mich, Liam eine Nachricht zu schicken. Ich muss ihn heute Abend treffen, ihn überreden, dass er mit mir zu der Hypnosesitzung geht.

> ROXANNE:
> Ich muss dich sprechen.
> Es ist wichtig.

Die Antwort kommt umgehend. Anscheinend hat der Nachmittagsunterricht an seiner Schule noch nicht begonnen.

> LIAM:
> Ich muss auch mit dir sprechen.
> Wollen wir uns bei *Tim Hortons* treffen?

> **ROXANNE:**
> Ja, heute Abend.

> **LIAM:**
> Ich hole dich um sieben ab?

> **ROXANNE:**
> Okay.

> **LIAM:**
> Bis dann!

> **ROXANNE:**
> 😊

Das war einfach. Ich bin beruhigt. Und plötzlich sehr ängstlich. Ich werde Liam heute Abend sehr viel verraten müssen. Ich hoffe, dass er es gut aufnimmt.

Als ich wieder auf das Display meines Handys schaue, sehe ich, dass ich eine neue Nachricht im Facebook Messenger habe. Noémie. Mist. Weiß sie, dass Liam mir gerade geschrieben hat? Ich öffne die Nachricht mit einem unguten Gefühl.

Bevor ich zu lesen beginne, fallen mir die Großbuchstaben auf. Ich habe mich nicht geirrt, das wird unangenehm.

> SCHLAMPE!
> FREU DICH!
> JETZT HAST DU, WAS DU WOLLTEST!
> ES MACHT DIR WOHL SPASS, BEZIEHUNGEN ZU ZERSTÖREN?
> HOFFENTLICH TUT ER DIR DAS IN EIN PAAR MONATEN AUCH AN, MIT EINEM ANDEREN FLITTCHEN WIE DIR!

Auweia. Ich lese die Nachricht immer wieder, als könnte das etwas an dem ändern, was da steht. Noémie reagiert ganz schön heftig. Wenn ich richtig verstehe, hat Liam mit ihr Schluss gemacht, und sie hat es sehr schlecht aufgenommen. Meint sie, ich sei daran schuld? Was hat Liam ihr erzählt?

Mit den Plänen des Psychologen, Lucies Ausrasten und Liams höchstwahrscheinlicher Trennung ist mein Tag ziemlich explosiv.

Kapitel 17

Geständnisse

Meine Mutter hat mir eine Strafpredigt gehalten, weil ich das Zentrum ohne Erlaubnis verlassen habe, aber sie hat mir verziehen, als ich ihr von dem großen Streit mit Lucie erzählte. Sie nimmt sicher an, dass mich das schmerzt, weil Lucie meine einzige Freundin ist. Aber ich habe wirklich andere Sorgen.

Während des Abendessens schreibt mir Liam, dass er mich nicht abholen kann, weil seine Eltern heute Abend das Auto brauchen. Damit wir trotzdem miteinander reden können, fragt er, ob ich bei ihm vorbeikommen will. Trotz der missbilligenden Blicke meiner Eltern (sie wollen nicht, dass wir während dem Essen unsere Handys benutzen) antworte ich Liam rasch und stecke das Gerät in die Hosentasche. Ein Lächeln und eine Rock-Hand später ist mein Fauxpas vergeben. Aber ich bin auch wirklich nicht diejenige, die am häufigsten gegen die Regeln verstößt.

Als ich meine Spaghetti aufgegessen habe, gehe ich hinauf, putze mir die Zähne und mache mich zurecht. Das heißt, ich lege ein bisschen Parfum auf, etwas Lipgloss und kämme mir das Haar. Als ich wieder herunterkomme, sage ich meinen Eltern, dass ich noch auf einen Sprung zu Liam gehe, und verspreche, nicht zu spät heimzukommen.

Mein Vater und meine Mutter versuchen sichtlich, ihre Neugier im Zaum zu halten. Ich weiß, was sie denken. Am Samstag bei Jacob, am Montag bei Liam, ich scheine auf zwei Hochzeiten gleichzeitig zu tanzen. Bald werde ich Entwarnung geben können. Bald.

Ich verlasse das Haus Richtung Hinterhof. Ich gehe durch das Grundstück von Monsieur Piché, über die Straße, durch den Park und über die andere Straße, dann stürme ich zu Liams Haustür und klopfe.

Drei Sekunden später öffnet er und bittet mich herein.

»Hallo! Alles in Ordnung? Gib mir deinen Mantel.«

Er spricht schnell, als ob er gestresst wäre.

»Ach, ich ... kannst du hören?«, vergewissert er sich.

»Ja, ich höre.«

»Möchtest du eine heiße Schokolade?«

»Äh ... ja, gern.«

Ich folge ihm in die Küche. Liam holt einen Topf, Milch, Kakao und bereitet das Getränk selbst zu.

»Wow! Bei uns nimmt man einfach ein Tütchen«, sage ich beeindruckt.

»Warte mal, wie's schmeckt. Ich verwende da so meine geheimen Gewürze. Und mein Vater hat uns eine Packung Timbits gekauft, damit wir trotzdem einen schönen Abend haben.«

Er zeigt auf die Schachtel mit dem Gebäck von *Tim Hortons*, die ich schon beim Hereinkommen bemerkt habe. Eine Schachtel mit vierzig Teilchen. Partybox. Liams Vater scheint supernett zu sein. Schade, dass ich mich kaum an ihn erinnere.

»Sag ihm vielen Dank von mir. Und es macht mir nichts aus, dass wir hierbleiben.«

Als die heiße Schokolade fertig ist, gießt Liam jedem von uns eine große Tasse ein. Er schnappt sich das Gebäck, und wir machen es uns im Wohnzimmer gemütlich.

Ich schweige und konzentriere mich auf die warme Tasse, die meinen kalten Fingern guttut.

»Also, ich fang schon mal an«, sagt Liam und öffnet die Packung mit den Timbits.

Er nimmt eins mit Schokolade, lässt es mit einem Happs verschwinden und stößt einen zufriedenen Seufzer aus. Dieses Geräusch hatte ich nicht vergessen, es gehört sogar zu denen, an die ich mich am häufigsten erinnere. Und ich höre es in meinem Kopf, wenn ich sehe, wie mein Vater in unserer geheimen Konditorei den ersten Bissen von seinem Kuchen nimmt.

»Ich mag die mit Luft gefüllten noch lieber«, verkünde ich und nehme eins, das an die berühmten Honig-Roussettes erinnert.

»Ja, ich auch. Deshalb esse ich die anderen zuerst. Ich heb mir das Beste für den Schluss auf.«

»Das sollte man nicht tun.«

»Warum nicht?«

»Stell dir vor, du hast keinen Hunger mehr oder, schlimmer noch, du erstickst. Wäre es nicht besser, das passiert dir bei deinem Lieblingsstück?«

»Mit dem Besten anfangen, für den Fall, dass ich das Letzte nicht mehr schaffe? Das ist eine ziemlich pessimistische Sicht. Hast du noch andere schwarze Gedanken, über die du sprechen möchtest?«

Ich schneide eine Grimasse und verschwinde hinter meiner Tasse. Der Schluck ist zu heiß, ich verbrenne mir Zunge und Gaumen. Als Ausgleich nehme ich noch ein Timbit.

»Ich habe mich von Noémie getrennt.«

Das Gebäck bleibt mir fast im Halse stecken. Okay, wenn er nicht um den heißen Brei herumredet, dann tue ich es auch nicht.

»Ich weiß«, sage ich.

»Woher?«

Ich gebe ihm mein Handy, damit er lesen kann, was seine Ex-Freundin mir geschrieben hat. Liam zieht die Brauen hoch, zweimal, und schnauft, bevor er mir das Gerät zurückgibt.

»Ich schwöre, ich habe ihr nichts von dir erzählt. Ich habe ihr ganz andere Gründe genannt.«

»Ist nicht so schlimm. Sie macht mir echt keine Angst!«

Das ist nicht wahr. Ich sehe doch jeden Tag hinter jedem Busch einen Serienmörder! Einer von ihnen hat jetzt ein bekanntes Gesicht. Ein junges Mädchen mit gebrochenem Herzen, irre vor Wut, ist bekanntlich zu allem fähig. Aber da ich wenig ausgehe, ist das Risiko, dass ich ihr begegne, nicht sehr groß. Ja klar, ich sollte den Supermarkt meiden, in dem sie an der Kasse sitzt.

»In zwei Wochen hat sie sicher was Neues«, fügt Liam trotzdem zu meiner Beruhigung hinzu.

»Du nicht?«, necke ich ihn.

»Vielleicht.«

Meine inneren Organe krampfen sich auf einmal zusammen. Herz, Lunge, Magen und all das meterlange Gedärm. Plötzlich ist mir heiß. Mist! Himmel, mach, dass ich nicht rot werde!

»Hallo! Bruce Lee! Grüß dich, mein Dicker!«, rufe ich, als ich den Hund hereintraben sehe.

Uff! Eine willkommene Abwechslung. Der alte Schäferhund kommt zu mir und legt mir den Kopf auf die Knie, damit ich ihn hinter den Ohren kraule. Etwa ein Jahr nachdem ich taub geworden war, haben meine Eltern mich gefragt, ob ich einen Hund haben will. Sie machten sich Sorgen um mich, weil ich immer allein, immer traurig war. Aber ich wusste nicht, was ein Tier daran ändern sollte. Heute denke ich, ich hätte das Angebot annehmen sollen.

»Und du, worüber wolltest du mit mir sprechen?«

Liam bringt mich zum Thema zurück. Es ist wahr, ich hatte ihm zuerst geschrieben.

»Ach ja, ich wollte dich um etwas bitten.«

»Was immer du willst.«

Das klingt ermutigend.

»Mein Psychologe möchte es morgen Abend mit der Hypnose probieren.«

»Das war genau meine Idee! Denkt er, das kann funktionieren? Es könnte dir helfen?«

Liams Begeisterung macht mich zuversichtlich, dass er mir die Hilfe nicht abschlagen wird. Dass sie ihm sogar Freude machen wird.

»Vielleicht. Aber du solltest dabei sein.«

»Warum?«, fragt er erstaunt.

Ich lasse ihm Zeit, ein weiteres Timbit zu verdrücken, bevor ich die Antwort wage.

»Weil ich nur höre, wenn du bei mir bist.«

Am liebsten würde ich die Augen niederschlagen, weil ich entsetzlich verlegen bin, aber ich zwinge mich, Liams Blick standzuhalten. Ich muss seine nonverbale Reaktion sehen.

Im Moment lassen sein ruhiger Gesichtsausdruck und sein verstohlenes Lächeln darauf schließen, dass er die Nachricht gut aufgenommen hat.

»Ich weiß nicht, warum und wie es möglich ist, aber sobald du auftauchst, höre ich. Wenn du gehst, kehrt die Stille zurück.«

»Ich hab so was geahnt«, gibt er zu.

»Ernsthaft?«

»Am Freitag hast du so was Ähnliches gesagt. Dass du während der Veranstaltung nicht wieder taub wirst, solange ich dabei bin, oder so.«

Ich nicke. Ich erinnere mich.

»Warum hast du mir das nicht früher gesagt?«, meint er vorwurfsvoll. »Ich hätte dir helfen können.«

»Ich habe schon daran gedacht. Aber ich wollte nicht, dass du dich verpflichtet fühlst, deine ganze freie Zeit mit mir zu verbringen, nur damit ich hören kann, und ein schlechtes Gewissen hast, sobald du etwas anderes unternimmst. Wenn man zu jemandem sagt, man kann nur hören, solange er da ist, setzt man ihn ziemlich unter Druck.«

»Aber es macht ihn auch interessant, zu etwas Besonderem. Hast du nicht gemerkt, dass ich bereits versuche, möglichst viel Zeit mit dir zu verbringen?«

»Heißt das, du kommst morgen Abend mit?«

»Ja, und an allen anderen Abenden auch, wenn's nötig ist.«

»Danke.«

Wir lächeln uns an. Das bisschen Stress bei meiner Ankunft ist vorbei. Es ist ähnlich wie am letzten Freitag, als wir bis zum frühen Morgen geredet haben. Heute müssen wir uns zusammenreißen!

»Wie war ich eigentlich damals?«, frage ich Liam. »Erinnerst du dich?«

»Ich hab eine Idee, komm mit!«

Liam stellt seine Tasse mit der heißen Schokolade auf den Wohnzimmertisch und steht auf. Ich tue das Gleiche, und er nimmt mich mit in sein Zimmer im ersten Stock. Eine Idee, wie bitte? Ich habe gerade auch eine. Mist! Was soll das? Er hat heute erst mit Noémie Schluss gemacht! Wir werden einander doch nicht am selben Abend in die Arme fallen!

Während Liam in seinem Schrank wühlt (ein begehbarer Kleiderschrank, ich werde neidisch), betrachte ich sein Zimmer. Das Bett ist nicht gemacht, die schwarz-weiß gestreifte Bettdecke ist mit dem dunkelblauen Leintuch verdrillt. Ein paar Kleidungsstücke liegen am Boden.

Sein Schreibtisch ist voll. Ein Laptop, ein Drucker, ein Bleistifthalter, ein Hefter, ein Paar Kopfhörer über einer iPod-Dockingstation, sein Kalender und jede Menge Blätter mit Eselsohren. Wenn ich auf eine normale Highschool ginge, sähe mein Schreibtisch sicher so ähnlich aus. Im Zentrum bekommen wir eigentlich keine Hausaufgaben. Das heißt, man arbeitet zu Hause nur, wenn man will, um etwas nachzuholen oder im Voraus zu lernen.

Es gibt auch eine Kommode, die viel interessanter ist als der Schreibtisch. Natürlich ziehe ich die Schubladen nicht auf, aber ich berühre das, was darauf liegt. Sein Parfum von Calvin Klein, ein Päckchen Pfefferminzkaugummi, eine Uhr von Nike, eine andere von Hugo Boss, eine Vichy-Feuchtigkeitscreme für Männer, einen Nivea-Lippenbalsam und eine Tube Anti-Pickel-Creme von Clean & Clear (die benutze ich auch). Ich habe es also mit einem Jungen zu tun, der auf sich achtet und gepflegt wirken will. Es könnte ebenso gut Freds Kommode sein!

»Ich hab's gefunden!«, ruft Liam.

Er setzt sich ans Fußende seines Betts, auf den Knien eine Schuhschachtel. Sie ist voller Erinnerungsstücke. Vor allem Fotos.

»Schau! So warst du damals.«

Ich nehme ihm das Foto aus den Händen und lasse mich neben ihm aufs Bett fallen. Das Bild zeigt uns beide vor einem großen Schokoladenkuchen, der mit einer Kerze in Form einer Acht verziert ist. Ich entblöße beim Lächeln alle meine Zähne, oder fast. Einer der oberen Schneidezähne fehlt. Meine Haare sind zu zwei Zöpfen geflochten, die mir über die Schultern fallen. Ich bin ein hübsches kleines Mädchen.

Liam hat orangefarbenes Haar und rote Flecken im Gesicht. Das Lächeln lässt seine Wangen noch runder wirken, und man sieht keinen Hals. Sein Spitzname passte leider sehr gut. Er ist wirklich dick und rund.

»Das war an meinem Geburtstag. Du warst mein einziger Gast. Ich hatte nicht viele Freunde, und meine Mutter hasste es, Kinderfeste zu veranstalten.«

»Ich kann mich daran erinnern, wie ich ausgesehen habe, Liam. Ich möchte wissen, wie ich mich verhalten habe.«

»Du warst sehr zurückhaltend. Im Unterricht hast du dich nie gemeldet, und wenn die Lehrerin dich etwas fragte, sagtest du immer: Ich weiß nicht. Erst wenn sie nachhakte, hast du die richtige Antwort gegeben.«

»Und außerhalb der Schule, wenn ich mit dir zusammen war ...«

»Du warst ganz normal. Ein bisschen schüchtern, aber sehr nett. Wir haben im Freien gespielt, Fernsehen geschaut und coole Sachen aus Lego gebaut.«

»Findest du, dass ich ängstlich war? Mein Vater behauptet, an jenem Abend sei ich wahnsinnig gestresst gewesen wegen eines Referats, das ich am nächsten Tag halten sollte.«

»Wir hätten es gemeinsam halten sollen. Dann stand ich mit meinem Teil allein da. Ich weiß noch, dass ich dachte, du hättest das mit Absicht gemacht. Ich war sauer auf dich, aber später habe ich erfahren, dass du einen Unfall hattest.

Ansonsten denke ich, hast du dich immer anständig verhalten. Als wolltest du um jeden Preis vermeiden aufzufallen oder dass man dir etwas vorwerfen könnte. Das gefiel mir, weil ich so ebenfalls leichter unbemerkt bleiben konnte. Und als rothaariges Dickerchen weniger Spott einstecken musste.«

Er wühlt in der Schachtel und fördert ein anderes Foto von uns zutage. Es steckt in einem Holzrahmen. Wir schlafen auf dem Sofa, Bruce Lee sitzt zwischen uns. Als würde er uns bewachen.

»Meine Mutter fand das Foto süß. Sie hatte es im Gang zu unseren anderen Familienfotos gehängt.«

»Es ist wirklich sehr hübsch.«

»Sie hat es erst abgenommen, als sie den Flur neu eingerichtet hat, vor zwei oder drei Jahren.«

Liam steht auf und stellt den Rahmen auf die Kommode, zu seinen persönlichen Sachen.

»Ich schließe daraus, dass du nicht vorhast, die Beziehung mit Noémie wieder aufzunehmen«, scherze ich.

Er grinst zurück, dann wird er ernst.

»Ich möchte mit dir zusammen sein.«

Ich habe es gespürt. Ich habe ihn kommen sehen, den Moment, in dem er mir sagen würde, was ich zu hören träumte, aber was mir auch furchtbare Angst machte.

»Und wenn es mit der Hypnose nicht funktioniert?«, frage ich kleinlaut.

»Was hat das eine mit dem anderen zu tun?«, antwortet er und stellt sich ein wenig zu dicht vor mich hin.

»Wenn ich taub bleibe?«

»Mit mir bist du es nicht.«

»Aber wenn …« Ich schaffe es nicht, den Satz zu beenden.

Es ist kurz nach einundzwanzig Uhr, als Liams Mutter nach Hause kommt. Das Geräusch der Eingangstür schreckt uns auf und lässt uns wieder zur Besinnung kommen. Es war uns warm geworden hier oben.

»Liam! Komm und räum deinen Saustall auf, bitte!«, ruft seine Mutter.

»Verflixt«, flüstert er mir ins Ohr.

Die letzte Stunde habe ich größtenteils damit verbracht, die Geräusche kennenzulernen, die Küsse und Zärtlichkeiten begleiten. Und die Empfindungen, die zu diesen Geräuschen gehören. Das ergibt eine schöne Melodie, eine vollkommene Harmonie.

Aber jetzt ist Schluss damit. Ich kontrolliere, dass ich wie ein braves Mädchen aussehe, bevor ich mit Liam ins Erdgeschoss hinuntergehe.

»Die Küche, das Wohnzimmer!«, schimpft seine Mutter, als sie unsere Schritte auf der Treppe hört.

Dann sieht sie uns. Ihr Gesichtsausdruck verändert sich mit einem Schlag. Höfliches Lächeln, unterdrückte Gereiztheit und inquisitorischer Blick.

»Ich wusste nicht, dass du Besuch hast«, sagt sie.

»Ich hätte aufgeräumt, sobald sie weg ist«, versichert Liam.

Seine Mutter wirft einen Blick auf ihre Armbanduhr, und ich verstehe, dass es Zeit ist, nach Hause zu gehen.

»Das ist Roxanne Doré, erinnerst du dich an sie?«

Noch einmal verändert sich der Gesichtsausdruck von Liams Mutter komplett. Diesmal spricht daraus ... so etwas wie Zärtlichkeit, würde ich sagen.

»Aber sicher! Wie schön, dich wiederzusehen.«

»Ganz meinerseits.«

Sie scheint überrascht, dass ich mich so gut ausdrücken kann.

Ich nehme meinen Mantel aus dem Schrank und schlüpfe in die Stiefel. Ich verabschiede mich von Liams Mutter, bevor sie in die Küche zurückkehrt. Liam begleitet mich hinaus, in Socken und T-Shirt.

»Du wirst dich erkälten!«, schimpfe ich.

»Macht nichts.«

Er küsst mich, ich dränge ihn weg. Seine Mutter könnte uns aus einem Fenster beobachten.

»Schick mir eine Nachricht, um wie viel Uhr ich morgen Abend kommen soll. Schreib mir den ganzen Tag, wenn du Lust hast!«

Seine Worte sind von einer Atemwolke begleitet. Der November ist grässlich. Es ist kalt wie im Winter, aber ohne den Spaß und die Schönheit des Schnees.

»Versprochen!«

Ich laufe ganz schnell davon, um der Versuchung zu widerstehen, bei ihm auf der eisigen Außentreppe zu bleiben.

KAPITEL 18

Offene Tür

»*Du gehst auch aus?*«, fragt mein Vater, der im Türrahmen meines Zimmers steht und auf meine Füße zeigt.

Ich nicke und ziehe den zweiten Strumpf an. Seit meiner Kindheit ist das Erste, was ich mache, wenn ich nach Hause komme, meine Strümpfe auszuziehen. Ich trage nur welche, wenn ich rausgehe. Darüber muss er lachen.

»*Ich gehe zu Liam.*«

Er setzt zu einer Antwort an. Und wie ich ihn kenne, wird er einen peinlichen Kommentar abgeben. Ich rolle deshalb gleich böse mit den Augen, um ihn davon abzuhalten. Er lächelt und hebt die Hände als Zeichen der Kapitulation.

»*Ich bin ein großer Junge, ich kann allein bleiben. Hab einen schönen Abend. Aber nicht zu schön.*«

Er macht eine Rock-Hand und geht. Kurz darauf gehe ich ebenfalls hinunter. Auch Fred und Jim sind in der Eingangshalle. Sie haben erzählt, dass sie ins Kino wollen. In Wahrheit werden wir uns bei Liam treffen. Meine Mutter ist bei ihrem Zumba-Kurs.

Ich ziehe mich an, sage allen Tschüs und gehe. Die Kälte beißt mir in die Wangen. Ich lege einen Schritt zu und freue mich, dass ich die Abkürzung zu meinem Freund benutzen kann. Als ich vor seinem Haus ankomme, fährt Fred gerade vor. Liam kommt sofort heraus, er hat uns wohl am Fenster erwartet.

Wir setzen uns auf die Rückbank, und schon im nächsten Moment drehen sich meine Brüder zu uns um.

»Hörst du mich?«, will Jim wissen.

»Ja.«

»Auch wenn ich die Hand vor den Mund halte, damit du nicht von meinen Lippen ablesen kannst?«

»Ja, Jim, ich höre dich! Können wir jetzt fahren?«

Fred fährt los, aber Jim bleibt noch zu uns umgedreht.

»Nicht zu fassen. Und der Ton, ist der normal?«

»Ich glaube schon.«

»Konntest du dich noch an meine Stimme erinnern?«, fragt er, plötzlich gerührt.

»Nein, aber sie kommt mir vertraut vor.«

»Inzwischen warst du im Stimmbruch, Blödmann!«, kritisiert Fred.

»Hattest du dir seine Stimme so vorgestellt?«, fängt Jim wieder an.

»Ja. Hör jetzt auf mit der Fragerei!«

»Wie? Nein! Ich habe noch jede Menge!«

»Lass sie in Ruhe«, mischt sich Fred ein.

Ich habe den Verdacht, er ist genauso nervös wie ich.

»Okay, okay! Eine Sache noch.«

»Was?«

Jim wendet sich an Liam und setzt ein betrübtes Gesicht auf. Was hat er jetzt wieder vor?

»Meine Schwester hat uns darauf hingewiesen, dass es nicht

nett von uns war, dich ›Dickerchen‹ zu nennen. Wir möchten uns entschuldigen. Schwamm drüber?«

Er reicht Liam die Faust, und der tut, als würde er ein paar Sekunden nachdenken, bevor er einschlägt.

»Ich hab's überlebt, aber nett, dass ihr euch entschuldigt.«

Endlich schaut Jim wieder nach vorne. Liam lächelt, wie um mich zu beruhigen. Wir schweigen, bis Fred auf dem Besucherparkplatz hält.

»Wow, nicht zu fassen. Ist das deine Schule?«, ruft Liam und steigt aus.

Sicher, verglichen mit dem »Betonbunker« der Gesamtschule macht das Zentrum einen guten Eindruck, es ist weiß und hat große Fenster.

Ich führe die Gruppe hinein, direkt in Williams Büro. Das Zentrum ist abends geöffnet, dann wird es vor allem von Erwachsenen besucht. Verglichen mit dem Tag geht es hier jetzt langsamer zu, und die Atmosphäre ist eine vollkommen andere. Es erscheint mir irgendwie … trauriger.

»Hallo! Hierher!«

Der Psychologe steht ein bisschen weiter unten im Flur und macht uns ein Zeichen, zu ihm zu kommen. Logisch. Sein Büro ist zu klein, um uns alle aufzunehmen. Plötzlich spüre ich, wie eine große Angst in mir aufsteigt. So groß, dass ich mich nicht einmal mehr an Rachels Ratschläge erinnere. Atmen, ja, und dann an etwas denken … aber an was nur?

»Guten Tag! Ich bin William Gilbert. Ihr seid also Frédérick und Jean-Michel?«

Der Psychologe begrüßt meine Brüder mit Handschlag, die ihre Namen wiederholen, damit er sie nicht verwechselt.

»Ich bin Liam«, stellt dieser sich vor und reicht ihm ebenfalls die Hand.

»Sehr erfreut. Ich kann also davon ausgehen, dass du hörst, Roxanne?«

»Ja, stimmt.«

»Nicht zu fassen.«

Das ist wohl der Spruch des Abends.

William bittet uns herein. Es handelt sich um ein Klassenzimmer für körperbehinderte Schüler. Hier gibt es mehr Tische als Stühle, und die Gänge sind breit, damit die Schüler im Rollstuhl gut durchkommen können.

Ein Mann sitzt hinter dem Lehrertisch. Ich nehme an, es ist der, der mich hypnotisieren soll.

»Darf ich Ihnen Doktor Zachary Demarchelier vorstellen. Er ist Psychotherapeut und unterrichtet an der Universität.«

»Guten Tag. Es ist mir eine Ehre, danke für Ihr Vertrauen«, sagt er und erhebt sich, um uns allen die Hand zu schütteln.

Er hat einen französischen Akzent. Ich schätze ihn auf Mitte fünfzig, vor allem wegen seiner angegrauten Haare. Ich habe ein gutes Gefühl. Dieser Mann kann mir helfen.

»Roxanne, Ihr Fall fasziniert mich. Bevor wir beginnen, möchte ich Ihnen gern ein paar Fragen stellen.«

»Okay.«

Demarchelier fordert uns auf, uns zu setzen, während er sich lässig an den Lehrertisch lehnt.

»Was ist Ihnen von jenem Abend in Erinnerung geblieben?«, fragt er mich.

»Fast gar nichts. Mein Vater hat mir erzählt, dass ich wahnsinnig gestresst war, als ich ins Bett ging, weil ich am nächsten Tag in der Schule ein Referat halten sollte.«

»Wie würden Sie die Atmosphäre damals bei Ihnen zu Hause beschreiben?«

»Normal.«

»Äh … kann ich auch was sagen?«, fragt Fred.

»Natürlich. Ihre Erinnerungen sind genauso wichtig.«

»Die Stimmung bei uns war ein wenig angespannt. Meiner Mutter ging es nicht gut. Ich glaube, sie hatte eine Depression. Ihr Verhalten glich einer Achterbahn.«

Demarchelier kneift die Augen zusammen, als ob ihm das helfen könnte, den Wert dieser Information einzuschätzen.

»War sie gewalttätig?«

»Nein! Sie schrie, sie weinte. Schlimmstenfalls warf sie irgendwelche Sachen in den Müll.«

»Daran kann ich mich nur vage erinnern«, sage ich entschuldigend.

»So ist das Gehirn eingerichtet, Mademoiselle. Es hat diese wunderbare Eigenschaft, das, was uns missfällt, in den Hintergrund zu schieben. Und da komme ich ins Spiel. Ich entriegle die Tür, hinter der sich diese unangenehmen Erinnerungen verbergen, die für die Heilung jedoch erforderlich sind.«

Liegt es an mir, oder hat der französische Akzent etwas, wie soll ich sagen, Poetisches? Außerdem fühle ich mich wichtig, weil ich gesiezt werde.

»Jetzt erzählen Sie mir bitte etwas über Ihren Freund.«

»Liam?« (Demarchelier nickt.) »Er ist mein Kindheitsfreund. Wir waren immer zusammen. Aber nach diesem Abend habe ich ihn nicht wiedergesehen.«

»Und Sie hören nur, wenn er dabei ist?«

Ich erzähle ihm in Kurzfassung alles, was seit der Halloween-Party bei Jacob geschehen ist. Zachary betont, dass ich Liam nicht sofort wiedererkannt habe, obwohl er mir irgendwie vertraut vorkam.

»Wir müssen in Betracht ziehen, dass es einen Zusammenhang zwischen ihm und dieser Nacht gibt, in der Sie das Gehör verloren haben. Oder wir haben es mit der Magie einer Seelenverwandtschaft zu tun«, meint Demarchelier spöttisch und zwinkert mir zu.

Ich merke, dass ich rot werde bis in die Haarspitzen. Falls einer meiner Brüder »Hihi« zu machen wagt, bringe ich ihn um.

Glücklicherweise provoziert der Scherz so gut wie keine Reaktion. Demarchelier fährt fort:

»In Frankreich habe ich einem Kollegen bei einem Fall von psychogener Taubheit assistiert. Ein kleiner Junge war von einem Hund übel angegriffen worden. Seither fürchtete er sich vor allen Tieren. Eines Tages jagte ihm ein Hund hinter einem Zaun unglaubliche Angst ein, weil er wie ein Verrückter bellte, als der Kleine vorbeilief. Der Junge wurde schlagartig taub. Sein Gehirn hat diesen Weg gewählt, um sich gegen die Angst zu wehren. Es hat das erschreckende Geräusch einfach abgestellt.«

»Blieb er lange taub?«, frage ich.

»Etwa drei Monate. Ich habe ihn betreut und ihm geholfen, sein Trauma zu überwinden und seine Angst vor Tieren zu bewältigen.«

»Drei Monate?«, wiederholt Fred.

»Eine psychogene Taubheit dauert in der Regel nur ein paar Monate, heißt es allgemein«, bestätigt der Arzt.

»Bei mir sind es acht Jahre«, sage ich und unterdrücke das plötzliche Bedürfnis zu weinen.

»Ich glaube, das liegt daran, dass Sie nicht wissen, woher Ihr Entsetzen rührt. Wenn wir es herausfinden, können wir zu den entsprechenden Mitteln greifen, um Ihnen die Angst zu nehmen. Wollen wir anfangen?«

»Ja.«

»Sehr gut. Da dies die erste Sitzung ist und wir nicht wissen, wie Sie reagieren werden, gehen wir langsam vor. Wir entriegeln nur die Tür, wie ich vorhin sagte. Und wir vereinbaren ein Zeichen, um Sie wieder aufzuwecken, wenn das Ganze zu heftig wird.«

»Und wenn die ›Magie‹ nicht mehr wirkt«, wendet Liam ein und macht mit den Fingern Gänsefüßchen, »besteht dann nicht die Gefahr, dass sie aus der Trance nicht mehr aufwacht?«

Er wiederholt die Befürchtung, die ich geäußert habe, als er mir vorschlug, es mit Hypnose zu versuchen. Er ist ein aufmerksamer Zuhörer.

»Gute Frage. Normalerweise ist das kein Problem, aber wir können eine körperliche Berührung vereinbaren. Ich fasse an Ihr rechtes Knie«, schlägt Demarchelier vor.

Ich lächle Liam an, dankbar, dass er an meine Sicherheit gedacht hat.

»Sehr gut, wir beginnen.«

Demarchelier fordert mich auf, mich zu entspannen. Im Raum herrscht Stille. Nicht die totale Stille, nur die der Hörenden. In der eine Fliege zu vernehmen wäre. Dann beginnt er zu mir zu sprechen mit einer ernsten, warmen, verzaubernden Stimme.

Ich habe Lust zu schlafen …

Plötzlich ist es kalt. Eine Kälte wie im Februar.

◈

»Roxanne? Alles in Ordnung?«

Ich habe den Eindruck, aus einem tiefen Schlaf aufzutauchen. Und ich glaube, das ist auch tatsächlich der Fall. Meine Augen bleiben an Demarcheliers freundlichem Gesicht hängen. Sogleich suche ich meine Brüder und Liam. Sie wirken eher besorgt.

»Was ist passiert?«, frage ich.

»Wir haben tatsächlich die Ecke gefunden, in der Sie Ihre Erinnerungen aufbewahren«, teilt mir der Doktor mit. »Sie haben mich die Tür öffnen lassen, aber Sie sind noch sehr zurückhaltend.«

»Hab ich etwas gesagt?«

»Du hast von irgendetwas Weißem gesprochen«, erklärt Fred. »Du sagtest mehrmals ›schnell, schnell‹ und ›da geht's nicht durch‹.«

»Du fingst an, in Panik zu geraten, das machte uns Angst«, ergänzt Jim.

»Deshalb haben wir die Sitzung beendet«, ergänzt Demarchelier.

»Können wir noch mal anfangen?«

»Natürlich. Aber nicht heute Abend.«

Er erklärt mir, auch wenn ich es nicht so empfunden hätte, habe mein Abstecher ins Reich der Träume beinahe dreißig Minuten gedauert. Jetzt, da die »Tür« einmal geöffnet sei, könnten in den nächsten Tagen auch andere Erinnerungen oder Eindrücke an die Oberfläche kommen, aber ich solle sie nicht alle für bare Münze nehmen. Manchmal schleichen sich auch falsche Erinnerungen ein.

»Wir könnten nächsten Dienstag fortfahren«, schlägt der Arzt vor. »Haben Sie da Zeit?«

»Ja.«

Ich wende mich zu Liam, da er mich ja begleiten muss. Er nickt, um zu bestätigen, dass ihm das auch passt.

»Wir sind dabei«, versichern Fred und Jim.

»Versuchen Sie in der Zwischenzeit, Licht in einige Dunkelzonen zu bringen. Monsieur Gilbert hat mir gesagt, dass Sie Ihre Eltern vorerst nicht einweihen wollten. Ich glaube, darüber sollten Sie noch einmal nachdenken. Sie könnten Ihnen helfen.«

»Okay, ich überlege es mir.«

Indem er seine Sachen zusammenräumt, gibt Doktor Demarchelier uns zu verstehen, dass wir fertig sind. Wir stehen alle auf und bedanken uns bei ihm, dass er uns seine wertvolle Zeit geschenkt hat (er wiederholt, mein Fall sei so interessant, dass er eine solche Gelegenheit nicht habe ausschlagen können). Dann gehen wir und lassen die beiden Psychologen allein.

»Das war heftig«, seufzt Jim, als wir draußen sind. »Du hattest richtig Angst und konntest nicht sagen, warum. Du ... du ...«

Ihm fehlen die Worte. Mein Gott! Wie muss ich gewirkt haben? Hoffentlich habe ich Liam nicht traumatisiert!

»Man bekam richtig Mitleid mit dir«, sagt Fred empört. »Ich habe die Fäuste geballt, am liebsten hätte ich jemanden geschlagen!«

Darin erkenne ich meinen großen, großen Bruder. Jim dagegen hat bestimmt feuchte Augen bekommen. Ich erinnere mich, als der Arzt meiner Familie mitgeteilt hat, dass ich unerklärlicherweise taub geworden war, hat Fred die Arme verschränkt und ihm vernichtende Blicke zugeworfen, während Jim zu weinen begann, genau wie meine Mutter. Mein Vater fängt solche Schläge auf und verarbeitet seine Emotionen innerlich, behauptet er.

»Was war das denn, dieses Weiße?«, fragt Jim. »Du hast davon gesprochen, bevor du in Panik geraten bist. Erinnerst du dich?«

»Nicht genau.«

Ich sehe eine weiße Mauer vor mir, die den Durchgang versperrt.

»Hat es damals geschneit? Eine Art Sturm?«

»Nein«, versichert Jim. »Nein, es war nämlich klirrend kalt.«

»Ja, das weiß ich doch«, seufze ich.

Es ist das Einzige, das wir sicher wissen.

Da es noch zu früh ist, um nach Hause zu gehen, ohne dass es auffiele, fährt Fred uns in ein Café. Es ist zwar ein ruhiges Lokal, aber wir setzen uns trotzdem auf eine Bank abseits der übrigen Gäste.

»Ich übernehme die Bestellung«, verkündet Fred. »Liam, trinkst du einen Kaffee?«

»Äh, nein, danke. Alles gut.«

Ich habe Lust, ihn zu necken und ihm zu sagen, das sei die Antwort eines höflichen kleinen Jungen, wie er es neulich bei mir gemacht hat, aber ich denke, es wird Zeit, dass ich meine eigenen Witze mache.

»Ich brauche etwas Frisches«, sage ich zu meinem Bruder.

Er nickt und flitzt an die Theke.

»Ist es okay für dich, dass wir über das sprechen, was wir gerade erlebt haben, oder willst du lieber übers Wetter reden?«, fragt mich Jim kurz darauf.

Er hat leise gesprochen, als wolle er mich nicht erschrecken. Dadurch wirkt er auf einmal so erwachsen. Älter jedenfalls als seine achtzehn Jahre.

»Wir können darüber sprechen. Aber ich weiß nicht, was ich noch sagen soll. Es ist alles verschwommen, wie ein Traum, den man versucht, nicht zu vergessen.«

»Ich glaube, wir sollten Papa und Mama einweihen.«

»Da bin ich mir nicht so sicher, Jim. Die rasten aus.«

»Wir werden da sein! Wir werden sie beruhigen!«

»Wo werden wir sein?«, fragt Fred, der ein Tablett mit Getränken bringt. »Ich habe für euch Limonade genommen, ich hoffe, das ist okay.«

Er stellt die mit Zitronenscheiben garnierten Limonadengläser vor mich und Liam und die vollen Kaffeetassen vor Jim und sich. Liam bedankt sich und nimmt einen tiefen Schluck. Ich habe den Eindruck, er fühlt sich bei diesem Gespräch nicht besonders wohl. Aber wer täte das?

»Wir werden Roxanne beistehen, wenn sie Papa und Mama alles erzählt«, sagt Jim.

»Natürlich«, versichert Fred.

Für meine Brüder erscheint das selbstverständlich. Vielleicht ist es das ja auch. Warum zögere ich dann immer noch, meine Eltern einzuweihen? Sie werden sich doch freuen, oder nicht?

»Schließlich sind sie dabei gewesen«, meint Jim. »Sie können uns bestimmt helfen. Wenn wir uns alle zusammen anstrengen, werden wir sie doch wohl einrennen, diese verdammte Tür in deinem Kopf!«

Ich lächle. Jim ist viel zu dürr, um irgendetwas einzurennen. Fred dagegen hat schon Holzbretter mit der bloßen Hand entzweigeschlagen. Ich setze auf ihn.

»Wo seid ihr denn damals gewesen?«, fragt Liam vorsichtig.

»Jim hatte Klavierstunde bei unserer Tante, und ich war im Karatetraining«, berichtet Fred. »Der Vater meines Freundes hat mich nach Hause gefahren. Ich kam im selben Moment an wie die Polizei.«

»Und ich im selben Moment wie der Krankenwagen. Ich habe darauf gewartet, dass man mich abholt. Da meine Mutter nicht kam, hat meine Tante zuerst versucht anzurufen und mich schließlich selber gefahren. Es war eine Art Weltuntergang.«

Wir machen eine Pause, als eine Bedienung mit einem Tablett auftaucht.

»Ich dachte mir, ihr hättet zusammen sicher gern ein bisschen Kuchen«, sagt sie und stellt zwei Teller mit Karottenkuchen auf den Tisch. »Der geht aufs Haus!«

»Danke, Jen!«, antwortet Fred höflich.

»Er ist zwar von gestern, aber es wäre schade, ihn wegzuwerfen«, flüstert sie komplizenhaft, bevor sie verschwindet.

»Jen?«, wiederholt Jim anzüglich.

»Sie hat früher an der Bar gearbeitet«, erklärt Fred, gespielt lässig.

»Ha, ha«, lacht Jim.

Ich erwische einen der Teller und stelle ihn zwischen Liam und mich.

»Auf jeden Fall ist sie sehr nett«, sage ich und nehme einen Bissen Kuchen.

Fred dreht sich zu mir um, als wolle er mir signalisieren, ich soll jetzt bloß still sein. Seine Liebesangelegenheiten behält er gern für sich. Ich zwinkere ihm beruhigend zu.

Dann denke ich an das, was er an Thanksgiving gesagt hat. Man kann nicht so lange unglücklich sein, es muss dafür einen Ausgleich geben. Ich glaube, die Zeit ist gekommen. Für uns alle.

KAPITEL 19

Ein kleines Puzzleteil

Fast jeden Abend der Woche habe ich bei Liam verbracht. Sobald das Abendessen vorüber war, bin ich hinübergeflitzt. Er hat ein spezielles »Nachholprogramm« für mich gemacht. Eine Liste der Filme, Fernsehserien und Songs aus den letzten acht Jahren, die man kennen sollte.

Ich habe ihm einen kleinen Schock versetzt, als ich sagte, dass ich alle Filme von seiner Liste bereits gesehen hatte, mit Ausnahme von zwei oder drei Horrorvideos, und auch die meisten Fernsehserien. Es nahm ihm den Wind aus den Segeln, weil ich ihm klargemacht habe, dass ich zwar das Gehör verloren hatte, aber nicht meine Augen und dass es schließlich auch Untertitel gab.

Wir verbringen also viel Zeit mit Musikhören. Und mit Küssen. Ach übrigens, gerade schickt er mir eine Nachricht.

> **LIAM:**
> Meine Eltern möchten gern, dass du heute zum Abendessen zu uns kommst. Kannst du? Sie sind nett, versprochen.

Es ist Freitagmittag. Ich mache mich gerade fertig für die Arbeit in der Cafeteria. Am liebsten würde ich absagen. Das Ganze ist mir ziemlich unangenehm. Außerdem glauben seine Eltern, ich sei taub, und es wird schwierig, das vorzutäuschen, während ich mit Liam zusammen bin. Die Wahrheit könnte leicht rauskommen. Aber schließlich habe ich all diese Abende bei ihnen im Untergeschoss verbracht (seine Eltern haben es nicht gern, wenn wir in seinem Zimmer bleiben), ohne ein Wort mit ihnen zu sprechen. Aus Höflichkeit muss ich wohl hingehen.

> **ROXANNE:**
> Okay. Um wie viel Uhr?

> **LIAM:**
> Ich bin um 16:30 Uhr zu Hause. Wann du willst! ;)

> **ROXANNE:**
> Bis dann! xxx

Ich stecke mein Handy weg, bevor ich verwarnt werde, ziehe mein Haarnetz über und nehme meinen Platz am Suppenausschank ein.

Ganz hinten im Saal sehe ich Jacob und Lucie. Ich habe versucht, mit ihr wieder Kontakt aufzunehmen. Wenn ich ihr begegne, lächle ich sie an, und ich habe ihr eine Nachricht geschickt und mich entschuldigt. Sie hat mir immer noch nicht geantwortet. »Mit der Zeit«, pflegte Rachel zu sagen, »mit der Zeit renkt sich alles ein.«

Nur, dass ich jetzt lange genug gewartet habe. Alles ist im Begriff, sich zu verändern. Weder dank meiner ehemaligen Psychologin noch dank Lucie. Ich will mich durch nichts in meinem Schwung bremsen lassen, nicht mal durch meine Freunde.

Der Nachmittag geht rasch vorbei, da ich nur eine Unterrichtsstunde habe, Französisch. Wir sollten einen offenen Brief schreiben, den ich noch fertig korrigiere, dann verlasse ich das Zentrum. Zu Hause hole ich alle Sachen aus meinem Kleiderschrank, auf der Suche nach dem perfekten Outfit für das Abendessen mit den Eltern meines Freundes. Diese Situation erlebe ich zum ersten Mal.

Nein, eigentlich nicht. Ich habe ja bereits bei Liam zu Abend gegessen. Als wir Kinder waren. Aber jetzt ist es anders. Ich will *unbedingt* einen guten Eindruck machen. Ich wünschte, Charlie wäre da, sie könnte meine Stilberaterin sein. Stattdessen kommt Fred herein.

»Was machst du?«, fragt er, als er sieht, dass mein Bett mit Klamotten übersät ist.

»Liam hat mich zu sich nach Hause zum Abendessen eingeladen. Mit seinen Eltern.«

Fred kann sich das Feixen nicht verkneifen, was bei ihm normalerweise mit einem neckischen Kommentar einhergeht. Diesmal hält er sich zurück, wahrscheinlich weil ich mich ja dann bezüglich dieser Jen revanchieren könnte.

»Zieh deinen Jeansrock an und die gepunktete Strumpfhose«, schlägt er vor. »Und diesen Pulli.«

Er fischt meinen grob gestrickten schwarzen Pullover aus

dem Haufen. Okay, mein Bruder hat ein gutes Auge. Ich werde cool aussehen, aber vernünftig. Genau richtig für Eltern.

»Meinst du, dass du noch Zeit hast, mit Mama und Papa zu reden, bevor du gehst?«

Seit Dienstag haben Jim und er mich jeden Abend gedrängt, dass ich endlich das große Gespräch mit unseren Eltern führen soll. Sie würden es mir gern abnehmen, wenn es ginge. Aber das ist mein Event, das muss ich schon selbst regeln.

»Nein.«

»Roxanne...«

»Morgen! Okay? Ich mache es morgen.«

»Versprochen?«

Mist. Jetzt kann ich mich nicht mehr drücken.

»Versprochen«, gebe ich nach.

Fred lächelt, offenbar zufrieden, dass er mir eine Falle gestellt hat. Ich wette, er wird dafür sorgen, dass ich mein Versprechen halte.

Er wünscht mir einen schönen Abend und kehrt in seine Höhle im Untergeschoss zurück. Da ich jetzt meine Garderobe ausgewählt habe, räume ich alles Übrige wieder auf und gehe unter die Dusche.

Danach verbringe ich sehr viel Zeit damit, mich schön zu machen. Ich flechte meine Haare an der Seite, weil ich weiß, das gefällt Liam. Ich schminke mich nur ganz leicht, um nicht aufgedonnert zu wirken. Im Allgemeinen schätzen es Eltern nicht besonders, wenn man aussieht wie die Mädchen in den Musikvideos. Lucie hat deswegen oft Streit mit ihrem Vater.

Um Viertel vor fünf gehe ich hinunter, um mich auf den Weg zu machen. Und treffe auf meine Mutter, die gerade nach Hause kommt.

»*Du hast dich aber schön gemacht*«, sagt sie erstaunt.

»*Ich geh zum Abendessen zu Liam.*«

Meine Mutter zieht die Brauen hoch. Ein schlechtes Zeichen. Na, was will sie denn diesmal von mir? Ich hoffe, sie fängt nicht wieder vom Sex an.

»*Ist er jetzt dein Freund?*«

»*Ja*«, gestehe ich.

»*Darüber würde ich gern mit dir reden. Ich finde, du hast dich in letzter Zeit verändert.*«

Ich hebe die Augen zum Himmel, wie sie selbst es so perfekt beherrscht. Jetzt ist nicht der Moment dafür, ich werde erwartet. Aber meine Mutter packt mich am Arm und zwingt mich, sie anzusehen.

»Du verbringst deine ganze freie Zeit bei ihm«, sagt sie mit der Stimme und hält meinen Arm noch immer fest, »du nimmst uns bei den Mahlzeiten nicht mehr wahr und senkst den Kopf, du verlässt sogar ohne Erlaubnis die Schule! Und du liest nicht mehr!«

Was hat denn das Lesen damit zu tun? Wenn ich früher so viel gelesen habe, dann weil ich nichts Besseres zu tun hatte. Jetzt habe ich Liam.

»*Wenn ich dir sage, dass ich glücklich bin, beruhigt dich das?*«

»*Ich finde nur, es geht ein wenig schnell. Ich mache mir Sorgen um dich.*«

»*Es ist alles in Ordnung.*«

»*Ich möchte trotzdem, dass wir uns die Zeit nehmen, darüber zu sprechen.*« Sie lässt nicht locker.

»*Einverstanden. Morgen.*«

Ihre Nasenflügel beben, die Brust hebt und senkt sich. Ich lächle sie an, als wollte ich ihr Mut machen, schließlich nickt sie. Ich gebe ihr ein Küsschen auf die Wange, zum Zeichen, dass ich es ehrlich meine, und packe mich warm ein, um der Novemberkälte zu trotzen.

Es ist schon fast dunkel. Ich hasse den nahenden Winter. Ich spüre, wie das gefrorene Gras unter meinen Füßen bricht, und versuche mir das dazugehörige Geräusch vorzustellen. Es klingt sicher sanfter, als wenn man auf welke Blätter tritt. Lieber Gott, wie sehr sehne ich mich danach, wieder zu hören!

Als ich in den Hinterhof komme, erstarre ich. Dort steht eine weiße Wand. Da geht's nicht durch.

Ich bekomme einen Krampf im Bauch, und ein langer Schauder zieht mir durch den Körper. Automatisch hebe ich den Kopf zum Baumhaus. Es ist natürlich nicht mehr da. Meine Brüder und mein Vater haben es in der Woche nach dem Unfall abgebaut. Und im darauffolgenden Frühling hat mein Vater den Baum gefällt.

Ich richte meine Aufmerksamkeit auf das, was mich daran hindert, meine Abkürzung zu nehmen. Monsieur Piché hat seine Zeltgarage aufgestellt. Links komme ich nicht daran vorbei, denn da sind die Hecke und der Zaun des Nachbarn. Auf der rechten Seite reicht die Garage bis zur Eingangstür. Da geht's nicht durch.

Ich komme später als gedacht zu Liam. Es muss etwa siebzehn Uhr sein. Er macht mir selbst auf. Umso besser, denn an seiner besorgten Miene kann ich ablesen, dass ich schlecht aussehe.

»Alles in Ordnung? Komm rein!«

Er nimmt mir den Mantel ab, während ich noch nach Worten suche. Es riecht supergut, wie wenn das Essen schon seit Stunden vor sich hin köchelte.

»Ist etwas passiert?«, fragt Liam. »Du wirkst so seltsam.«

»Ich glaube, ich wollte zu dir, an jenem Abend«, sage ich ganz leise.

»An dem Abend, als … Zu mir? Warum?«

»Ich weiß es nicht.«

»Wie kommst du auf diese Idee?«

Ich erzähle ihm von meinem Déjà-vu, als ich das weiße Zelt meines Nachbarn gesehen habe. Liam erinnert sich daran. Im Winter konnte man diesen Weg nie nehmen, nicht einmal an der Hecke entlang, weil man die Zweige der Sträucher abgeknickt hätte. Auch die Freundlichkeit von Monsieur Piché hat schließlich ihre Grenzen!

»Die weiße Wand«, murmelt Liam. »Also funktioniert die Hypnose tatsächlich?«

»Sieht so aus …«

Wir schweigen einen Moment und hängen unseren Gedanken nach. Dann fällt mir wieder ein, dass ich ja hier bin, um mit seinen Eltern zu Abend zu essen, und sie uns wahrscheinlich gehört haben.

»Deine Eltern?«

»Müssten bald kommen.«

Uff!

»Sie wissen, dass du taub bist, also werden sie übertrieben deutlich sprechen, damit du von ihren Lippen lesen kannst.«

»Und wenn ich bei irgendeinem Geräusch zusammenzucke?«

»Dann lenke ich sie ab«, versichert Liam lächelnd.

Er geht auf mich zu und drückt mich an sich. Ich rieche das Parfum an seinem Hals. Das tut gut. Auch wenn es der falsche Moment ist, muss ich an Lucie denken. Sie erzählt gern stolz von ihren Abenteuern, sei es mit dem Cowboy auf der Party oder mit den Hörbehinderten bei den Unternehmungen mit ihrer Gruppe. Manchmal habe ich sie um ihre Erfolge bei den

Jungs beneidet. Jetzt nicht mehr. In Liams Armen weiß ich, das hat mit Lucies Erfahrungen nichts zu tun.

»Sie kommen«, flüstert er.

Ich höre das Geräusch der Reifen auf dem Asphalt. Dann die zuklappenden Türen. Schließlich das Vibrieren der Betonstufen der Eingangstreppe.

Wir lassen einander gerade rechtzeitig los. Liam hat rasch begriffen, dass ich die Demonstration von Zärtlichkeiten vor anderen nicht mag.

»Hallo, hallo, ihr Verliebten!«, sagt seine Mutter im Hereinkommen.

Sie trägt einen taillierten schwarzen Mantel, der ihr bis zu den Knien reicht, und schöne Lederstiefel mit hohen Absätzen. Frisiert, geschminkt, elegant. Ist das ihr Outfit, mit dem sie zur Arbeit geht?

»Äh, alles in Ordnung?«, fragt Liam ein wenig unwirsch.

Statt einer Antwort lacht seine Mutter.

»Deine Mutter hatte ein oder zwei Gläser Wein zu viel«, erklärt Monsieur Scott, der hinter ihr eintritt.

Er trägt die offizielle Polizeiuniform. Die nur bei feierlichen Gelegenheiten zum Einsatz kommt. Etwa bei Ordensverleihungen oder auf Beerdigungen.

»Überhaupt nicht wahr!«, entgegnet Liams Mutter empört.

Dabei schwankt sie und fällt beim Ausziehen ihrer Stiefel beinahe hin.

»Danielle! Setz dich hin!«

»Hör mal, Adam, ich bin doch nicht gebrechlich!«

»Nein, nur ein bisschen betrunken«, brummt ihr Mann zwischen den Zähnen.

Er dreht sich zu uns um, lächelt beruhigend und zwinkert seinem Sohn zu.

»Wenigstens muss sie nicht mehr kochen. Es lebe der Slow Cooker!«

Liams Mutter beginnt die Treppe hochzusteigen.

»Gebt uns noch eine Viertelstunde«, entschuldigt sich Monsieur Scott und folgt ihr auf dem Fuß.

Liam und ich sehen ihnen nach, bis sie im oberen Flur verschwunden sind.

»Das war peinlich«, sagt mein Freund in klagendem Ton.

»Nicht so schlimm«, beruhige ich ihn.

Wir gehen und setzen uns wieder ins Wohnzimmer.

»Dein Vater sieht beeindruckend aus in seiner Polizeiuniform.«

»Er ist jetzt Ermittlungsbeamter. Heute war er auf der Beerdigung von einem seiner ehemaligen Mannschaftskollegen. Daher die Uniform.«

»Ah.«

Ich weiß nicht, warum, aber irgendetwas beunruhigt mich. Wie wenn das Licht über meiner Zimmertür blinkt, während ich am Lesen bin. Wie ein »Klopf, klopf, klopf«. Und hinter dieser Tür sehe ich Liams Vater in seiner Dienstuniform, eine Hand an der Waffe. Bereit, mich niederzustrecken? Oder meinen Feind?

»Hast du endlich mit deinen Eltern gesprochen?«, fragt Liam, um das Thema zu wechseln.

»Morgen. Übrigens solltest du dabei sein. Damit sie sehen, dass ich nicht spinne.«

»Oh, äh, ja.«

»Du scheinst nicht überzeugt. Du kannst ablehnen, du machst ja schon so viel.«

»Nein! Ich dachte bloß, du wolltest dieses Gespräch nur mit deiner Familie führen.«

Er hat nicht unrecht. Es könnte recht vertraulich werden. Dennoch möchte ich gern mit meinen Eltern reden, sie hören können. Alle Nuancen mitkriegen. Verbal und nonverbal.

»Vielleicht habe ich eine Idee«, meint Liam. »Ich könnte dabei sein und zugleich auch nicht. In einem anderen Zimmer warten.«

Gar nicht dumm. Ich muss ja nur wissen, dass er da ist, und brauche ihn nicht ununterbrochen zu sehen. Mein Freund ist clever, er hat gute Ideen! Zuerst die Hypnose, jetzt das. Man könnte meinen, sein Wahlspruch sei: *Es gibt keine Probleme, nur Lösungen!*

»Du bist schlau, weißt du das?«, sage ich und beuge mich ein wenig vor, um ihn zu küssen.

»Unter den besten zehn der Klasse, stimmt«, sagt er, bevor er seine Lippen auf meine drückt.

Wir nutzen diesen kurzen Moment des Alleinseins, um einen Vorrat an Küssen und Zärtlichkeiten anzulegen.

»Seid ihr comme il faut? Ich komm nämlich jetzt!«, warnt uns Monsieur Scott, noch bevor wir seine Schritte auf der Treppe hören. »Ein cooles Wortspiel, oder nicht?«

Wir sitzen brav nebeneinander auf dem Sofa. Er erwartet eine Reaktion.

»Comme il faut ... und ich komm ... Das ist lustig, oder?«

»Ja, ja«, antwortet Liam.

»Ist das alles?«

Er schaut uns abwechselnd an, offenbar enttäuscht, dass er keine Heiterkeit erregt hat.

»Nur zur Erinnerung: Roxanne ist taub. Wortspiele sind nicht gerade ihre Stärke ...«

»Oh, *Shit!*«

Da kann ich mir das Lächeln nicht verkneifen.

»Hat sie das von meinen Lippen abgelesen?«, fragt Liams Vater beunruhigt, als er es sieht.

»Wahrscheinlich«, versichert ihm sein Sohn. »Sie ist begabt.«

»Ich gehe dann mal in die Küche.«

»Gute Idee.«

Liam wartet, bis sein Vater außer Hörweite ist, bevor er hinzufügt:

»Meine Eltern sind heute Abend echt ein bisschen seltsam, entschuldige.«

»Schon in Ordnung, ich finde sie amüsant! Bring sie nur nicht zu oft in Verlegenheit, indem du sie an meine Taubheit erinnerst«, flüstere ich.

»Zumal es nicht ganz wahr ist.«

Jetzt kommt auch Liams Mutter herunter. Sie hat sich umgezogen und, ihrem feuchten, hochgebundenen Haar nach, auch geduscht.

»Wie wär's mit Abendessen?«, fragt sie fast kleinlaut.

Kapitel 20

Es ist so weit

»Nein! Nein! Nein! Nein!«

Amüsiert dreht sich Liam zu mir um.

»Das war meine Lieblingsfigur«, rufe ich empört. »Die dürfen sie nicht töten!«

»Das ist typisch für *Game of Thrones*, da gibt es immer wieder Überraschungen!«

Unter allen Serien auf Liams Nachholliste gefiel mir nur *Der Eiserne Thron* nicht. Geschichten aus dem Mittelalter sind nicht so mein Ding. Aber mein Freund meinte, ich solle der Serie eine Chance geben. Eine Staffel. Wenn ich nach den ersten zehn Folgen nicht überzeugt bin, hören wir auf. Am Mittwochabend haben wir angefangen. Gestern, nach dem Abendessen mit seinen Eltern, haben wir drei Folgen hintereinander gesehen.

Jetzt sitzen wir auf meinem Bett, den Laptop auf den Knien. Meine Eltern sind bei einer Matinee im Konservatorium, um meiner Cousine Beifall zu klatschen, die ihr Talent am Klavier unter Beweis stellt. Das große Gespräch soll nach ihrer Rückkehr stattfinden. Deshalb habe ich Liam zum Mittagessen eingeladen.

»Bist du bereit für die letzte Folge?«, fragt er und reibt sich die Hände.

»Nur wenn du mir versprichst, dass das kleine blonde Arschloch dafür bezahlen muss!«

»Ich verspreche es Ihnen, meine Königin«, antwortet mein Freund im Ton des bösen Joffrey, der meine Lieblingsfigur hingerichtet hat.

Schmollend stupse ich ihn mit dem Ellbogen in die Seite. Schließlich trauer ich um Ned Stark.

»Ich hoffe, er wird leiden!«, brumme ich zwischen den Zähnen und starte die letzte Folge.

Diesen Moment wählt Jim, um sein Zimmer zu verlassen und bei mir hereinzuplatzen. Er trägt seinen mit Farbflecken bekleckerten Kittel und hält ein Glas mit schmutzigem Wasser und Pinseln in der Hand.

»Sind Papa und Mama schon da?«, will er wissen.

»Nein, noch nicht.«

»Bist du Maler?«, fragt Liam, obwohl der Aufzug meines Bruders eigentlich alles sagt.

»Unter anderem«, antwortet mein Bruder.

»Darf ich sehen, woran du gerade arbeitest?«, fragt Liam weiter, offensichtlich neugierig.

»Nein! Niemals, bevor es fertig ist! Aber es wird GROSS-AR-TIG«, ruft er. »Mein Meisterstück!«

»Seit Monaten arbeitet er daran. Es ist für seine Aufnahmeprüfung an der Universität«, erkläre ich.

Jim nickt und verschwindet im Bad, um seine Pinsel auszuwaschen. Liam stellt die Folge auf Pause, bis mein Bruder seine

Aufgabe vollbracht hat. Wenn er im Künstlermodus ist, kann Jim ganz schön viel Lärm machen. Neulich musste ich ihn darauf hinweisen, dass seine Musik zu laut war, wir konnten unseren Film nicht mehr verstehen.

»Hast du sein Meisterstück schon gesehen?«, fragt Liam.

»Du hast es doch gehört. Das ist verboten!«

»Und du bist nie in sein Zimmer gegangen, als er nicht da war?«

»Nein, ich freue mich auf die Überraschung, wenn er es für uns enthüllt. Und für ihn ist es wichtig, dass seine Arbeit geheim bleibt. Vor allem offenbar dieses Bild.«

»Ich wäre da zu neugierig.«

»Ich bin auch neugierig. Ich möchte jetzt endlich wissen, wie der Mord an Ned gerächt wird«, erwidere ich verschmitzt.

Liam lächelt mich an, nimmt seinen Platz an meiner Schulter wieder ein und startet die letzte Folge seiner Lieblingsserie. Verrückt, wie sehr die gesprochene Sprache mir gefehlt hat. Die vielfältigen Arten, sich auszudrücken, etwas zu sagen. Ironie, Sarkasmus, Nuancen, Anspielungen … Das ist beinahe Kunst.

Es ist schon Nachmittag, als meine Eltern endlich heimkommen. Fred, Jim, Liam und ich sind in der Küche und machen uns Nachos. Sobald ich das Öffnen und Schließen der Haustür höre, krampft sich mein Magen zusammen. Ich weiß, meine Brüder werden keinen Aufschub dulden.

»Was brutzelt ihr da?«, fragt meine Mutter im Hereinkommen.

»Die Kleinen haben Hunger«, sagt Fred.

»Macht nur genug, damit es für mich auch reicht!«, verlangt mein Vater.

»Lass sie doch, du hast beim Buffet genug gegessen!«, sagt meine Mutter streng und fährt ihm über den Bauch.

»Willst du etwa behaupten, ich sei dick?«

»Nein, nur wohlgenährt, mein Liebling.«

Mein Vater tut so, als sei er beleidigt (er ist ein schlechter Schauspieler!), und setzt sich auf seinen Platz im Wohnzimmer vor dem Fernseher. Meine Mutter geht in ihr Zimmer hinauf, wahrscheinlich, um sich umzuziehen. Sie fühlt sich in feinen Sachen nie lange wohl. Ich wette, sie kommt in Jeans und Baumwolljacke herunter.

»Deine Eltern zeigen sich von einer besseren Seite als meine«, flüstert Liam in Anspielung auf das gestrige Essen.

»Hör auf! Das Abendessen war doch superschön. Du hast echt nette Eltern.«

»Also«, unterbricht uns Jim. »Wir hätten da noch etwas zu besprechen.«

Er geht zum Fuß der Treppe und ruft meine Mutter.

»*Mom!* Kannst du runterkommen?«

»In zwei Minuten!«, ruft sie zurück.

»Was gibt es denn?«, fragt mein Vater, der sich wieder zu uns gesellt.

»Nichts Schlimmes«, antwortet Fred.

Papa runzelt trotzdem die Stirn. Er betrachtet uns alle, einen nach dem anderen, und versucht, das Geheimnis zu erraten. Ich kann beinahe seine Gedanken lesen.

Zuerst Fred, der in den letzten zwölf Monaten für genügend schlechte Nachrichten gesorgt hat. Lassen wir das! Jim, dem tausend Katastrophen widerfahren sein könnten (Trennung, Schulabbruch, Charlie ist schwanger etc.). Schließlich ich, die seinem

Blick kaum standhalten kann. Liam hilft mir nicht, sondern blickt ebenfalls zu Boden. Mein Freund und ich wirken schuldig. Mist.

Meine Mutter kommt, in bequemem Outfit, wie ich es vermutet hatte. Im Gegensatz zu meinem Vater hat sie noch keinen Verdacht. Das kommt noch.

Ich drehe mich um und werfe Liam einen Blick zu. Er nickt, küsst mich flüchtig auf den Mundwinkel und geht hinauf in mein Zimmer, wie wir es besprochen haben. Meine Eltern folgen ihm mit dem Blick, mehr als neugierig.

»Roxanne muss mit euch sprechen«, erklärt Jim. »Am besten im Wohnzimmer.«

Er geht vor. Fred folgt ihm auf dem Fuß. Meine Mutter und mein Vater starren mich weiter an.

»Im Wohnzimmer, hab ich gesagt!«, wiederholt Jim.

Schließlich folgen meine Eltern der Aufforderung. Ich gehe hinterher. Sie nehmen auf dem kleinen Sofa Platz, dicht neben dem, auf dem meine Brüder sitzen. Mir bleibt der kleine Sessel, ihnen allen gegenüber. Ich fühle mich wie eine Angeklagte in einem Prozess. Dabei habe ich keinerlei Verbrechen begangen. Im Gegenteil, das, was ich ihnen mitteilen will, müsste einschlagen wie eine Bombe ... eine schöne Bombe.

Meine Brüder betrachten mich ungeduldig. Ich zucke die Achseln, weiß nicht, wo ich anfangen soll. Wie soll man seinen Eltern mitteilen, dass das, was sie eigentlich für unmöglich halten, endlich eingetreten ist?

»Heute Morgen«, beginnt Jim, »ist Roxanne zu mir gekommen und hat mich gebeten, die Musik leiser zu stellen. Warum gleich wieder?«

Er spielt mir den Ball zu, hilft mir aus der Bredouille. Er liefert die Einleitung, nach der ich gesucht habe.

»Weil sie die Lautstärke meines Computers übertönt hat.«

Meine Eltern machen große Augen und lange Gesichter. Sie fragen sich, ob ich wirklich sagen wollte, was ich gesagt habe.

»Ich höre«, sage ich. »Alles.«

So, jetzt ist es raus.

»Wie?«

»Seit wann?«

Meine Eltern haben im selben Moment gesprochen. Aber das ist kein Problem mehr. Ich kann die Stimmen jetzt unterscheiden. Ich drehe mich leicht zu meiner Mutter, um ihr zuerst zu antworten.

»Angefangen hat es auf der Halloween-Party bei Jacob. Zwar nicht für lange, aber es ist seither noch ein paarmal vorgekommen.«

Dann antworte ich meinem Vater.

»Ich weiß noch nicht, wie oder warum, aber es funktioniert nur, wenn ich mit Liam zusammen bin.«

Ich lasse meinen Eltern Zeit, die Information zu verdauen. Sie sehen sich an, sagen aber nichts.

»Ich war bei einem Psychotherapeuten. Wir haben es mit Hypnose versucht.«

»Wir beide waren dabei«, wirft Fred beruhigend ein, als meine Mutter hochfährt, von meinen Geheimnissen sichtlich verstört.

»Und, ist etwas dabei herausgekommen?«, fragt mein Vater ganz sanft.

Ich berichte von meinem Déjà-vu beim Anblick von Monsieur Pichés Zeltgarage und von der Vermutung, dass ich damals zu Liam wollte. Meine Eltern hören völlig verdutzt zu.

Entgegen meinen Befürchtungen drehen sie nicht durch. Meine Mutter rennt nicht zum Telefon, um Termine mit all den Spezialisten zu machen, bei denen sie damals mit mir war. Aber ich weiß nicht, ob ihr Ausdruck stummer Verblüffung mir lieber ist.

»Der Psychologe meint, es wäre eine gute Idee, wenn ihr bei der nächsten Sitzung dabei seid«, fährt Fred fort.

Es ist mir sehr recht, dass er mich ablöst!

»Ihr wart in jener Nacht dabei, ihr könntet helfen.«

»Aber sicher!«

»Wie denn?«

Wieder haben meine Eltern gleichzeitig gesprochen. Mein Vater mit Begeisterung, meine Mutter voller Misstrauen.

»Eure Erinnerungen an den Abend könnten helfen, die Ereignisse zu rekonstruieren.«

»Deshalb also hast du mir neulich all diese Fragen gestellt«, begreift mein Vater.

»Wie? Wann denn?«, fragt meine Mutter erstaunt.

»Ja«, gebe ich zu. »Ich will, ich *muss* mich erinnern! Nur so kann ich wieder ein normales Leben führen.«

»Wenn das so ist, bin ich gern bereit, dir alles noch einmal zu erzählen«, sagt mein Vater.

»Wir hören«, meint Fred.

»Du bist ganz aufgelöst aus der Schule gekommen. Du hast geweint und gesagt, du willst da nicht mehr hingehen. Ich hatte den Verdacht, dass du deine Schulkameraden nicht magst, aber schließlich hast du zugegeben, du hattest Angst, vor den anderen dein Referat zu halten. Ich habe vorgeschlagen, dass du es am Abend noch einmal mit mir durchgehst. Aber das hast du abgelehnt, weil Liam nicht dabei war, um seinen Teil zu übernehmen, und bist in dein Zimmer hinaufgegangen. Wir haben dich in Ruhe gelassen. Als ich dir sagen wollte, dass das Abendessen fertig ist, bist du im Badezimmer gewesen und hast dich übergeben. Du hast mir so leidgetan.«

Er macht eine Pause, sieht meine Mutter an, die unaufhörlich mit den Augen zwinkert, dann atmet er tief ein und erzählt weiter.

»Ich habe dir etwas gegen die Übelkeit gegeben und dich ins Bett gesteckt. Nach dem Abendessen habe ich Jim zu Laura und Fred ins Karatetraining gefahren. Als ich zurückkam, hast du geschlafen.«

Hier scheint seine Geschichte zu enden. Das genügt Jim nicht.

»Wo seid ihr gewesen, als Roxanne hinausgelaufen ist? Warum habt ihr das nicht gehört?«

»Wir waren im Keller«, rechtfertigt sich mein Vater. »Wir haben geredet. Eure Mutter … war zu dieser Zeit in keinem besonders guten Zustand.«

»Ich war ein bisschen … krank«, bestätigt sie. »Dein Vater hat immer wieder versucht, mich zu überreden, dass ich zum Arzt gehen soll, Hilfe in Anspruch nehmen. Ich war jedes Mal sauer auf ihn, deshalb haben wir dort geredet, wo ihr uns nicht hören konntet. Meistens im Keller, aber auch im Auto oder im Schuppen.«

»Hattest du eine Depression?«, fragt Fred.

»Ja. Es hat ein paar Jahre nach Roxannes Geburt angefangen. Ich schob es auf den Schlafmangel, die Überarbeitung. Ich sagte mir, das geht vorbei. Aber es wurde schlimmer. Und ich weigerte mich, es zuzugeben.«

»Wenn du sagst, ihr habt miteinander geredet, heißt das, ihr habt euch angeschrien?«, fragt Fred.

»Nein«, korrigiert meine Mutter. »Euer Vater hat alles getan, um zu verhindern, dass ich die Beherrschung verliere. Er hat es hinbekommen, dass ich nicht anfing zu schreien. Ich konnte schlimme Dinge sagen, aber ohne ihn anzubrüllen.«

»Worüber habt ihr an jenem Abend gesprochen?«

»Ich weiß es nicht mehr«, antwortet sie und sieht meinen Vater an, der die Achseln zuckt. »Ich habe ihm sicher tausend Vorwürfe gemacht. Das Einzige, woran ich mich deutlich erinnere, ist Roxannes leeres Bett. Dieses Bild werde ich nie mehr los.«

Sie unterdrückt ein Zittern. Ich kann mir ihre Verzweiflung vorstellen, als sie entdeckt hat, dass ihr Kind nicht mehr dort war, wo sie es zurückgelassen hatte. Dass es nirgends zu finden war. Mein Vater ergreift die Hand meiner Mutter.

»An diesem Abend hast du zugestimmt, zu einem Psychologen zu gehen«, erinnert er sie. »Wir haben ein bisschen gestritten, du hast lange geweint, dann hast du nachgegeben. Du hast versprochen, Hilfe in Anspruch zu nehmen.«

»Und danach?«, frage ich.

»Dann sind wir wieder hinaufgegangen«, sagt mein Vater. »Deine Mutter wollte ein Bad nehmen, und ich musste die Lunchboxen für den nächsten Tag vorbereiten. Dann hat sie dein Verschwinden bemerkt.«

»Das bringt uns nicht viel weiter«, seufzt Jim. »Habt ihr überhaupt keine Idee, warum Roxanne verschwunden ist?«

»Um zu Liam zu gehen?«, wagt sich mein Vater vor. »Sie war doch die ganze Zeit dort. Ich glaube, du hast dich bei ihm wohler gefühlt als zu Hause«, sagt er zu mir gewendet. »Vielleicht wegen dieser Geschichte mit dem Referat.«

»Solche Sachen kann man mithilfe der Hypnose herausfinden«, versichert Jim.

»Und wir werden dabei sein«, verspricht mein Vater. »Wann ist der Termin?«

»Nächsten Dienstag um neunzehn Uhr«, sage ich. »Das ist während Mamas Zumba-Kurs.«

Meine Eltern werfen sich einen seltsamen Blick zu. Hand aufs

Herz! Meine Mutter wird ihre Teilnahme an meiner Hypnosesitzung doch nicht absagen, weil sie ihren Zumba-Kurs nicht versäumen will! Man muss seine Prioritäten klären …

»In Wahrheit gehe ich gar nicht jeden Dienstagabend zur Gymnastik«, gesteht sie kleinlaut. »Ich gehe zu meinem Psychologen. Ich wollte … ich wollte eigentlich nicht, dass ihr das erfahrt.«

Ihre Neuigkeit macht uns sprachlos. Wenn ich nicht den leise gedrehten Ton des Fernsehers hörte, würde ich glauben, ich sei wieder taub. Meine Mutter geht seit acht Jahren zu einem Psychologen? Sicherlich hat das mit mir zu tun. Sie muss meinetwegen die ganze Skala der Gefühle erlebt haben, seit ich aus meinem Zimmer verschwunden war.

»Das ist schon in Ordnung, Mama«, sagt Jim. »Aber du kommst am Dienstag?«

»Natürlich! Wenn es Mittel und Wege gibt, um zu verstehen, warum meine Tochter taub geworden ist, dann muss ich sie wissen!«

Am Ende des Satzes klingt ihre Stimme ein wenig erstickt. Auch ich bin gerührt, und ich breche in Tränen aus. Ich bin in einer komplizierten Gemütsverfassung.

Mein Leben ist im Begriff, sich zu ändern. Vielleicht. Die Hypnose könnte ebenso gut kein Ergebnis bringen. Ich könnte taub bleiben, von Liams Gegenwart abhängig, um auch nur das kleinste Geräusch zu hören. Ehrlich gesagt, ich glaube, das würde ich nicht lange aushalten. Wenn die Stille wieder zurückkehrt, ist das jedes Mal schwerer zu ertragen. Wie ganz zu Anfang, als ich pausenlos geheult habe. Die Zeit, die ich mit Liam verbringe, ist wunderbar, aber die Rückkehr in die Realität scheint mir ein hoher Preis. Bald würde ich ihm vermutlich böse sein, wenn er mal nicht bereit ist, mich zu sehen.

Meine Mutter steht auf und schließt mich in die Arme. Sie drückt mich ganz fest an sich. Mein Vater gesellt sich dazu, dann meine Brüder. Große Familienumarmung.

»Das wird schon wieder«, sagt mein Vater. »Das wird schon.«

Ich möchte es gern glauben.

KAPITEL 21

*Ein bisschen
Philosophie*

Liam sitzt auf meinem Bett, mit dem Rücken zur Tür. Er hat mich nicht kommen hören, weil er seine Kopfhörer aufhat. Ich weiß nicht, ob ich an seiner Stelle der Versuchung widerstanden hätte, ein bisschen von oben zu lauschen. Die Neugier ist wirklich der Feind des Respekts.

Ich springe hinter ihm aufs Bett, was ihn zusammenfahren lässt. So war es auch bei mir, solange ich taub war. Verrückt, dass Menschen sich *freiwillig* isolieren. Wenn ich wieder hören kann, werde ich mich nie mehr von der Außenwelt abschotten. Niemals.

»Seid ihr fertig?«, fragt er und nimmt die Kopfhörer ab.

Ich erkenne den Song von *Coldplay*, bei dem wir uns fast geküsst hätten.

»Das könnte unser Lied werden«, schlage ich vor und zeige auf sein Handy. »Es ist mit einem schönen Moment verbunden und ein herrlicher Song.«

»*Fix you?*«

»Heißt er so?«

»Ja. Ich würde es übersetzen mit ›dich in Ordnung bringen‹.«

Wir schweigen einen Augenblick und lauschen der Musik. Ich verstehe nicht alles, denn mein Englisch ist nur in der Theorie gut. Aber der Text kann nicht völlig bescheuert sein, wenn das Lied so schön klingt.

»Besser kann man es nicht sagen«, meint Liam. »Ich glaube, das ist es, was gerade geschieht.«

»Du bringst mich wieder in Ordnung«, bestätige ich.

Wir küssen uns, bis das Lied zu Ende ist. Danach schaltet Liam sein Handy aus und setzt sich mir gegenüber. Ich sehe, er hat ein Buch auf den Knien, das Buch über die Trauerphasen, das meine Tante Laura mir geschenkt hat.

»Ist es gut gelaufen mit deinen Eltern?«, fragt er beinahe flüsternd.

»Ja. Sie verstehen auch nicht besser als ich, was mit mir los ist, und wollen am Dienstag mitkommen. Mein Vater hat uns noch einmal von jenem Abend erzählt, aber das hat auch nicht zu mehr Erinnerungen geführt.«

»Das kommt schon noch«, versichert Liam.

»Ja. Und du? Hast du etwas Neues gelernt?«, frage ich und zeige auf das Buch in seinem Schoß.

»Wie ich dir helfen kann, den Tod von Ned Stark zu verkraften, zum Beispiel?«

»Es geht schon besser. Ich vertraue jetzt auf die Blonde mit dem unaussprechlichen Namen. Sag bitte nicht, dass sie zu Beginn der nächsten Staffel von einem Drachen gefressen wird.«

»Wenn du's wissen willst, schau sie dir an.«

»Ich kann die Zusammenfassung der Folgen auch im Internet nachlesen!«

»Mach das nicht! Du würdest es bereuen!«

Ich tue so, als wollte ich zu meinem Computer am Kopfende meines Betts stürzen, und Liam lässt sich auf das Spiel ein und versucht mich daran zu hindern. Wir kämpfen eine Weile, bis er es schafft, dass ich mich nicht mehr rühren kann, halb liegt er auf mir und umschließt mit seinen Händen meine Handgelenke.

»Ich ergebe mich!«, rufe ich, weil ich fürchte, es könnte jemand auftauchen, um nachzusehen, was das für ein Krach ist.

Bei Liam dürfen wir die Tür zu seinem Zimmer nicht zumachen. Noch lieber sehen es seine Eltern, wenn wir ins Untergeschoss gehen, wo es gar keine Tür gibt. Ich würde ihnen gern sagen, dass sie sich keine Sorgen zu machen brauchen. Schon der Gedanke, mit Liam weiterzugehen, während sie im Haus sind, erscheint mir völlig unpassend.

Bei mir zu Hause ist das anders. Es ist das erste Mal, dass ich einen Jungen mitbringe. Meine Brüder durften bei meinen Eltern in diesem Punkt immer machen, was sie wollten. Warum sollten für mich andere Regeln gelten?

Liam lässt mich frei und setzt sich wieder hin. Er bückt sich, um das Buch aufzuheben, das während unseres Kampfes heruntergefallen ist.

»Glaubst du, wenn es dir gelungen wäre, in jener Nacht zu mir zu kommen, du wärst heute nicht taub?«

»Vielleicht. Aber all diese ›Wenns‹ führen doch zu nichts.«

»Wirst du jetzt philosophisch oder wendest du nur an, was du gelernt hast?«, fragt er spöttisch, und hebt das Buch über die Trauer so feierlich auf wie ein Priester während der Messe die Bibel.

Ich reiße es ihm aus der Hand und pfeffere es ans andere Ende des Zimmers.

»Die Wut«, seufzt Liam und kann das Feixen kaum unterdrücken.

»Warum hast du dir gerade dieses Buch ausgesucht? Da stehen doch zig andere!«

»Es ist das einzige mit einem Lesezeichen. Ich dachte, du liest das gerade.«

»Es ist das einzige, das ich nie zu Ende gelesen habe«, erkläre ich.

»Hast du die anderen echt alle gelesen?«

Ich nicke, es ist mir ein bisschen peinlich. Ich habe mich nie dafür geschämt, eine Leseratte zu sein. Im Gegenteil, ich bin stolz auf alles, was ich durch die Literatur gelernt habe. Aber das wirkt nicht sehr ... sexy. Und ich möchte sexy wirken, zumindest für Liam.

»Sogar das hier?«, fragt er erstaunt und zeigt auf *Die Hauptströmungen der Philosophie*.

»Ja. Ich habe nämlich mal gedacht, die Chaostheorie könnte meine Taubheit erklären.«

Liam schaut mich an, als ob ich chinesisch spräche. Ich mache ihm ein Zeichen, das Thema fallen zu lassen, wiederum auf meinen Eindruck bedacht.

»Erklär's mir!«, verlangt er. »Was ist das, die Chaostheorie?«

Also gut, wenn er es unbedingt wissen will.

»Man nennt es auch den Schmetterlingseffekt. Man sagt, der Flügelschlag eines Schmetterlings in Brasilien kann in Texas einen Tornado auslösen. Das heißt, eine winzige Veränderung in der Ordnung der Dinge könnte später entsetzliche Folgen haben.«

»Ein Insekt aus Südamerika hat dich taub gemacht?«

»Und jetzt warte ich schon lange darauf, dass es seine Flügel in die andere Richtung bewegt!«, scherze ich.

»Und nun tut es das, oder?«, erwidert Liam und zeigt auf seine eigenen Ohren.

»Dann müsste man eigentlich annehmen, dass unser Leben von Anfang an vorherbestimmt ist und wir keinen Einfluss auf unser Schicksal haben. Ich glaube eher, dass wir frei wählen können und für diese Wahl auch verantwortlich sind.«

»Du und ich, das ist also kein Schicksal?«

»Nein. Das bin nur ich, die im richtigen Augenblick die richtige Wahl getroffen hat«, erwidere ich lächelnd.

»Welche denn?«, fragt er, als würde es ihn überraschen, dass ich für unser Wiedersehen verantwortlich sein soll.

»Nicht meiner Angst nachzugeben und zu Jacobs Party zu gehen. Und dort hast du mich wiedererkannt und … gerettet.«

»Wie erklärst du dir, dass du taub geworden bist?«

»Das war auch ich, die im *falschen* Moment die *falsche* Wahl getroffen hat.«

Liam schweigt einen Moment. Wahrscheinlich denkt er, im Februar bei minus dreißig Grad im Schlafanzug hinauszulaufen, war definitiv eine falsche Entscheidung.

Ich möchte wissen, wie es dazu kam.

Das rote Licht über meiner Tür beginnt zu blinken. Dann höre ich meinen Vater:

»Ach, richtig, das geht ja jetzt wieder.«

Klopf, klopf, klopf.

»Herein!«

Als er die Tür öffnet, wandert sein Blick zwischen Liam und mir hin und her, als wolle er die Situation abschätzen. Meine Tagesdecke ist ein bisschen zerknittert, aber sonst ist alles in bester Ordnung.

»Ich kümmere mich jetzt um eure Nachos, wir essen mexikanisch. Liam, bleibst du zum Abendessen? Wir würden uns freuen.«

»Okay, ja, gern.«

Mein Vater geht wieder und zögert einen Augenblick, ob er die Tür zumachen soll oder nicht. Schließlich siegt das Vertrauen, und er gib uns die Zweisamkeit zurück.

Liam holt sein Handy heraus und schreibt seinen Eltern, dass er nicht zum Abendessen kommt. Im gleichen Augenblick vibriert meines. Es ist Jacob.

> JACOB:
> Hast du heute Abend schon was vor?
> Wollen wir wieder einen Filmabend machen?

Ich zeige Liam die Nachricht, der eine Augenbraue hochzieht.

»Du hast ihm nichts von uns erzählt?«, meint er.

»Du ja auch nicht«, entgegne ich.

»Willst du es ihm jetzt sagen?«

»Ich habe Angst, dass er sauer wird. Da Lucie auch schon böse auf mich ist, wird es im Zentrum ganz schön langweilig werden, wenn meine einzigen Freunde nichts mehr von mir wissen wollen.«

»Also warte damit«, meint Liam.

Ich nicke.

> ROXANNE:
> Heute Abend kann ich nicht.
> Tut mir leid. Bis Montag!

> Jacob:
>): Bis Montag. xxx

Ich denke an das Gespräch mit Liam gerade eben. Das Schicksal und die freie Wahl. Plötzlich kommen mir Zweifel. Am letzten Samstag, als ich bei Jacob war, ist Liam im entscheidenden Moment aufgetaucht, oder? Etwas später wäre die Situation sicher eine völlig andere gewesen.

Vielleicht werde ich doch noch anfangen, an das Schicksal zu glauben.

Kapitel 22

Familienausflug zum Psychologen

Alle sind nervös. Das merkt man. Meine Mutter blinzelt mit den Augen, als wolle sie ein Staubkorn daraus entfernen, mein Vater spült etwas zu eifrig das Geschirr, und Fred hat den Kühlschrank schon dreimal geöffnet, ohne etwas herauszunehmen. Vermutlich denken sie alle an den Termin bei Doktor Demarchelier heute Abend. Genau wie ich.

Plötzlich springen alle gleichzeitig auf und wenden sich mir zu. Dabei habe ich gar nichts gemacht. Ich lehne ganz ruhig an der Wand zwischen Esszimmer und Eingangsbereich und warte darauf, dass Liam eintrifft.

Ah! Das muss er sein. Mein Freund hat wohl geklopft oder geklingelt. Ich zeige, dass ich verstanden habe, und gehe die Tür aufmachen. Die Geräusche kehren zurück, aber ich bemerke es kaum. Das ist inzwischen schon vollkommen normal. So, wie ich mir, als ich taub war, die Geräusche vorgestellt habe.

»Hallo«, sage ich und lasse Liam herein.

»Hallo.«

Er zieht einen Schmollmund. Ich hoffe, er hat es sich nicht anders überlegt und hat immer noch vor, heute Abend mitzukommen.

»Alles in Ordnung?«

»Ja. Es ist nur wegen meiner Mutter«, knurrt er. »Sie hat ein großes Theater gemacht, weil ich in der Chemiearbeit eine schlechte Note bekommen habe, und sie meint, das kommt daher, dass ich unter der Woche zu viel weggehe.«

»Denkt sie, das sei meine Schuld? Dass ich dich von Wichtigerem abhalte?«, spotte ich und hänge seinen Mantel in den Schrank.

»So ähnlich«, gibt er zu.

Ich kann mein Erstaunen nicht verbergen. Hat Liams Mutter diesen Vorwurf tatsächlich ausgesprochen, oder ist das bloß seine Schlussfolgerung?

»Ich habe ihr gesagt, dass es mit dir gar nichts zu tun hat«, verteidigt er sich, »weil wir die Arbeit schon vor mindestens drei Wochen geschrieben haben.«

»Es ist also Noémies Schuld.«

»Ja, nein. Sie durfte unter der Woche nicht weggehen. Ich glaube, ich habe einfach keinen Kopf für Chemie!«

»Immerhin durftest du heute Abend kommen!«

»Mein Vater hat mir geholfen. Wir haben meiner Mutter erklärt, dass es sehr wichtig ist.«

Er zwinkert mir zu und küsst mich hastig.

»Hast du noch Platz für ein Dessert, Liam?«, fragt meine Mutter aus der Küche.

»Äh ... ja!«

Fred, Liam und ich setzen uns an den Tisch, während meine

Mutter ihre Zitronentarte in großzügige Stücke teilt. Mein Vater räumt die sauberen Töpfe weg und kommt zu uns.

»Heute Abend wird es also passieren, ja?«, sagt er.

»Hör auf«, ermahnt ihn Fred, »man könnte meinen, sie wird operiert oder …«

»Es wäre schön, wenn es funktionieren würde«, erkläre ich. »Ich meine, wenn Doktor Demarchelier mich heute heilen könnte, wäre das toll.«

»Du bist nicht krank, Roxanne«, korrigiert mich meine Mutter.

»Also, wenn er mich wieder in Ordnung bringen würde?«

Meine Mutter runzelt die Stirn. Ich glaube nicht, dass ihr der Ausdruck besser gefällt, aber sie muss zugeben, er ist nicht falsch. Liam hat die Anspielung kapiert und lächelt mich komplizenhaft an.

»Der Kuchen ist wirklich lecker!«, ruft er und nimmt einen weiteren Bissen.

»Danke«, antwortet meine Mutter.

Ich weiß nicht, ob sie ihm für das Kompliment dankt oder dafür, dass er das Thema gewechselt hat. Sie erklärt ihm das Rezept bis in alle Einzelheiten, und wie ein braver, wohlerzogener Junge hört Liam aufmerksam zu.

Nachdem wir das Dessert verspeist und gewürdigt haben, gehen Liam und ich hinauf in mein Zimmer. Ich will mich fertig machen, bevor ich ins Zentrum gehe. Er schaut mir zu, während ich mir die Zähne putze und mich kämme.

»Ich habe ein gutes Gefühl für heute Abend«, sagt er. »Ich glaube, es wird funktionieren.«

»Dass ich mich an alles erinnere? Einfach so, mit einem Schlag?«

»Ich habe ein bisschen im Internet recherchiert. Dort habe

ich gelesen, dass man schon mit einer einzigen Sitzung sehr gute Erfolge erzielen kann.«

»Das würde ich mir sehr wünschen.«

»Roxanne! Jim ist da, wir sind fertig«, ruft meine Mutter.

Ich spüre ein nervöses Kribbeln. Mein Vater hatte vielleicht nicht ganz unrecht. Heute Abend passiert es. Ich spüre es auch. Es ist Zeit.

◈

Meine Eltern treffen einige Minuten nach uns auf dem Parkplatz des Zentrums ein. Da wir zu sechst sind, passten wir nicht alle in ein Auto. Die Kinder in das eine, die Eltern in das andere. Fred hatte weniger Skrupel als sie, über eine gelbe Ampel zu fahren.

»Sie erwarten uns bestimmt im selben Raum wie beim letzten Mal«, sage ich und setze mich an die Spitze unserer Gruppe.

Ich betrete das Zentrum mit entschlossenem Schritt, und während ich den Gang entlanggehe, versichere ich mich zwei oder drei Mal, dass alle mir folgen. Meine Eltern gehen nebeneinander und schauen sich nach allen Richtungen um, als sähen sie meine Schule zum ersten Mal. Tatsächlich sind sie schon seit einigen Jahren nicht mehr hier gewesen.

»Da hinten ist es.«

In dem Moment, als ich das sage, taucht William hinten im Flur zu seinem Büro auf.

»Aha! Perfekt. Doktor Demarchelier müsste jede Minute eintreffen.«

William öffnet die Tür und bittet uns herein. Unwillkürlich setzen sich alle auf dieselben Plätze wie beim letzten Mal. Meine

Eltern bleiben stehen, und William nutzt die Gelegenheit, sich vorzustellen.

»Guten Abend, ich bin William Gilbert, der Psychologe, der Roxanne betreut.«

»Patrick Doré«, sagt mein Vater und gibt ihm die Hand. »Und meine Frau Mélanie.«

»Guten Abend«, sagt sie nur.

Zachary Demarchelier kommt beinahe im Laufschritt herein, mit roten Wangen und verstrubbeltem Haar.

»Entschuldigen Sie meine Verspätung! Ein Unfall auf der Hauptstraße hat mich zu Umwegen gezwungen!«

Die Uhr über der Tafel zeigt vier Minuten nach sieben. Nicht einmal fünf Minuten, man kann nicht wirklich von einer Verspätung sprechen. Der Doktor kann sich beruhigen.

»Ich nehme an, Sie sind Roxannes Eltern. Sicher waren Sie sehr überrascht, als sie Ihnen erzählt hat, was mit ihr los ist!«

»Das kann man wohl sagen«, erwidert meine Mutter in einem Ton, den ich zu hart finde. »Da stellen sich uns viele Fragen.«

»Sie werden wahrscheinlich nicht auf alle jemals eine Antwort finden«, entgegnet Demarchelier. »Wenn es um Gefühle geht, bleibt man oft in einer Grauzone. Warum dies, warum das? Nur das Ergebnis zählt.«

»Entscheidend ist doch, dass Roxanne wieder hören kann«, betont Fred.

»Aber warum gerade jetzt?«, hakt meine Mutter nach und sieht William an. »Was haben Sie gemacht, was Rachel bei ihrer jahrelangen psychologischen Betreuung nicht gelungen ist?«

»Ich ... ich glaube, wir haben ganz einfach nicht dieselbe Herangehensweise«, antwortet er. »Rachel hat sich auf Roxannes

Angststörung konzentriert. Sie hat übrigens gute Arbeit geleistet. Mir hingegen ging es um etwas anderes. Mich fasziniert Roxannes Fall. So etwas sieht man nicht alle Tage!«

»Aber es ist wohl nicht Ihre Faszination, die zu den Ereignissen geführt hat, wegen denen wir heute hier sind! Ich finde einfach, das geht plötzlich alles ein bisschen schnell.«

»Es sind acht Jahre, Mama«, widerspreche ich. »Aber wie hätte ich früher gesund werden sollen? Ich kannte ja die genaue Ursache meiner Taubheit gar nicht, bevor ich William getroffen habe. Ich dachte, ich hätte wegen der Unterkühlung das Gehör verloren!«

»Vergessen wir Liam nicht«, ergänzt Jim. »Wenn sie sich früher wiedergesehen hätten, dann hätte man das hier vielleicht schon vor Jahren gemacht.«

Meine Mutter seufzt. Diese Situation hat sie nicht im Griff, das ärgert sie vermutlich maßlos. Aber sie hat eingewilligt zu kommen, und jetzt muss sie kooperieren.

»Können wir anfangen?«, frage ich ungeduldig.

»Natürlich! Nehmen Sie Platz«, sagt Doktor Demarchelier, sicher froh, dass wir unsere Befindlichkeiten erst mal beiseitelassen.

Meine Eltern setzen sich nebeneinander, hinter Fred. Plötzlich geht mir ihre Anwesenheit auf die Nerven. Das liegt nicht an meinem Vater, der sich wie ein braves, schüchternes Kind verhält. Er ist bereit, sich alles anzuhören und entsprechend darauf zu reagieren, wie auch immer die Dinge laufen werden. Bei meiner Mutter ist das anders. Ich merke, dass sie verärgert ist, nervös und sich unwohl fühlt. Aber darum kann ich mich nicht kümmern. Wir sind meinetwegen hier, da muss sie ihre Gefühle halt einen Augenblick zurückstellen!

»Haben Sie seit dem letzten Mal über die Sache gesprochen?«, fragt mich Demarchelier. »Gibt es neue Informationen, die Sie für mich haben, bevor wir beginnen?«

»Ich habe herausgefunden, dass die weiße Wand die Zeltgarage des Nachbarn hinter uns ist. Deswegen kann ich im Winter nicht über den Hof zu Liam gehen. Ich glaube, an jenem Abend wollte ich zu ihm, aber ich bin mir nicht sicher.«

»Sehr gut, das ist eine Spur, der wir nachgehen sollten. Fangen wir an. Entspannen Sie sich.«

Ich schließe die Augen, atme ein, atme aus.

Kapitel 23

In jener Nacht

Ich wache auf, weil mir schlecht ist. Meine Augen sind von meinem letzten Weinkrampf noch geschwollen. Warum wollen meine Eltern mir keine Entschuldigung für Madame Sarah, meine Lehrerin, schreiben, dass ich das Referat nicht halten kann? Keiner sollte gezwungen werden, vor der ganzen Klasse zu sprechen! Ich hasse das, ich hasse das!

Ich stehe auf und gehe auf Zehenspitzen ins Bad, gerade rechtzeitig, bevor ich mich nochmals übergeben muss. Die Tablette, die ich von meinem Vater bekommen habe, hat nicht geholfen. Vielleicht könnte er mir noch eine geben? Oder eine von denen, die meine Mutter freitagabends nimmt und mit denen sie bis Samstagmittag durchschläft. Das wäre mir recht, zu spät aufzuwachen, um noch zur Schule zu gehen!

Also, was mache ich jetzt? Lege ich mich noch mal ins Bett und versuche, wieder einzuschlafen, oder gehe ich zu meinen Eltern und probiere, für morgen einen freien Tag herauszuschinden? Immerhin bin ich krank und muss mich übergeben.

Ich traue mich.

Ich steige leise die Treppe hinunter, froh, dass der Fernseher läuft und meine Schritte auf den Holzstufen übertönt. Am Fuß der Treppe setze ich mein mitleiderregendstes Gesicht auf, das meinen Vater jedes Mal weich werden lässt. Mit gesenktem Kopf betrete ich schniefend das Wohnzimmer.

Aber Papa und Mama sind nicht da. Also gehe ich in die Küche, auch dort ist niemand. Sie müssen im Untergeschoss sein. Die Tür, die nach unten führt, ist geschlossen. Ich halte das Ohr daran, höre aber nichts. Wenn meine Eltern ein ernstes Gespräch führen, möchte ich sie nicht stören. Meine Mutter mag es nicht, unterbrochen zu werden.

Ich öffne die Tür so vorsichtig wie möglich und schlüpfe ins Treppenhaus. Auf halbem Weg bleiben meine Füße wie von selbst stehen, und ich setze mich. Eine Stufe weiter unten könnte man mich sehen. Ich will lieber erst herausfinden, ob meine Eltern »aufnahmebereit« sind, bevor ich mich zeige.

»Warum nimmst du dir nicht eine Auszeit, Mel?«, fragt mein Vater sanft. »Geh zu deinem Arzt und bitte ihn, dich für ein paar Monate krankzuschreiben.«

»Damit alle meine Kollegen wissen, dass ich schwach bin? Damit mein Chef mir nicht mehr vertraut?«, antwortet meine Mutter.

Sie sprechen nicht lauter als sonst. Aber meine Mutter hat einen ätzenden Ton. Sie ist schockiert. Wie wenn sie Makkaroni gekocht hat und Fred sie daran erinnert, dass er die nicht mag.

»Oder …«, fährt sie fort, »oder willst du vielleicht, dass ich mir freinehme, um noch mehr Zeit in diesem Irrenhaus zu verbringen. Um euch ungenießbares Essen zu kochen, euch den Hintern abzuwischen und die Mustergattin zu spielen.«

»Hör auf. Du weißt, ich will bloß, dass du dich erholst. Fahr für eine Woche in den Süden, wenn du willst!«

»Als ob wir uns das leisten könnten!«, sagt meine Mutter und lacht hämisch.

»Das können wir! Es kann auch ein Wellnesswochenende sein. Du sollst dich nur um dich selbst kümmern, Mel.«

»Perfekt. Und in dieser Zeit hetzt du die Kinder gegen mich auf.«

Mein Vater seufzt. Ich weiß nicht, wie er es schafft, ruhig zu bleiben. Mir kommen die Tränen. Es wäre besser, ich ginge wieder hinauf in mein Bett.

»Es reicht, Mélanie. Ich kann nicht mehr. Du bist doch nicht dumm, du weißt, dass es dir nicht gut geht. Und das schon seit Jahren! Ich versuche dir zu helfen, so gut ich kann, mit jeder deiner Krisen richtig umzugehen, damit nicht zu viel Porzellan zerschlagen wird, aber du selbst gibst dir überhaupt keine Mühe!«

»Natürlich, alles ist meine Schuld. Du bist perfekt!«

»Das habe ich nicht gesagt«, erwidert mein Vater und seufzt wieder. »Ich bin mit meinem Latein am Ende, ich weiß nicht mehr, was ich tun soll! Ich kann dich offenbar nicht glücklich machen, und ich bin erschöpft von diesem ewigen Hin und Her.«

»Und wenn du mich einfach in Ruhe lassen würdest? Wenn du aufhören würdest, den Retter zu spielen? Das Porzellan zerschlägst doch du, indem du mir dauernd vorwirfst, dass ich mich nicht richtig verhalte!«

Ich fürchte, dass eine Stufe knarrt, wenn ich mich rühre. Dann wüssten meine Eltern, dass ich sie belausche, und meine Mutter würde sich schrecklich aufregen. Das muss ich auf jeden Fall vermeiden. Wenn meine Mutter in diesem Zustand ist, verbreitet sie Angst und Schrecken. Sie schreit, bis Jim anfängt zu weinen und Fred mit ihm in das gemeinsame Zimmer geht und die Tür zuschlägt. Ich halte die Luft an und schaue in eine andere Richtung, als ob mich das unsichtbar machen könnte. Meistens funktioniert es. Manchmal wird sie trotzdem wütend auf mich und sagt, ich sei so sonderbar, nicht normal. Dann schreitet Papa ein, und ich rette mich in das Zimmer der Jungs.

»Die Kinder haben Angst vor dir, Mel«, wirft mein Vater verzweifelt ein. »Sie fürchten sich vor ihrer Mutter. Frédérick hat mir gesagt, er will nicht, dass du am Wochenende zu seinem Wettkampf kommst. So kann das nicht weitergehen.«

Ein beunruhigendes Schweigen tritt ein, ich muss die Luft anhalten.

»Du willst dich scheiden lassen, ist es das?«, sagt meine Mutter schließlich. »Mich vor dem Richter als eine Verrückte hinstellen, die sich nicht um ihre Brut kümmern kann, und mir meine Kinder, mein Haus und mein Geld wegnehmen?«

Eine Scheidung? Nein! Nur das nicht! Ich will nicht zwischen zwei Häusern hin- und hergereicht werden, ich will nicht, dass Krieg zwischen meinen Eltern herrscht. Ich will nicht mit Mama allein bleiben! Sie müssen eine Lösung finden!

»Wenn dich das dazu bringen kann, dir endlich Hilfe zu suchen«, sagt mein Vater.

Also ist es doch wahr. Sobald meine Brüder wieder da sind, werde ich mit ihnen reden, und wir machen einen Plan, wie wir unsere Eltern wieder versöhnen.

»Das wird nicht geschehen, Patrick. Das lasse ich nicht zu. Ich lasse dich diese Familie nicht zerstören.«

»Du bist es, die sie zerstört«, entgegnet mein Vater. »Du bist krank, Mélanie, du musst zu einem Arzt gehen!«

Mein Vater wird immer drängender. Sogar in meinem Versteck auf der Treppe spüre ich, dass die Stimmung kippt. Ich dürfte nicht hier sein. Wieder spüre ich den Drang, mich zu übergeben, aber jetzt nicht wegen des Referats.

»Das lasse ich nicht zu«, wiederholt meine Mutter mit einer harten, kalten Stimme, wie ich sie noch nie gehört habe. »Ich bringe dich um, dich und auch die Kinder. Ich bringe uns alle um. Ich werde das Essen vergiften, und wir sterben zusammen. Oder ich lege Feuer im Haus, wenn wir alle drin sind. Oder ...«

»Begreifst du überhaupt, was du da sagst?«, fragt mein Vater leise.

Ich, ich habe es verstanden. Ich stehe leise auf und gehe schweigend die Treppe hinauf. Im Erdgeschoss angelangt, schließe ich geräuschlos die Tür. Ich muss mich unsichtbar machen. Ein Trommelgeräusch ertönt in meinem Kopf, und ich merke, dass ich schon seit einer Weile die Luft anhalte.

Ich atme lange aus, unterdrücke mit Mühe meine Tränen und das Zittern meines Kinns. In meinem Kopf sehe ich die Bilder von jener heftig weinenden Frau im Fernsehen. So etwas kommt vor. Was meine Mutter gesagt hat, kommt vor. Diese Frau hat geweint, weil ihr Ex-Mann ihre beiden Kinder getötet hatte, bevor er sich selbst umbrachte. In den Nachrichten in der letzten Woche wurde mehrfach darüber berichtet.

So etwas kommt vor.

Plötzlich zerreißt ein dumpfes Geräusch aus dem Keller die Stille. Dann ein weiteres. Es klingt, als ob meine Eltern miteinander kämpfen. Panische Angst erfasst mich. Ich muss so schnell wie möglich hier raus! Ich schlüpfe in meine Stiefel und in meinen Mantel, der am Boden liegt, seit ich aus der Schule gekommen bin. Meine Handschuhe sind noch ein bisschen feucht, das ist eklig, aber ich habe keine Zeit, im Garderobenschrank nach anderen zu suchen. Zumal die Schranktüren so laut quietschen, dass ich mich vielleicht verraten würde.

Dann gehe ich so leise wie möglich nach draußen. Es ist wirklich kalt, beim ersten Atemzug kleben die Nasenlöcher zusammen. Auch meine Wimpern sind völlig erstarrt, als ich mit den Augen zwinkere, wahrscheinlich von den gefrorenen Tränen.

Ich renne hinters Haus, um zu Liam zu laufen. Sein Vater ist Polizist, er kann mir helfen. Er kann meine Mutter davon abhalten, uns etwas anzutun.

Oh nein! Das hatte ich vergessen! Die Garage von Monsieur Piché versperrt alles! Ich komme nicht durch! Vielleicht kann ich ausnahmsweise einmal an seiner Hecke entlanggehen. Es ist ein Notfall, er wird einsehen, dass ich keine andere Wahl hatte, als die Sträucher zu knicken.

Bei jedem Schritt sinke ich bis zu den Knien ein, das macht mich langsam. Der Schnee dringt in meine Stiefel, aber was soll's. Ich werde mich bei Liam am Kaminfeuer aufwärmen. Als ich an der Hecke bin, höre ich, wie eine Tür ziemlich heftig zugeschlagen wird, ohne genau zu wissen, woher das Geräusch kommt. Von unserer Seite? Von Monsieur Piché? Von einem anderen Nachbarn?

In dem Moment stelle ich mir vor, dass meine Mutter mir auf den Fersen ist. Vielleicht hat sie meinen Vater im Keller schon erschlagen, und jetzt sucht sie mich, um … um dasselbe mit mir zu machen. An der Hecke entlangzugehen würde heißen, Zweige abzubrechen, also Lärm zu machen. Unmöglich! Unsichtbar muss ich sein, unsichtbar!

Das Baumhaus! Da kann ich mich hineinflüchten und warten, bis meine Brüder zurückkommen. Sobald Fred da ist, werde ich Mittel und Wege finden, ihn zu warnen. Er kann Karate, er wird uns beschützen. Ich renne zu dem Baumstamm, an den mein Vater statt einer Leiter Bretter genagelt hat. So schnell ich kann, klettere ich hinauf, immer darauf bedacht, möglichst wenig Geräusche zu machen.

Im Baumhaus verziehe ich mich in die Ecke, wo kein Pulverschnee liegt. Ich ziehe die Stiefel aus und schüttle den nassen Schnee ab, der mir an den Knöcheln klebt. Es ist so kalt, dass ich die Stiefel sofort wieder anziehe. Meine Mutter hat darauf bestanden, meine Winterkleidung eine Nummer zu groß zu kaufen, damit ich sie zwei Jahre lang tragen kann. So ist es mir möglich, die Beine unter dem Mantel bis zur Brust hochzuziehen, und ich friere weniger.

Ich bleibe wachsam und lauere auf das kleinste Anzeichen, dass meine Mutter herauskommt oder meine Brüder heimkehren. Aber alles bleibt ruhig, man hört nur den Wind. Ich weiß nicht, wie spät es ist, aber Fred und Jim sollten bald zurück sein. Nur noch etwas Geduld …

◈

Ich merke, dass ich eingeschlafen sein muss, als ein Schrei die Stille zerreißt.

»ROXANNE?«

Das ist sie! Das ist meine Mutter. Ich kauere mich noch enger zusammen, als könnte ich mich dadurch unsichtbar machen. Das Herz schlägt mir bis zum Hals, ich möchte weinen.

»ROXANNE? ROXANNE!«

Warum brüllt sie so? Das erschreckt mich. Sie hört nicht auf, unablässig wiederholt sie meinen Namen. Ich habe solche Angst, sie könnte mich finden, dass ich sogar aufhöre zu atmen.

»ROXANNE!«

Ich halte mir die Ohren zu. Ich will sie nicht mehr hören.

»ROXANNE!«

Ich presse die Hände noch fester auf die Ohren und schließe die Augen. Das soll aufhören!

»ROXANNE!«

Sei still! Hör auf, meinen Namen zu schreien!

Ich will dich nicht mehr hören!

Ich will nichts mehr hören!

KAPITEL 24

Ein harter Schlag

Ich öffne langsam die Augen. Das freundliche Gesicht von Zachary Demarchelier füllt alles aus. Ich spüre seine Hand auf meinem Knie. Im Zimmer ist es warm, das finde ich seltsam, komme ich doch direkt aus der winterlichen Februarkälte.

»Fühlen Sie sich wohl?«, erkundigt sich der Doktor.

Er zieht sich zurück und nimmt wieder seine lässige Haltung ein, halb auf der Kante des Lehrertischs sitzend. Ich nicke, noch etwas schläfrig, um ihm zu zeigen, dass alles in Ordnung ist. Da bemerke ich das zähe Schweigen im Raum.

Wenn ich taub bin, empfinde ich die Stille als tief. Als könnte ich sie, egal mit welcher Geschwindigkeit, selbst mit Schall- oder Lichtgeschwindigkeit, nie ganz durchmessen oder über sie hinausgelangen. Sie hat keinen Anfang und kein Ende. Wie die Ewigkeit.

Jetzt spüre ich etwas ganz anderes. Ich fühle mich erstickt, eingekreist, als ob mich die Geräuschlosigkeit mit ihren dicken Armen umfängt und so fest zudrückt, dass ich nicht mehr atmen kann. Ich drehe mich zu meiner Familie. Alle sehen mich an, mit Ausnahme meiner Mutter.

Die Erinnerungen kehren zurück, langsam, wie ein Traum, aus dem man am Morgen erwacht. Ich öffne den Mund, aber es kommt kein Ton heraus. Ich weiß nicht, was ich sagen soll.

Dann richten sich, als hätte jemand ein Zeichen gegeben, alle Blicke auf meine Mutter. Sie hält den Blick gesenkt, auf den Boden geheftet. Aber sie muss spüren, dass wir sie ansehen. Ihre Schultern fallen ein wenig nach vorn, ihr Oberkörper hebt und senkt sich mit einem Seufzer.

»Entschuldigt mich«, sagt sie.

Sie stürzt aus dem Klassenzimmer. Ich erwarte eigentlich, dass mein Vater ihr nachgeht, aber das tut er nicht. Die Aufmerksamkeit aller ist wieder auf mich gerichtet. Sie warten.

»Was ist?«, frage ich.

»Wie fühlst du dich?«, sagt Fred besorgt.

»Geht so.«

»Geht so?«, wiederholt Jim, als wäre das eine Beleidigung.

»Äh ... ja.«

»Wie kannst du so was sagen?«, ruft er aufgeregt. »Du ... du hast gerade erzählt, dass ... dass ...«

William steht auf, Doktor Demarchelier gleich darauf ebenfalls. Was ist los? Warum wirken sie so gestresst?

»Hören Sie«, beginnt William, »ich glaube, wir brauchen ein paar Minuten allein mit Roxanne.«

Niemand rührt sich.

»Zwischen Psychologen und Patientin«, fügt er etwas bestimmter hinzu. »Sie können im Flur warten.«

Die Männer stehen auf und gehen einer nach dem anderen aus dem Raum. Zuerst Liam, der Fügsamste, dann mein Vater und meine Brüder. Als Letzter Fred, er schaut besorgter denn je.

»Erinnern Sie sich?«, fragt mich Doktor Demarchelier. »An das, was wir entdeckt haben?«

»Ja.«

Kotzen, Treppe, Streit, Rausrennen, Baumhaus. Angst.

»Und wie fühlen Sie sich jetzt?«

»Ich weiß es nicht.«

Das ist wahr. Ich weiß es wirklich nicht. Ein wenig steif, vielleicht. Als wäre ich gerade dabei, wieder aufzutauen.

»Wir scheinen den Ursprung Ihres Traumas gefunden zu haben, glauben Sie nicht?«

Ich nicke.

»Roxanne«, mischt William sich ein, »kannst du uns bitte erzählen, was du gerade erlebt hast? Und wie du dich dabei fühlst? Was lösen diese Erinnerungen bei dir aus?«

Ich zucke die Achseln, mir fehlen die Worte. Die beiden Psychologen sehen mich prüfend an. Was wollen sie hören?

»Ich habe mit Schlimmerem gerechnet«, sage ich, ohne zu überlegen.

William reißt die Augen auf, und Demarchelier lächelt verstohlen.

»Aber du hast gerade entdeckt, dass …«, sagt der Schulpsychologe.

»Das waren doch nur Worte. Aber ich habe mir eingebildet, man hätte mich misshandelt. Das war dumm von mir. Ich meine, von meinem achtjährigen Ich. Und die ganze Zeit bin ich taub gewesen, nur weil ich ein dummer kleiner Angsthase war.«

»Nein, das warst du nicht«, entgegnet William. »Was deine Mutter gesagt hat, ist …«

»Vielleicht sollten wir ihr ein wenig Zeit lassen«, unterbricht ihn der Kollege von der Universität. »Die Erinnerungen sollen wieder an die Oberfläche kommen und ihren legitimen Platz einnehmen. Roxanne muss sich das, was sie gerade erlebt hat, zu eigen machen, prüfen, analysieren. Danach, erst dann, kann sie sich darüber klar werden, was sie fühlt. Ich schlage vor, dass Sie für morgen Vormittag oder übermorgen einen Termin mit ihr vereinbaren, um das zu besprechen.«

William sieht mich mit gerunzelter Stirn an. Wieder nicke ich, um zu zeigen, dass ich mit Demarcheliers Vorschlag einverstanden bin. Reden wir morgen darüber. Jetzt möchte ich nach Hause und mit meiner Familie zusammen sein.

»Gut, wenn Sie meinen. Roxanne, normalerweise tue ich das nicht, aber ich gebe dir meine Privatnummer. Wenn du, wann auch immer, das Bedürfnis hast zu sprechen, ruf mich an oder schick mir eine Nachricht. Auch um vier Uhr nachts, verstanden?«

»Ja.«

William schreibt seine Nummer auf ein Post-it, das er vom Schreibtisch nimmt und mir gibt. Ich wette, er ließe mich bei sich übernachten, wenn ich ihn darum bitten würde, so besorgt wirkt er.

»Ich stehe natürlich ebenfalls zur Verfügung«, ergänzt Demarchelier. »Wenn irgendetwas ist, zögern Sie nicht, sich zu melden. Selbstverständlich möchte ich über die weiteren Ereignisse unterrichtet werden. Roxanne, es stört Sie doch nicht, wenn ich mich informiere, wie es bei Doktor Gilbert weitergeht?«

»Nein, überhaupt nicht.«

»Vielen Dank. Wie ich schon gesagt habe, Ihr Fall fasziniert mich!«

»Glauben Sie, ich bin geheilt?«, frage ich die beiden.

»Das funktioniert nicht auf Knopfdruck«, erklärt Doktor Demarchelier. »Ich glaube, Sie werden noch etwas Zeit brauchen und ein paar gute Gespräche. Aber vielleicht gehört Ihre Taubheit bereits der Vergangenheit an. Das bleibt ein Geheimnis! Wir werden sehen.«

»Aber wenn ich noch immer taub sein sollte, was machen wir dann?«

»Sie gehen weiter zu Ihren Sitzungen bei Monsieur Gilbert! Irgendwann werden Sie das Problem lösen. Haben Sie Vertrauen.«

Das ist eine sehr unbefriedigende Antwort. Aber ich lasse mir die Enttäuschung nicht anmerken und stehe auf.

»Vielen Dank für Ihre Hilfe«, sage ich zu dem Arzt. »Jetzt erinnere ich mich wenigstens daran, was an jenem Abend passiert ist. Danke.«

Zachary Demarchelier senkt den Kopf und lächelt. Er gibt mir zu verstehen, dass das Vergnügen ganz auf seiner Seite war. Ich verabschiede mich von William, der immer noch besorgt wirkt, und verlasse das Klassenzimmer, ohne mich noch einmal umzusehen. Ich denke, sie werden noch eine Weile miteinander reden.

Mein Vater, meine Brüder und Liam erwarten mich ein Stück weiter entfernt im Flur. Sobald sie mich sehen, kommen sie mir entgegen. Als ich bei ihnen bin, hebe ich die Hände, um sie zum Schweigen zu bringen. Ich will nicht mit Fragen bombardiert werden.

»Sie denken, dass ich etwas Zeit brauche, um das Geschehene zu verarbeiten«, sage ich und beziehe mich auf die Psychologen. »Und ehrlich gesagt wüsste ich auch nicht, was ich euch jetzt erzählen sollte. Können wir einfach nach Hause fahren?«

Ihre Mienen werden sanft, als wäre ich ein kleines Mädchen, das man trösten muss.

»Wo ist Mama?«, frage ich.

»Sie ist schon gegangen, sie wartet sicher zu Hause auf uns«, antwortet mein Vater.

Wir verlassen schweigend das Zentrum und gehen zu Freds Auto. Jim überlässt meinem Vater den Platz auf dem Beifahrersitz und quetscht sich mit Liam und mir auf die Rückbank. Die Stimmung ist gedrückt. Als würden wir zu einer Beerdigung fahren.

Dabei ist die Hypnosesitzung erfolgreich gewesen. Die Türen in meinem Kopf stehen jetzt weit offen. Ich habe alles gesehen, alles erlebt. Ich *weiß* es jetzt. Wir wissen alle, was an jenem Abend passiert ist. Aber es ist noch nicht so weit, dass wir uns darüber freuen könnten.

Was hatte ich eigentlich erwartet? Konfetti und Champagner? Der Schleier ist gelüftet, lasst uns feiern! Das Gegenteil ist der Fall. Jeder fühlt sich irgendwie *down* und hängt wohl tausend trüben Gedanken und Fragen nach.

Als Fred bei uns in der Einfahrt hält, bin ich überrascht. Ich habe nicht mitbekommen, wie die Zeit vergangen ist. Es kommt mir vor, als hätten wir das Zentrum gerade erst verlassen.

»Du hast vergessen, Liam nach Hause zu bringen«, sage ich zu Fred.

»Ach, verflixt, scheiße. Ich fahr dich hin.«

»Nein, kein Problem«, versichert Liam und steigt aus dem Wagen.

»Sicher?«, frage ich. »Es ist kalt. Mein Bruder kann dich fahren ...«

»Nein, echt kein Problem. Ich gehe gern die paar Schritte bis nach Hause.«

Ich umarme ihn zärtlich und gebe ihm, obwohl die anderen zusehen, einen Kuss. Nicht so ungeniert, wie es Jim mit Charlie macht, der uns dann immer bittet, in die andere Richtung zu sehen. Ich gebe ihm nur ein Abschiedsküsschen.

»Danke«, sage ich.

»Wir sehen uns morgen. Lass während des Tages mal von dir hören, ich habe das Handy immer dabei.«

»Okay.«

Liam lächelt mich an, verabschiedet sich von meinen Brüdern und meinem Vater und geht zügigen Schritts davon. Ein Frösteln überläuft mich, und ich habe es eilig, hinter meiner Familie ins Haus zu kommen. Kurz bevor ich eintrete, drehe ich mich noch einmal um, irgendetwas beunruhigt mich.

Der Wagen meiner Mutter ist nicht da.

»Wo ist Mama?«, frage ich.

Den Beginn meines kurzen Satzes kann ich noch hören. Die letzte Silbe aber wird von einer Stille verschluckt, die ich nur zu gut kenne und die mich wie ein Dolchstoß trifft.

Ja, ich hatte gedacht, es ginge wie von Zauberhand. Wenn das Geheimnis einmal gelüftet wäre, würde mein Problem sich in Luft auflösen. Meine Taubheit würde ebenso plötzlich verschwinden, wie sie gekommen war. Und ich wäre wieder normal, auch wenn ich inzwischen weiß, wie fragwürdig dieser Begriff ist.

Ich breche in Tränen aus. Vielleicht aus Enttäuschung und Wut, weil ich gedacht hatte, ein Traum würde wahr, stattdessen wird er zum Albtraum. Ich lasse die Tränen laufen. Diese Rückfälle in die Taubheit werden wohl immer wiederkommen, aber nicht einmal das weiß ich mit Sicherheit.

Ich befreie mich von meinen Stiefeln und meinem Mantel und flüchte in mein Zimmer hinauf. Mein Körper fällt von allein ins Bett, das Kopfkissen saugt meine Tränen auf.

Warum bloß hat es nicht geklappt?

◈

Ich bin auf dem Rückweg von Liam. Es ist dunkel und kalt. Der Park, den ich durchqueren muss, ist unheimlich, aber ich würde gut fünf Minuten länger brauchen, um außen herumzugehen. Und ich bin zu durchgefroren, um den Weg in die Länge ziehen zu wollen!

Es gefällt mir nicht, so langsam zu gehen, aber mein Körper weigert sich, den Schritt zu beschleunigen. Ich bin eine Figur in einem Horrorfilm, die eigentlich möglichst schnell weglaufen müsste, stattdessen in Zeitlupe durchs Haus streift und dem Mörder den nötigen Vorsprung verschafft, ihr aufzulauern.

Ein Mörder. Ein Mörder hält sich im Park auf, ich spüre es. Vielleicht hinter diesem Baum hier, vielleicht dort bei der Rutsche. Ich sehe nicht viel, die Straßenlaterne ist aus.

»Mama?«

Das kam von ganz allein aus meinem Mund. Ich weiß nicht, warum ich ausgerechnet nach ihr rufe. Dennoch tue ich es ein zweites Mal:

»Mama?«

Ihre Silhouette löst sich aus dem Schatten am anderen Ende des kleinen Kieswegs. Sie wirkt weder freundlich noch bedrohlich. Meine Beine wollen automatisch in die andere Richtung fliehen, aber mein Oberkörper verweigert jede Bewegung. Tatsächlich strecke ich meine Arme nach ihr aus, wie ein Kind, das von seiner Mutter getragen werden will.

»Hast du keine Angst?«, fragt sie erstaunt.

»Nein. Warum?«

Sie öffnet den Mund, aber ich werde ihre Antwort niemals erfahren, denn in diesem Moment wache ich auf.

Offensichtlich war ich eingeschlafen. Weinend. Ich spüre es an meinen geschwollenen Augen und auf meinen Wangen, wo die Tränen salzige Spuren hinterlassen haben. Mein Traum beginnt bereits, sich zu verflüchtigen. Ich muss mich anstrengen, ihn festzuhalten. Meine Mutter, der Park, der Mörder …

Es ist ja vollkommen logisch. All die Jahre habe ich überall versteckte Psychopathen gesehen, die nur darauf warteten, sich auf mich zu stürzen und mich zu töten! Meine Angst, ermordet zu werden, war nicht vollkommen unbegründet! Rachel hatte unrecht, mein Unterbewusstsein dagegen hatte recht.

Mein Unterbewusstsein hat nicht vergessen, was geschehen war, was meine Mutter gesagt hatte. Mein Bewusstsein allerdings hat alles in der Versenkung verschwinden lassen. Aber die Information, die tödliche Bedrohung, ist auf der untersten Ebene meines Gedächtnisses hängen geblieben.

Meine Mutter hat gedroht, uns zu töten, und das Kind, das ich war, hatte Angst. Große Angst. Einen Moment lang jedenfalls. Denn ich erinnere mich, als ich im Krankenhaus wieder aufgewacht bin, war ich froh, sie zu sehen. Sie hat mich fest an sich gedrückt, und ich habe mir gewünscht, dass sie mich nicht mehr loslassen würde. Ganz anders als das kleine Mädchen, das durch den Klang ihrer Stimme ein paar Stunden zuvor in solche Panik versetzt worden war!

Ich liebe meine Mutter, ich weiß, sie will mir nichts Böses, sie könnte so etwas niemals tun. Mein Unterbewusstsein denkt das Gegenteil. *Dachte* das Gegenteil.

Etwas hat sich während der Stille verändert.

Kapitel 25

Auflösung

Während ich aufstehe, höre ich das Knarren des Betts und das Rascheln der Laken. Meine Zimmertür quietscht ein bisschen, als ich sie öffne. War's das also? Ist meine Taubheit vorüber? Mein Gehirn nicht mehr blockiert? Und all das wegen eines Traums?

Ja.

Ich habe den Ursprung meines Traumas gefunden und begriffen, wie es dazu gekommen ist. Ich muss mit meiner Mutter darüber sprechen.

Im Haus ist es dunkel, aber aus dem Erdgeschoss dringen Geräusche. Ich gehe hinunter und finde meinen Vater schlafend auf dem Sofa. Im Fernseher läuft eine Teleshopping-Sendung. Es ist kurz nach vier Uhr morgens. Ich habe länger geschlafen, als ich gedacht hätte.

Wenn mein Vater hier liegt und schläft, heißt das, dass meine Mutter nicht nach Hause gekommen ist. Wo ist sie? Vielleicht findet sich die Antwort auf dem Handy meines Vaters, das neben ihm auf dem Sofa liegt. Vorsichtig nehme ich es und setze mich damit auf die Treppe.

Auf dem Display erscheint der Chatverlauf zwischen meinem Vater und meiner Mutter. Ich gehe so weit zurück, bis ich glaube, den Anfang gefunden zu haben.

> PATRICK:
> Wo bist du?
> Ich mache mir Sorgen!

Mama hat über zwei Stunden gebraucht, um ihm zu antworten.

> MÉLANIE:
> Bei meiner Schwester.

> PATRICK:
> Kommst du bald heim?

> MÉLANIE:
> Nein. Gib mir ein paar Tage.

> PATRICK:
> Ernsthaft?

> MÉLANIE:
> Ja.

> PATRICK:
> Du musst heimkommen und mit den Kindern sprechen.

> **MÉLANIE:**
> Hört Roxanne?

> **PATRICK:**
> Komm und sieh selbst …

Wow, mein Vater kann ein Gespräch zu seinem Vorteil lenken! Leider hat es nicht funktioniert. Auf seine letzte Nachricht hat meine Mutter nicht geantwortet.

Probieren kostet nichts, also schicke ich eine neue Nachricht:

> **PATRICK:**
> Komm jetzt nach Hause! Das geht so nicht! Wir brauchen dich!

Wie es mein Vater sicher auch getan hat, hänge ich am Handy und warte, ob eine Antwort kommt. Ich weiß, das ist nicht sehr wahrscheinlich, meine Mutter schläft vermutlich. Trotzdem schalte ich das Display jedes Mal wieder an, sobald es ausgeht.

Als ich höre, dass jemand die Haustür aufschließt, fahre ich zusammen. Meine Mutter? Nein. Es ist Fred. Er kommt aus der Bar. Als er mich sieht, bleibt er abrupt stehen, eine Hand auf dem Herzen, die andere zur Faust geballt. Ich habe ihn sicher erschreckt.

»Roxanne! Was machst du hier?«

»Pst!«

Er hat nicht laut gesprochen, aber es hat gereicht, um meinen Vater zu wecken, der sofort aufspringt.

»Fred?«, fragt er.

»Ja, ich bin's nur.«

»Okay.«

Er geht ihm entgegen und entdeckt mich, wie ich da auf der Treppe sitze, sein Handy auf den Knien.

»Roxanne?«

»Ich habe Mama geschrieben«, gestehe ich und gebe ihm sein Handy zurück.

Mein Vater rührt sich nicht. Er schaut mich an und blinzelt, als wolle er seine Müdigkeit vertreiben. Fred starrt mich ebenfalls an. Ich weiß, woran sie denken.

»Ich kann hören«, bestätige ich. »Ich glaube, es … ich habe nur ein bisschen Zeit und Ruhe gebraucht.«

»Na also, alles gut?«, fragt mein Vater.

»Kann man so sagen.«

Er seufzt, und ich sehe, wie ihm in diesem Moment eine schwere Last von den Schultern fällt. Fred bleibt nachdenklich.

»Warum schreibst du Mama?«, fragt er erstaunt. »Ist sie nicht zu Hause?«

»Sie übernachtet bei Laura«, erklärt mein Vater. »Sie braucht etwas Zeit.«

Fred lässt ein verächtliches »Pfff« hören.

»Sie will ein paar Tage dort bleiben«, ergänze ich.

»Umso besser!«

Das ist Jim. Er steht oben an der Treppe, nur mit Boxershorts bekleidet. Ihn haben wir offenbar auch aufgeweckt. Er kommt zu uns und setzt sich zu mir auf die Treppenstufe.

»Wir werden sie jetzt nicht auch noch bedauern«, sagt er empört und unterdrückt ein Gähnen.

»Zumal das doch alles ihre Schuld ist«, ergänzt Fred. »Ich bin sicher, sie wusste von Anfang an, dass sie sich etwas vorzuwerfen hat, aber sie wollte es nicht zugeben! Sie hätte sich behandeln lassen müssen! Sie hätte auf dich hören sollen, bevor es zu spät war!«

Der letzte Satz war an meinen Vater gerichtet, der den Zorn meiner Brüder einsteckt, ohne mit der Wimper zu zucken. Fred und Jim sind wütend auf Mama. Auf das, was sie vor acht Jahren getan und gesagt hat. Kann es sein, dass ihnen das Ergebnis der Hypnose mehr zu schaffen macht als mir?

Ich empfinde keinen solchen Hass wie sie. Meine Gefühle sind andere. Etwas wirr, ich kann nicht wirklich das richtige Wort finden für das, was in meinem Inneren brodelt, aber es ist nicht das, was meine Brüder umtreibt.

»Ich muss mit Mama reden«, sage ich.

Fred schüttelt den Kopf, als sei er enttäuscht von mir. Ich hätte ahnen müssen, dass das, was ich entdecken würde, meine ganze Familie in Mitleidenschaft zieht. Ich hätte die anderen da besser raushalten sollen.

»Warum lässt du sie nicht allein in ihrer Ecke schmoren?«, brummt Jim. »Lass sie in dem Glauben, dass du ihr für immer böse bist, wenigstens vierundzwanzig Stunden lang.«

»Sie muss heimkommen und sich entschuldigen«, tönt Fred.

»Schluss jetzt«, widerspricht mein Vater ruhig. »Das hat eure Mutter nicht verdient. Ich war schließlich auch dabei. Und ich konnte mich daran erinnern, was sie gesagt hat. Ich habe sie damals sogar geschlagen. Wir haben miteinander gekämpft. Aber ich hätte niemals gedacht, dass … Es tut mir so leid, Roxanne.«

Er wusste es die ganze Zeit? Und hat es mir nicht gesagt, als ich ihn gefragt habe, was an jenem Abend passiert ist? Warum? Um Mama zu schützen? Und warum sagt er es jetzt? Um ihr etwas von der Verantwortung abzunehmen? Ach, verdammte Scheiße! Was soll's! Worte! Nichts als Worte! Niemand hat doch in Wirklichkeit versucht, mich zu töten! Wie hätte er erraten sollen, dass ich alles gehört habe und welche Wirkung das auf mich hatte?

»Wir haben erst eine gute Stunde später gemerkt, dass du nicht mehr in deinem Zimmer warst«, fährt mein Vater fort. »Wir sind in Panik geraten. Alles davor ist verschwommen. Was ich vor allem behalten habe, ist, dass sie an diesem Abend endlich zugestimmt hat, sich Hilfe zu suchen. Wir machten Pläne. Niemals hätte ich gedacht, dass du schon so lange draußen warst, als wir dich endlich gefunden haben.«

»Zu wenig, zu spät«, kommentiert Jim.

»Versetzt euch doch einen Augenblick in ihre Lage!«, bittet Papa. »Zuzugeben, dass man krank ist, fällt keinem leicht.«

»Stocktaub zu sein, vermutlich auch nicht«, ruft Fred. »Wie wär's, wenn ihr euch mal einen Augenblick in Roxannes Lage versetzen würdet?«

Mein großer Bruder ist außer sich. Diesen Angriff hat mein Vater nicht verdient, ebenso wenig wie meine Mutter.

»Jetzt reicht's«, schreie ich. »Soviel ich weiß, ist es immer noch nicht möglich, die Vergangenheit zu ändern! Und ich bin zu lange wütend gewesen! Wenn ihr Mama etwas vorzuwerfen habt, dann tut das gefälligst selbst! Und kippt es mir nicht vor die Tür! Ich habe nicht vor, irgendjemandem böse zu sein oder ihm den Krieg zu erklären! Was ich möchte, ist Versöhnung! Ich will glücklich sein! Und zwar sofort! Ich will zu Mama!«

»Roxanne ... Es ist nach vier Uhr.« Mein Vater versucht, mich zur Vernunft zu bringen.

»Du hast gesagt, was du zu sagen hattest. Jetzt bin ich dran. Wenn mich keiner von euch zu Laura fährt, gehe ich zu Fuß. Ihr habt es selbst gesagt, ich habe acht Jahre darauf gewartet, mein halbes Leben lang, eine Antwort zu bekommen. Ich warte keine Sekunde länger.«

Meine Brüder und mein Vater starren mich an. Sie fragen sich wohl, wie ernst es mir ist, also setze ich mein trotzigstes Gesicht auf.

»Gibst du mir wenigstens Zeit, mich anzuziehen?«, ruft Jim schließlich und geht hinauf in sein Zimmer.

»Ich komme mit«, erklärt Fred, die Arme vor der Brust verschränkt.

Wir blicken zu meinem Vater, eine stumme Einladung. Er nickt, beinahe unmerklich.

Es wird also ein Familienausflug. Eine Mission.

Eine Rettungsmission.

Fred parkt vor Lauras Haus. Die Uhr am Armaturenbrett zeigt sechs Minuten nach fünf.

»Ich rufe sie an«, sagt mein Vater. »Wenn wir nicht alle aufwecken wollen, ist das am besten.«

Er wählt die Nummer von Mamas Handy, stellt den Lautsprecher an und lässt es klingeln. Als die Sprachbox anspringt, legt er auf und beginnt wieder von vorn. Meine Mutter antwortet erst beim fünften Anruf nach dem dritten Klingeln.

»Patrick, das ist nicht der ...«

»Wir stehen vor dem Haus«, unterbricht er sie. »Mach uns auf.«

»Patrick ...«

»Andernfalls klingeln wir an der Tür, bis alle wach sind«, droht Fred und spricht extralaut, damit sie ihn auch hört.

Ein Seufzer, dann: »Ich komme.«

Im Untergeschoss geht Licht an, dort, wo sich das Gästezimmer befindet. Mein Vater, meine Brüder und ich steigen aus dem

Auto und gehen die Einfahrt hinauf. Vor der Tür warten wir, ungeduldig, nervös.

Endlich öffnet meine Mutter uns, und wir treten ein, wobei wir versuchen, so wenig Lärm wie möglich zu machen. Uns bleibt eine Stunde, bestenfalls anderthalb, bevor die anderen aufstehen.

»Kommt mit«, flüstert meine Mutter und vermeidet sorgfältig, uns anzusehen.

Sie trägt einen lila Morgenmantel, der Laura gehören muss, und hat ihre Haare locker geflochten. Das macht sie sonst nie. Normalerweise trägt sie das Haar einen Tag offen, am anderen zu einem Knoten gebunden (den sie erst zum Schlafengehen löst). Ihr Gesicht zeigt Spuren von Erschöpfung und Traurigkeit. Zum ersten Mal finde ich, dass sie alt aussieht.

Wir ziehen die Stiefel aus und folgen ihr ins Untergeschoss. Mama geht in ihr Zimmer und schließt hinter uns die Tür, dann nimmt sie in dem blauen Sessel Platz. Ich weiß, sie liebt dieses Möbelstück. Als es noch im großen Wohnzimmer neben dem Klavier stand, hat sie immer darin gesessen. Mit den Fingern streicht sie vorn über den verschlissenen Samt der Armlehnen, eine unbewusste Bewegung, die sie offenbar beruhigt.

Jim, Fred und ich setzen uns auf das zerwühlte Bett, mein Vater bleibt stehen und lehnt sich an die Wand.

»Schießt los«, murmelt meine Mutter so leise, dass ich überrascht bin, sie überhaupt gehört zu haben.

Es ist wie im Film. Ein Gefangener wird zur Hinrichtung geführt und sieht seinem Henker ohne Hoffnung entgegen.

»Ich bin nicht wütend auf dich«, sage ich. »Ich will einfach mit dir reden.«

Ich habe sanft gesprochen, als hätte ich Angst, sie zu erschrecken. Sie schaut mich überrascht an, dann füllen sich ihre Augen mit Tränen. Sie muss geglaubt haben, ich sei noch taub.

»Schieß los«, wiederholt sie mit einem Zittern in der Stimme. Sie wirkt wie ein Tier, das zur Schlachtbank geführt wird.

»Nein. Fang du an. Erklär mir, warum du hier bist, warum du nicht mit uns nach Hause gefahren bist!«

»Weil ich eine schlechte Mutter bin«, sagt sie, als ob es sich um eine Selbstverständlichkeit handeln würde.

Ich merke, wie Fred und Jim sich neben mir anspannen. Sie sollten besser den Mund halten, die zwei. Ich habe doch gesagt, wir sind hier, um uns zu versöhnen.

»Ich sehe das nicht so«, widerspreche ich.

»Das solltest du aber«, sagt sie erregt.

»Dann erklär's mir!«

»Es wird dir nicht gefallen.«

»Das überlass mal mir.«

Meine Mutter sieht mich an, und für einen kurzen Moment erscheint ein herausforderndes Funkeln in ihren feuchten Augen.

»Ich wollte kein drittes Kind«, schleudert sie mir entgegen.

KAPITEL 26

Tausend Worte

Zu entdecken, dass ich taub geworden bin, weil ich durch bestimmte Aussagen meiner Mutter traumatisiert war, ist die eine Sache. Zu entdecken, dass ich ein ungewolltes Kind bin, ist etwas ganz anderes. Das gefällt mir gar nicht, genauso wenig wie Fred, der meine Hand nimmt. Als wolle er meiner Mutter ohne Worte sagen, dass er mich sehr wohl gewollt hat.

Mein Vater richtet sich auf, sichtlich gekränkt durch dieses Geständnis. Jim wirkt völlig ungerührt. Er macht das wohl im Inneren mit sich aus.

»Du hast niemals …«, beginnt mein Vater, als er von meiner Mutter unterbrochen wird.

»Meine Schwangerschaften waren ein echter Albtraum, und beide Jungs waren als Babys schwierig. Ich hatte überhaupt keine Lust, noch mal von vorn anzufangen. Aber dein Vater träumte von einer großen Familie. Und ich wollte, dass er glücklich ist.«

Mein Vater öffnet den Mund, um sich zu verteidigen, zu protestieren oder wozu auch immer, aber Mama lässt ihm keine Zeit dazu.

»Als ich schwanger wurde, habe ich mir eine Fehlgeburt gewünscht. Das wäre eine perfekte Entschuldigung gewesen, es danach nie mehr zu versuchen. Aber du bist hartnäckig geblieben. Später war es, als ob du gewusst hättest, dass ich dich nicht haben wollte. Als ob der kleine Fötus hellsehen konnte. Ich hatte die problemloseste Schwangerschaft von der Welt: keine Übelkeit, fast keine Müdigkeit und nur eine lächerlich geringe Gewichtszunahme.«

Ich war ein unsichtbares Kind, sogar schon im Bauch meiner Mutter.

Dann erzählt sie uns, wie sie in null Komma nichts ein Baby zur Welt brachte, das nicht schrie. Dass alle hingerissen von meiner Schönheit waren, während die Jungs zwei Monate lang die Gesichter von Außerirdischen gehabt hatten. Sie erzählt, wie außerordentlich brav und ruhig ich gewesen sei, aber dass sie sich vor dem Tag gefürchtet habe, an dem ich mich in ein kleines Ungeheuer verwandeln würde. Vor dem Tag, an dem ich ihr recht geben würde, mich nicht gewollt zu haben.

Wir unterbrechen sie nicht, lassen sie sich alles von der Seele reden. Auch wenn ich kein Unfall war, verstehe ich doch, dass ich nicht erwünscht gewesen bin. Dennoch habe ich nie an der Liebe meiner Mutter gezweifelt. Ich warte auf den Augenblick in ihrem Bericht, wo sich ihre Gefühle mir gegenüber ändern werden. Denn ihre Liebe habe ich mir doch nicht bloß eingebildet.

»Ich glaube, die Situation hat sich verschlechtert, als du in die Schule gekommen bist«, fährt meine Mutter fort.

Sie schaut zu meinem Vater, und er bestätigt es mit einem Kopfnicken.

»Deine Lehrerin hat dich immer nur gelobt. Du warst eine

Musterschülerin. Begabt, vernünftig, diszipliniert. Bei unserer ersten Begegnung sagte sie zu mir, ich müsse doch überglücklich sein, ein so wunderbares Kind zu haben.«

Sie macht eine Pause, wahrscheinlich überwältigt von ihren Erinnerungen. Meine sind, wie schon gesagt, verschwommen. Ich denke an die Worte von Doktor Demarchelier. Das Gehirn versteht es, die unangenehmen Dinge in den Hintergrund zu schieben. Ich habe aus meinen Erinnerungen an Mama unbewusst nur das ausgewählt, was mir gefiel. Die Mama nach dem »Unfall« ist die tolle Mama.

»Überglücklich«, wiederholt meine Mutter. »Doch ich war es nicht! Und das Ärgerlichste war, dass ich nicht einmal wusste, warum! Ich hatte alles, was man sich als Frau und Mutter wünschen konnte. An diesem Punkt begann ich, mich undankbar zu finden. Ich habe mich dafür gehasst, dass es mir nicht möglich war, euch so zu lieben, wie ihr es verdient. Wie hatte ich mir nur wünschen können, ein Baby zu verlieren, während Hunderte, Tausende von Frauen vergeblich versuchten, Mutter zu werden? Ich begann, den Fehler bei euch allen zu suchen. Und dann habe ich mit mir gehadert, weil ich es tat, und wiederum mit *euch* gehadert, weil ihr mich dazu gebracht habt. Es war ein Teufelskreis.«

»Die Achterbahn«, murmelt Fred.

Er ist der Älteste, das heißt, er hat von dem, was geschehen ist, natürlich mehr mitbekommen als Jim und ich. Er muss darunter gelitten haben. Wie sehr wohl?

»Patrick hat alles getan, mir den rechten Weg zu zeigen, aber ich war verbohrt. Wir haben gewartet, bis es gar nicht mehr ging. Ich schwöre dir, Roxanne, ich erinnere mich nicht daran, dass ich gesagt habe, ich … ich wollte euch alle …«

»Umbringen.« Sie schafft es nicht, den Satz zu beenden. Das

scheint mir ein gutes Zeichen. Wenn es ihr nicht möglich ist, überhaupt das Wort auszusprechen, dann doch sicher noch viel weniger, es in die Tat umzusetzen. Oder? Ich weiß, ich habe nichts zu befürchten, habe nie etwas zu befürchten gehabt. Ich wünschte, ich könnte in die Vergangenheit zurückkehren, um es dem verzweifelten kleinen Mädchen zu sagen, das ich damals war.

»Als du taub wurdest, habe ich sofort gewusst, dass es meine Schuld gewesen ist. Ich wurde bestraft, weil ich eine schlechte Mutter war. Ich ging zu einer Psychologin. Ich hatte so viele Dinge zu verarbeiten! Sie hat mir geholfen zu verstehen, was mit mir los war, mir ein Medikament verschrieben, damit ich den Kopf über Wasser behielt, und mir Wege gezeigt, mein Leben wieder unter Kontrolle zu bekommen.«

»Das wird die Überraschung ihres Lebens, wenn ihr euch bei der nächsten Sitzung seht«, wirft Jim ein.

Mama lächelt, das beruhigt mich ein bisschen, aber ihr Gesicht bleibt traurig.

»Ist es dir gelungen?«, fragt Fred. »Hast du dich am Ende für das, was passiert ist, nicht mehr verantwortlich gefühlt?«

»Wo denkst du hin, das werde ich mir nie verzeihen«, antwortet Mama. »Ich fühle mich an allem schuldig, die ganze Zeit. Als du dein Studium abgebrochen hast, zum Beispiel, habe ich gedacht, es sei irgendwie mein Fehler.«

»Das ist bescheuert«, meint mein großer Bruder.

»Das ist genau der Grund, warum ich immer noch zu meiner Psychologin gehe! Alle zwei Wochen.«

»Der Zumba-Kurs«, sagt Jim.

Meine Mutter nickt.

»In den gehe ich jeden zweiten Dienstag. Körperliche Bewegung hilft gegen Depression. Ein *Booster* fürs Gehirn. An dem anderen Dienstag sehe ich meine Psychologin.«

»Warum hast du uns das nie gesagt?«, fragt Fred.

»Ich wollte nicht, dass ihr euch meinetwegen Sorgen macht. Und ich wollte auch nicht, dass meine Kinder wissen, ihrer Mutter geht es nicht gut. Ich wollte den Schein wahren.«

Schweigen tritt ein. Meine Mutter hat anscheinend alles gesagt. Sie senkt den Blick auf ihre Hände, die auf ihren Knien liegen. Fred und Jim starren auf den Teppich vor uns. Papa schaut in die Ferne.

Ich habe davon geträumt, wieder hören zu können. Ich hatte die Vorstellung, dann wird alles wieder normal. Das gleiche Leben, aber mit Ton. Ich war weit davon entfernt zu ahnen, welche Erschütterungen ich auslösen würde, aber ich bin froh, dass ich es getan habe.

Um vorwärtszukommen, muss man manchmal ein paar Türen einrennen.

»Gut«, sage ich, um die Aufmerksamkeit aller auf mich zu lenken, »hat sonst noch jemand etwas auf dem Herzen? Dann ist jetzt der richtige Moment. Wenn nicht, glaube ich, sind wir fertig.«

Es funktioniert. Alle sehen mich fragend an.

»Ich wollte, dass wir miteinander reden, das haben wir getan. Können wir jetzt heimfahren?«

Papa stößt sich von der Wand ab, an der er gelehnt hat, er ist verwirrt, und Mama versinkt noch ein wenig tiefer in ihrem Sessel.

»Alle zusammen«, füge ich hinzu, stehe auf und gebe Mama die Hand.

Aber sie rührt sich nicht.

»Mama«, sage ich bittend. »Ich pfeife auf die Vergangenheit! Ich pfeife auf das, was du an jenem Abend gesagt hast! Du warst krank! Ich verzeihe dir, wenn es das ist, was du hören willst! Ich bin dir nicht böse. Alles ist wieder in Ordnung. Komm jetzt mit uns.«

»Oh, Roxanne«, flüstert sie. »Das Problem ist nicht so sehr das, was ich gesagt habe …, sondern dass du geglaubt hast, ich sei fähig, so etwas tatsächlich zu tun. Ich war eine so schreckliche Mutter, dass du wirklich gedacht hast, ich würde euch töten. Lieber hast du dich ins Baumhaus geflüchtet und bist beinahe erfroren. Das kannst du mir nicht verzeihen. Das wäre zu einfach.«

»Das stimmt nicht. Ich entscheide selbst, was ich verzeihen kann und was nicht. Und du kannst sicher sein, wenn du jetzt nicht mit uns nach Hause fährst, werde ich dir das niemals verzeihen.«

Kapitel 27

Mit dem Herzen hören

Ich wache auf mit dem Eindruck, ich hätte unter den Reifen eines Lkws gelegen. Eine Erschöpfung hat mich überfallen, als wir das Haus betraten. Papa sagte, ich solle ins Bett gehen, er werde mich erst gegen Mittag wecken, um zu vermeiden, dass ich den Rest des Tages »völlig daneben« sei.

Es ist zwei Minuten vor halb eins. Und erstaunlich ruhig. Ich kämpfe absichtlich mit meiner Bettdecke, um sicherzugehen, dass es sich um eine normale Stille handelt. Das Rascheln der Laken beruhigt mich.

Es ist vorbei. Wirklich und wahrhaftig. Ich bin nicht mehr taub.

Ich stehe auf, öffne die Zimmertür und horche. Nichts. Höchstens ein paar Geräusche aus Jims Zimmer. Ich versuche, möglichst leise hinunterzugehen, ohne Grund. Meine Eltern sind nicht da. Sie sind doch nicht etwa arbeiten gegangen?

Ich laufe wieder hoch und klopfe an Jims Tür. Er antwortet

nicht, wahrscheinlich weil er malt und seine Kopfhörer aufhat. Ich halte mir eine Hand vor die Augen und öffne die Tür.

»Jim?«

»Du kannst ruhig schauen, das ist okay«, sagt er.

Ich sehe nur die Rückseite der riesigen rechteckigen Leinwand, die auf zwei Staffeleien steht. Sie nimmt beinahe die Hälfte des Zimmers ein. Meine Eltern haben für Jim im Untergeschoss ein kleines Atelier eingerichtet, aber da hält er sich nicht gern auf. Er sagt, er fühle sich dort wie im Gefängnis, weil es kein Fenster gibt. Derzeit sieht es darin eher aus wie in einem Lagerraum: Bilder in allen Größen, die auf eine Ausstellung warten, Plastiken, die komplette Ausrüstung für eine Dunkelkammer und zwei oder drei Musikinstrumente, die schon bessere Tage gesehen haben.

»Wo sind die anderen?«, frage ich.

»Fred schläft noch, glaube ich. Papa und Mama sind im Schuppen.«

»Ernsthaft?«

Ich trete ans Fenster seines Zimmers, um selbst nachzuschauen, aber das bringt nichts. Es gibt dort kein Lebenszeichen.

»Nein, ich hab dich verarscht. Ich glaube, sie sind weggefahren, Papas Auto ist nicht da.«

»Du Blödmann!«, knurre ich und drehe mich um.

Und da bleibt mir der Mund offen stehen. Ich hatte nicht erwartet, dass ich vom Fenster aus Jims Werk sehen könnte. Ich war nicht gefasst auf ... so etwas.

Alle Bilder an den Wänden unseres Hauses stammen von Jim. Nicht, weil wir ihm Mut machen wollen, sondern weil sie fabelhaft sind. Sogar meine Tante Laura hat zwei oder drei Bilder bei ihm in Auftrag gegeben, und Charlies Eltern wünschen sich seit Jahren ein Porträt ihrer Tochter.

Ich wusste, dass dieses neue Bild großartig sein müsste, denn es ist seine Abschlussarbeit an der Highschool und soll ihm bei der Bewerbung für die Universität helfen. Ich wusste bloß nicht, dass es mich darstellt. Sein wichtigstes Bild, sein Meisterstück, ist ein Porträt von mir.

»Ich nenne es *Das Mädchen, das mit dem Herzen hört*«, sagt Jim, während mir Tränen in die Augen steigen.

Ich sehe mich in der Mitte der großen Leinwand stehen, die rechte Hand auf dem Herzen, die linke Hand am Ohr. Ich habe geschlossene Augen und ein leichtes, rätselhaftes Lächeln um den Mund. Ich wirke glücklich, geheimnisvoll, heiter. Die Landschaft hinter mir ist quietschbunt und vielfältig gestaltet, ein bisschen wie bei Alice, wenn sie in den Bau des weißen Kaninchens fällt und im Wunderland ankommt.

Auf jeden Fall erkenne ich das Baumhaus, in das ich mich in jener Nacht geflüchtet habe. Jim hat es recht unheimlich dargestellt, mit knorrigen, zerbrochenen, löchrigen Brettern. In den Werken meines Bruders gibt es immer irgendwelche versteckten Details. Das mag ich besonders gern. Manchmal findet man noch welche, obwohl man schon ein Jahr lang an dem Bild vorbeigegangen ist.

Ich sehe sofort, dass in jede der Holzstufen an dem Baumstamm hinauf Buchstaben eingeritzt sind.

»Was bedeutet TFNUKUZ?«, frage ich und schniefe, um die Tränen hinunterzuschlucken.

»Du musst von unten nach oben lesen«, antwortet er.

Ich gehorche.

»ZUKUNFT? Warum hast du das geschrieben?«

»Weil es das war, was du verloren hast, als du in diesen Baum geklettert bist.«

»Du glaubst, ich habe keine Zukunft mehr?«

»Ich glaube, man hat dich um einige Chancen gebracht. Aber das ändert sich ja gerade. Deshalb habe ich noch das hier hinzugefügt.«

Er zeigt auf ein geöffnetes Buch auf einer Steintreppe, die am Horizont verschwindet. Ein kleiner, cremefarbener Fleck in einer sehr bunten Welt. Abgesehen von anderthalb Zeilen in einer unlesbaren Schrift steht nichts auf den Seiten.

»Du kannst alles neu schreiben«, erklärt er.

»Das ist fabelhaft, Jim. Wirklich, nicht nur, weil es mich darstellt.«

»Es ist fabelhaft, *weil* es dich darstellt«, widerspricht mein Bruder. »Wenn ich im Nachhinein daran denke, wie du warst, bevor du taub wurdest, sehe ich dich immer schwarz und grau. Wie einen Geist.«

»Das unsichtbare kleine Mädchen.«

»Du hast dich verändert. Du bist zurückhaltend geblieben, aber jetzt sehe ich deine Farben. Oft sind es blaue Farbtöne, wie das türkise Wasser der Karibik.«

Mein Bruder, der Künstler. Er sagt oft solche Sachen. Er sieht unsere Farben, hört unsere Musik … Einmal hat er ein großartiges abstraktes Bild gemalt, ganz in Rosatönen, das er *Charlie* nannte. Jim hat diese Art von Empfindsamkeit, und deshalb kann er Dinge in uns lesen, von denen wir selbst nichts wissen. Mit seinen Augen gesehen, auf diesem gigantischen Bild, finde ich mich schön und interessant.

»Ich hab dich lieb, Jim«, sage ich spontan.

»Es ist das erste Mal, dass ich *höre*, wie du das sagst«, flüstert er.

Dann, aus dem Augenwinkel, sehe ich es. Ein im Bild verborgenes Detail. In der Baumrinde versteckt entdecke ich eine Rock-Hand. Ah! Und eine andere in den Blättern des Gebüschs.

Meine Familie wird dieses Bild lieben. Ich frage mich, ob mein Bruder mir erlauben wird, es in mein Zimmer zu hängen. Dann könnte ich es stundenlang anschauen, bis ich alle Geheimnisse entdeckt hätte.

»Du bist etwas ganz Besonderes, Roxanne, weißt du das?«

»Warum?«

»Ich bin nicht sicher, dass ich Mama hätte verzeihen können. Ein halbes Leben lang taub, nur ihretwegen ...«

»Ich seh das anders. Sie hat doch nicht gewollt, dass so etwas geschieht. Es ist einfach passiert. Und all die Vorwürfe, die sie sich macht, dass sie eine schlechte Mutter war und so, das finde ich nicht richtig. Ich erinnere mich an alles, was sie seit jenem Tag für mich getan hat. All die Termine bei den Fachärzten, bis Toronto waren wir. Sie hat mich im Zentrum angemeldet und nicht in dieser heruntergekommenen anderen Schule, die wir damals angeschaut haben, obwohl es wirklich viel Geld kostet. Sie interessiert sich für alles, was ich mache, für meine Freunde, für mein ganzes Leben!«

»Das hat sie als Ausgleich getan, weil sie sich schuldig fühlt«, spielt Jim mein Argument herunter.

»Egal! Wichtig ist, dass sie es mit Liebe getan hat! Wenn ich die Wahl hätte, mich an die ersten acht oder an die letzten acht Jahre meines Lebens zu erinnern, würde ich die letzten Jahre wählen! Es ist mir egal, dass sie am Anfang keine perfekte Mutter war. Wir haben noch das ganze Leben vor uns. Sie hat eine Chance verdient.«

Jim schüttelt den Kopf.

»Erinnerst du dich, wie ich gesagt habe, ich würde alles dafür geben, um wieder hören zu können?«, frage ich.

Mein kurzer Versuch, mit dem Schicksal zu verhandeln, bevor ich mich ganz bequem in meiner Wut eingerichtet habe.

Ein paar Dinge habe ich aus dem deprimierenden Buch meiner Tante Laura also doch behalten.

»Fred und ich haben dir die ganze Zeit gesagt, dass jeder von uns dir eines seiner Ohren geben würde, wenn das möglich wäre«, erinnert sich Jim. »Ich das linke, er das rechte.«

»Also, das stimmt nicht. Ich bin nicht bereit, alles zu geben. Ich werde weder Mama noch ein anderes Mitglied meiner Familie opfern, um wieder hören zu können. Mach es wie ich, verzeih ihr! Wir haben bekommen, was wir wollten! Ich kann wieder hören. Ich finde, das ist genug, oder?«

Ich merke, er ist gerührt. Sein Zorn kocht hoch. Oder etwas anderes. Dieser Zustand ist nicht normal.

»Was hast du denn?«, frage ich. »Warum kannst du nicht …«

»Ich habe sie gehasst, die Klavierstunden bei Laura«, ruft er. »Ich bin bloß hingegangen, weil ich Angst hatte, Papa und Mama zu enttäuschen. Wäre ich aufrichtig gewesen, dann wäre ich an jenem Abend da gewesen, und ich hätte dich gerettet.«

»Du fühlst dich schuldig? Ist es das? Du glaubst, der kleine Junge mit seinen neun Jahren, der du damals warst, hätte alles verhindern können? Vielleicht, vielleicht auch nicht. Am Ende wären wir vielleicht alle beide taub geworden. Jim, ich will einfach nicht mehr wütend sein. Und weißt du was? Die Liebe einer Mutter, die bildet man sich nicht ein. Ich *weiß*, dass Mama uns liebt. Und das genügt.«

»Ich werde wohl noch ein bisschen Zeit brauchen«, meint Jim.

»Ich auch«, flüstert Mama.

Sie steht in der Zimmertür. Mein Bruder und ich erstarren. Er hat mir doch gesagt, sie sei nicht da! Die Eltern seien weggefahren! Hat sie etwa alles mitangehört? Ich gehe unser Gespräch im Geist noch einmal durch. Ich glaube, es ist in Ordnung, ich habe nichts gesagt, was ich bereuen müsste. Jim dagegen täte vielleicht gut daran, einmal kurz unter vier Augen mit ihr zu sprechen.

»Ich lass euch mal allein«, murmle ich und gehe zur Tür.

Bei Mama halte ich kurz inne und gebe ihr einen Kuss auf die Wange. Sie zuckt zusammen, dann lächelt sie. Wenn ein Bild so viel wert ist wie tausend Worte, dann sicher auch eine Geste.

KAPITEL 28

Ein neues Leben anfangen

Mein Vater hat sich einen Tag freigenommen, meine Mutter den Rest der Woche. Sie wollte mit mir zu einigen der Fachärzte gehen, die wir vor acht Jahren aufgesucht hatten, aber ich konnte sie überzeugen, dass das nicht notwendig ist. Schließlich hatten die damaligen Untersuchungen ergeben, dass alles in Ordnung war, sowohl mit meinen Ohren als auch mit meinem Gehirn. Warum sollte sich das geändert haben?

Dennoch besteht sie darauf, mich zu meinem Termin bei William zu begleiten. Er hat am Mittwoch gegen Abend angerufen, um sich zu überzeugen, dass alles in Ordnung war. Wegen meiner Abwesenheit vom Unterricht hatte er sich Sorgen gemacht. Wir haben uns für Freitagnachmittag verabredet.

Es ist ein komisches Gefühl, mit einer ganz neuen Wahrnehmung durch meine Schule zu gehen. Ich höre den Lärm aus den Klassen im Erdgeschoss. Verrückt. Erst in diesem Augenblick wird mir klar, dass das Zentrum lebendig ist. In meinem inneren

Raum, in meiner Stille eingeschlossen, konnte ich beinahe glauben, der Rest der Schule sei verlassen. Ich habe mir einfach nicht vorstellen können, dass die Gänge von Gelächter widerhallen.

William empfängt uns in seinem Büro, und Mama und ich nehmen ihm gegenüber Platz. Sie ist nervös, das spüre ich.

»Wie geht's?«, fragt William, ohne dass klar wäre, an wen er sich richtet.

»Mir geht es supergut!«, sage ich. »Ich habe seit Dienstagnacht keinen Anfall von Taubheit mehr gehabt. Ich glaube, das war's, es ist vorbei.«

»Und Sie, Madame Thibault?«

»Mir geht es ebenfalls gut«, versichert meine Mutter. »Die ersten Tage waren nicht so leicht. Roxanne hat mir rasch vergeben, aber meine Söhne ... Sie haben mir mehr Vorwürfe gemacht.«

»Und jetzt?«

Mama zuckt die Achseln. Ich weiß, dass sie lange Gespräche mit Fred und Jim geführt hat. Papa übrigens auch. Ich dagegen hatte ja, was ich wollte, und bin rasch zur Tagesordnung übergegangen.

»Ich will«, sage ich zur Verteidigung meiner Mutter, »ich will das, was sie an jenem Abend gesagt hat, nicht herunterspielen. Natürlich ist es schlimm, wenn man droht, seine Kinder umzubringen. Es wäre unverzeihlich, wenn sie es wirklich so gemeint hätte. Aber ich weiß, meine Mutter ist nicht fähig, uns etwas Böses anzutun. Sie war damals vielleicht nicht ganz einfach, aber ich kann mich daran kaum erinnern. Meine Brüder ...«

»Ich selbst kann es mir nicht verzeihen«, unterbricht mich Mama. »Es ist schwer, morgens aufzustehen und zu wissen, dass ich meiner Tochter das halbe Leben ruiniert habe.«

Ich seufze verärgert. Diese Diskussion haben wir schon mindestens drei Mal geführt!

»Mein Leben ist nicht ruiniert!«, entgegne ich. »Ich habe eine Menge gelernt! Ich kann von den Lippen ablesen, ich erkenne die Anzeichen, wenn jemand lügt, ich kann mit den Händen sprechen und verstehe nonverbale Kommunikation besser als jeder andere. Und ich habe viel gelesen! Ich weiß eine Menge Dinge, die ›normale‹ Jugendliche in meinem Alter nicht wissen.«

»Madame Thibault, Roxanne ist erst sechzehn«, springt William mir bei. »Sie hat noch das ganze Leben vor sich.«

»Das sagt meine Psychologin auch«, meint meine Mutter seufzend.

Seit der großen Neuigkeit ist Mama täglich zu ihrem »Zumba-Kurs« gegangen. Wir denken alle, das ist eine gute Sache. Ich denke, die Hypnosesitzung hat sie stärker mitgenommen als mich, und sie braucht einen Außenstehenden, der ihr zuhört und sie berät.

»Es beruhigt mich, dass Sie professionellen Beistand haben. Vielleicht können Ihre Söhne Sie bei Ihrem nächsten Termin begleiten. Falls Sie glauben, dass es noch unausgesprochene Dinge zwischen Ihnen gibt ...«

»Ich werde darüber nachdenken«, verspricht meine Mutter. »Aber davon abgesehen, was geschieht jetzt mit Roxanne?«

Äh? Was meint sie?

»Ja, richtig, da sie keine Behinderung mehr hat, wird sie das Zentrum verlassen müssen.«

»Was?«, frage ich erstaunt. »Sie werfen mich raus? Warum?«

»Das Zentrum erhält Regierungszuschüsse für jeden Schüler mit einer anerkannten Behinderung«, erklärt William.

»Deine weitere Anwesenheit wäre ... eine Art Betrug.«

Ein Betrug? Ernsthaft?

»Aber wir haben das Schulgeld bereits für das ganze Jahr im Voraus bezahlt«, sagt meine Mutter.

»Das Geld bekommen Sie zurück«, versichert der Psychologe. »Ich verstehe, dass dir die Veränderung vielleicht Sorgen macht, Roxanne, aber ich wette, du wirst dich an der normalen Highschool schnell zurechtfinden.«

Die normale Highschool ... Die Gesamtschule im Viertel? Auf die Fred und Jim gegangen sind? Auf die Liam geht? Ja!

»Natürlich werden wir uns mit dem Sekretariat der von Ihnen gewählten Schule in Verbindung setzen, um Roxannes Unterlagen weiterzuleiten.«

»Und muss das sofort sein?«, fragt meine Mutter.

Schließlich haben wir Freitagnachmittag. Für eine Einschreibung am Montag ist es etwas knapp.

»Nein. Nehmen Sie sich so viel Zeit, wie Sie brauchen.«

Mama nickt. Ich überlege mir bereits, wie ich Liam die gute Nachricht überbringe. Wir werden auf dieselbe Schule gehen! Wir können uns bei den Spinden oder oben an der Treppe einen Kuss geben, bevor wir in den Unterricht gehen. Ich bin schon ganz aus dem Häuschen!

William beendet das Gespräch mit ein paar letzten Ratschlägen und sagt, wie glücklich er sich schätzt, mir begegnet zu sein, wenn auch nur kurz. Ich danke ihm und erinnere ihn daran, dass ich ohne ihn heute nicht so weit wäre. Er war es, der als Erster der verriegelten Tür in meinem Gedächtnis einen kräftigen Fußtritt versetzt hat.

»Oh! Roxanne!«, ruft er, als wir schon drei Schritte von seinem Büro entfernt sind. »Eine Sache noch!«

»An dem ersten Abend, als du wieder gehört hast, an Halloween, da hattest du Liam doch noch nicht erkannt, oder? Er hat sich erst am nächsten Tag vorgestellt.«

Ich lächle. Darüber habe ich auch schon nachgedacht. Wenn Liam auch teilweise der Schlüssel zu meinem Geheimnis ist, bleibt er dennoch ein Rätsel.

»Wie war es möglich, dass du wieder gehört hast, wenn du nicht wusstest, wer er war?«

»Ich denke, das werden wir nie erfahren«, sage ich. »Aber es macht auch nichts.«

Tatsächlich denke ich gern, dass mein Herz den Freund, den Seelenverwandten erkannt hat, bevor die Augen und der Kopf das taten. Dass es die Information mit einem kräftigen Schlag an mein Gehirn weitergegeben hat. Ich glaube jetzt an die Magie des Schicksals.

Mama ist schweigsam, als wir das Zentrum verlassen. Und auch ein wenig beklommen, das spüre ich. Ich zucke zusammen, als hinter uns die Pausenglocke ertönt. Dann bleibe ich stehen.

»Mama? Kannst du einen Augenblick auf mich warten? Ich muss ... etwas erledigen.«

Sie setzt zu einer Frage an, stellt sie aber nicht. Sie versteht.

»Natürlich. Ich warte beim Wagen.«

◆

Lucie trägt ihre Leggins mit Leopardenmuster, die ich seit dem Tag, an dem sie sie gekauft hat, am liebsten verbrennen würde. Sie hat sie mit einem langen, paillettenbesetzten schwarzen T-Shirt und Stiefeln mit hohen Absätzen kombiniert, die nicht zu ihrem Alter passen. Ihr Make-up lässt mich seufzen.

Trotzdem habe ich Tränen in den Augen. Und wenn es das letzte Mal ist, dass ich sie sehe? Ich schlängle mich durch die Schülerinnen und Schüler auf dem Gang hindurch und gehe auf sie zu. Als sie mich bemerkt, erstarrt sie.

»*Hallo*«, gebärde ich.

Lucie legt ihre Bücher in ihren Spind und wendet sich mir zu. Weder freundschaftlich noch feindselig.

»*Wo bist du gewesen?*«, fragt sie. »*Du warst die ganze Woche nicht im Unterricht.*«

»*Es ist viel passiert in letzter Zeit.*«

»*Was denn? Darf ich es wissen?*«

»*Ich kann seit Kurzem wieder hören. Ich … ich bin nicht mehr taub.*«

Dieselbe Sache, auf zwei verschiedene Arten gesagt. Ich bin echt nicht geübt in der Kunst, mich auszudrücken.

»*Du hörst?*«

Ich nicke.

»*Du verlässt das Zentrum? Du gehst weg?*«

»*Ich muss.*«

»*Hör auf! Ich bin sicher, du freust dich wie verrückt!*«

Aha, sie ist immer noch wütend auf mich.

»*Lucie, es tut mir leid, wenn ich dich gekränkt habe. Bitte verzeih mir.*«

»*Dir zuliebe, von mir aus, aber es hilft ja nichts. Du gehst weg. Wir sehen uns jedenfalls nicht wieder!*«

Sie fängt an, unnötigerweise in ihrem Spind zu kramen, und ich sehe, wie sie sich eine Träne aus dem Augenwinkel wischt.

»*Wir können Freundinnen bleiben!*«, entgegne ich, als sie sich wieder zu mir umdreht.

»*Nein, niemals. Jacob und du, ihr werdet euer altes Leben wieder aufnehmen. Mit eurer armen, hörbehinderten Freundin habt ihr nichts mehr am Hut! Nach ein paar Tagen werdet ihr mich vergessen haben. Und während ihr euch amüsiert, bin ich hier allein! Darüber kann ich mich nicht freuen, entschuldige!*«

Jetzt weint sie wirklich. Ich auch. Lucie war die Erste, bei der ich mich wohlgefühlt habe, nachdem ich nicht mehr hören konnte. Der Gedanke, sie zu verlieren, macht mich tieftraurig. Ich bin dabei, ein neues Leben anzufangen. Und sie scheint zu glauben, dass es für sie darin keinen Platz mehr gibt.

»*Lass dir ein Implantat einsetzen, wie Jacob!*«, schlage ich beinahe verzweifelt vor.

»*Meine Eltern werden niemals zustimmen! Das weißt du!*«

»*Du brauchst ihre Zustimmung nicht mehr, seit du vierzehn bist! Mach's einfach!*«

»*Ich will nicht! Ich bin okay so, wie ich bin.*«

Lucie ist hörbehindert seit ihrer Geburt. Sie kennt die Welt der Geräusche nicht, hat sie nie kennengelernt. Es ist also ganz normal, dass sie ihr nicht fehlen.

»*Schick mich nicht fort, Lucie. Ich brauche dich doch. Mit wem soll ich sonst den nächsten Film mit Channing Tatum ansehen?*«

Ich versuche, sie zu necken, an ihre Gefühle zu appellieren. Lucie zeigt zwar ein Lächeln, aber ein trauriges. Wir wischen uns beide gleichzeitig die Tränen ab. Die Klingel zum Pausenende ertönt, und im selben Moment beginnt das Licht im Flur zu blinken.

»*Ich muss in den Unterricht.*«

»*Dann kommst du eben zu spät*«, schlage ich vor. »*Ich will dir meine Geschichte erzählen, du wirst begeistert sein, das kann ich dir versprechen!*«

»*Irgendwann einmal, vielleicht.*«

Sie zuckt die Achseln, nimmt ihr Matheheft, macht ihren Spind zu und schließt ab. Dann, das Heft wie einen Schild an die Brust gedrückt, verabschiedet sie sich von mir.

Als ich das Zentrum verlasse, um zu meiner Mutter zu gehen, kann ich nicht verhindern, dass mir die Tränen über die Wangen laufen. Irgendwie fühle ich mich schlecht und undankbar, meine

Freundin zurückzulassen. Aber mir hat das Schicksal vergönnt, wieder hören zu können. Wenn ich an Lucies Stelle wäre, würde ich mich wahrscheinlich auch nicht mehr sehen wollen. Ich kann es ihr nicht verdenken.

Ich hätte nur gern gehabt, dass es anders zu Ende gegangen wäre.

Kapitel 29

Und sie lebte glücklich

Das Vibrieren meines Weckers im Kissen weckt mich auf. Meine Brüder hatten recht, das Geräusch eines Weckers ist echt abscheulich. Selbst Wellenrauschen oder Vogelgezwitscher ist lästig. Ich habe mich also entschieden, bei meinem kleinen Erdbeben zu bleiben.

Brummend stehe ich auf, gehe in die Küche hinunter, wobei ich mich strecke und laut gähne. Ich mache mir zwei Toasts, einen mit Marmelade, zum Vergnügen, den anderen mit Nutella, noch mehr Vergnügen.

»Halb Kaffee, halb Milch«, sagt Jim und reicht mir eine große Tasse.

Sofort nehme ich einen Schluck.

»Danke, Jim«, sagt mein Bruder, indem er meine Stimme imitiert. »Oh, es ist mir eine Freude, meine liebe Schwester.«

Ich verdrehe die Augen über meiner Tasse. Er beginnt zu lachen. Wie schafft er es, so früh am Morgen schon so gut gelaunt zu sein? Mein Vater sieht einen Augenblick von seiner Zeitung auf und wirft uns einen beinahe gerührten Blick zu. Papa und ich haben unsere Komplizenschaft rasch wiedergefunden, unter anderem dank eines dekadenten Kuchenstückchens in unserer geheimen Konditorei. Ich glaube, genau wie ich hat er von Anfang an gewusst, dass das Wohlbefinden unserer Familie vor allem von uns beiden abhängen würde, von unserer Krisenfestigkeit und unserer Fähigkeit, nach vorn zu schauen.

Als ich mit dem Frühstück fertig bin, stelle ich meinen Teller, mein Messer und meine Tasse in den Geschirrspüler. Dann öffne ich den Kühlschrank und trinke ein paar Schlucke Orangensaft direkt aus der Tüte. Ich stelle sie zurück, drei Sekunden später taucht meine Mutter auf, den Mantel umgehängt.

»Ich habe meine Lunchbox vergessen!«, sagt sie, als sie mich sieht. »Deine ist die mit dem blauen Deckel. Ach, und vergiss nicht, dass wir heute Abend Zumba-Kurs haben, trödle nach der Schule nicht herum.«

»Ja, Mama, einen schönen Tag, Mama«, bete ich müde herunter, sodass sie nur den Kopf schüttelt und die Augen zum Himmel hebt.

Seit ich auf einer anderen Schule bin, kann ich länger schlafen. Zehn Minuten zu Fuß gegenüber einer Stunde Busfahrt, das ist ein Vorteil! Aber ich sehe meine Mutter nicht mehr jeden Morgen. Manchmal, wenn ich zu spät aufstehe, ist sie schon fort.

Das ist auch einer der Gründe, weshalb ich mich für ihren Zumba-Kurs eingeschrieben habe. Mama hat immer noch jede zweite Woche einen Termin bei ihrer Psychologin, auch wenn mein Problem seit Monaten gelöst ist. Sie sagt, das helfe ihr, das Böse von sich fernzuhalten. In der anderen Woche gehen wir zusammen tanzen. Es tut uns gut, etwas gemeinsam zu machen.

Sie glaubt immer noch, dass ich ihr zu leicht verziehen habe, und ich sage ihr immer wieder, wenn ich ihr noch böse wäre, dann wäre ich vielleicht immer noch taub. Auch meine Tante Laura hat ihr einen langen Vortrag über die erlösende Kraft der Vergebung gehalten.

Meine Tante. Ich habe ihr für ihre Gebete gedankt. Mir ist klar, die Sterne haben rasch eine entsprechende Konstellation gebildet, damit ich das bekam, was ich mir am meisten wünschte. Ich weiß nicht, ob ich es dem Schicksal verdanke, einem Schmetterling in Brasilien, der in die andere Richtung geflogen ist, dem aufmerksamen Ohr Gottes oder der Tatsache, dass Liam und ich Seelenverwandte sind, aber ich möchte ihnen allen danken.

Als meine Mutter aus dem Haus ist, gehe ich hinauf und dusche. Ich gebe zu, dass ich mir beim Zurechtmachen morgens mehr Mühe gebe, seit ich mit Liam gehe und die Highschool in meinem Viertel besuche. Ich möchte mich schön fühlen. Ich weiß, das ist oberflächlich, aber es hilft mir, den Blicken standzuhalten, die man mir immer noch zuwirft.

Natürlich hat meine Geschichte in der Schule die Runde gemacht. Dabei will ich doch keine Aufmerksamkeit erregen! In den ersten Wochen wurde ich wie eine Berühmtheit behandelt. Dann, nach den Weihnachtsferien, hat sich die Aufregung gelegt. Sie beobachten mich immer noch aus dem Augenwinkel, aber sie tuscheln nicht mehr, wenn ich vorbeigehe.

Ich putze mir die Zähne und überprüfe mein Aussehen ein letztes Mal im Spiegel. Ich laufe hinunter, schlüpfe in den Mantel, lege den Riemen meiner Umhängetasche über die Schulter, gehe hinaus und schließe hinter mir ab.

Ein paar Minuten später erreiche ich Liam, der am Ende der Straße auf mich wartet. Wir treffen uns jeden Morgen, um gemeinsam zur Schule zu gehen. Und am Abend gehen wir bis hierher zusammen. Das sind für mich die schönsten Zeiten des Tages.

»Hallo, meine Schöne!«, sagt er.

Ich küsse ihn. Einmal, zweimal. Dann marschieren wir Arm in Arm in diese Schule, die ich so lange für unerreichbar hielt.

»Ich hab etwas für dich«, verkündet Liam und zieht ein kleines eingewickeltes Päckchen aus seiner Jackentasche.

»Ein Geschenk?«, frage ich erstaunt. »Mein Geburtstag ist doch schon lange vorbei!«

»Das ist nicht zu deinem Geburtstag! Es ist zum Valentinstag!«

»Aber der ist erst nächsten Dienstag!«

»Und bis dahin will ich dir jeden Tag etwas schenken, um dir zu zeigen, wie sehr ich dich liebe!«

Plötzlich komme ich mir ganz schlecht vor. Ich habe nur eine einzige Überraschung für ihn geplant, am nächsten Dienstag: eine hübsche Uhr für seine Sammlung. Meinen Job in der Cafeteria des Zentrums habe ich gegen eine Stelle an der Kasse einer Drogerie getauscht, um mir das Ausgehen mit meinem Freund leisten zu können und ihm ein Geschenk zu kaufen.

»Das ist nicht okay, jetzt stehe ich ja da wie ein Geizkragen«, schmolle ich.

»Halt den Mund und nimm gefälligst das Geschenk«, frotzelt er. »Ich bin schon glücklich, wenn du bei mir bist.«

Er schenkt mir sein charmantes Lächeln, das ich mit meinem verlegenen Lächeln beantworte. Ich nehme das Päckchen und wickle es rasch aus. Es ist ein Schmucketui. Hoffentlich kein Ring, mein Vater bekäme einen Herzinfarkt!

»Mach's auf!«, drängelt Liam.

Ich gehorche und finde einen Anhänger. Es ist eine Hand, Daumen, Zeigefinger und kleiner Finger ausgestreckt. Eine

Rock-Hand. Eine stumme Liebeserklärung. Die ich gern tragen werde.

»Das ist großartig«, sage ich, »ehrlich. Danke.«

»Du bist großartig«, antwortet Liam und küsst mich noch einmal.

Da, genau in diesem Augenblick, bin ich das glücklichste Mädchen auf der ganzen Welt. Und ich spüre, das ist erst der Anfang.

Epilog

Acht Jahre lang habe ich meine Träume in einer Schublade mit der Aufschrift »unmöglich« verstaut. Seit acht Monaten hole ich sie einen nach dem anderen heraus.

Wieder hören können, tanzen, auf Partys gehen, einen Liebsten finden, Filme im Kino sehen, viele Freunde haben und mit ihnen weggehen ...

Am Schulball teilnehmen.

Charlie ist zu mir nach Hause gekommen, um eine Prinzessin aus mir zu machen. Meine Mutter hat einen Fotografen engagiert, weil sie gemerkt hat, diesmal reicht ihr Handy nicht aus. Ich glaube, Liam und ich haben für Hunderte von Fotos posieren müssen!

Den Aperitif haben wir mit unseren Eltern bei uns im Hof getrunken, dann sind wir mit unseren Freunden im Auto zum Château Frontenac gefahren.

Das Essen war mäßig, aber was soll's. Alle sehen gut aus, alle sind fröhlich. Außer Jacob, der ein Gesicht zieht.

Als unsere Blicke sich kreuzen, frage ich: »*Zu laut?*«

Er nickt und verzieht wieder das Gesicht. Ich sehe, wie er unwillkürlich mit der Hand an sein Implantat fährt. Seit Januar ist Jacob wieder in der Schule. Ich hatte Angst, dass es schwierig würde zwischen uns wegen meiner Beziehung zu Liam, aber das war nicht der Fall. Er hat den Platz in seiner Clique wiedergefunden und behandelt mich so, wie er es auch im Zentrum getan hat. Na ja, ich habe schon zwei- oder dreimal bemerkt, wie er weggeschaut hat, wenn Liam und ich uns geküsst haben, aber vielleicht war es ihm einfach nur peinlich.

Ich habe ihn mit Fragen zu Lucie bombardiert, aber er wusste nicht viel zu erzählen. Es scheint, dass meine Freundin ihn, wahrscheinlich aus einer Verteidigungshaltung heraus, abgewiesen hat, bevor auch er das Zentrum verließ. Ich schreibe ihr immer wieder, aber sie antwortet nicht. »Irgendwann einmal, vielleicht«, hatte sie gesagt. Ich glaube immer noch daran.

»Willkommen!«, erhebt sich eine Stimme über den Lärm im Saal.

Automatisch dreht sich die ganze Versammlung zu der kleinen Bühne nach vorn. Jade, die Schulsprecherin (die auch die Katzenfrau auf Jacobs Halloween-Party war und eine großartige Freundin ist), steht da in ihrem herrlichen roten Kleid, ein Mikro in der Hand.

»Ich hoffe, ihr hattet bisher einen schönen Abend!«

»Das Essen ist Scheiße«, brüllt ein Junge ein paar Tische weiter.

»Reiß dich zusammen!«, schimpft sie und macht ihr Schulsprecherinnengesicht. »Gleich kommt das Dessert!«

Die Ankündigung wird mit kurzem Beifall begrüßt.

»Aber vorher planen wir noch eine besondere Einlage. Die

Monarchie ist ja schon eine Weile abgeschafft. Es gibt also weder einen Ballkönig noch eine Ballkönigin.«

Ein paar Mädchen wagen es, ihrer Unzufriedenheit Luft zu machen, sind aber gleich wieder still, wahrscheinlich ist es ihnen peinlich, dass nur so wenige der Krone nachtrauern.

»Stattdessen wollen wir heute Abend ein Paar ehren, das echt … unfassbar ist.«

Warum wird mir auf einmal unwohl? Weil so viele Augen auf mich gerichtet sind? Mist! Jade, was soll das?

»Liam Scott und Roxanne Doré. Könnt ihr bitte mal aufstehen?«

Mist, Mist, MIST!

Liam erhebt sich und hilft mir als perfekter Gentleman, das ebenfalls zu tun, wobei er vorsichtig meinen Stuhl zurückzieht, damit ich mich nicht in meinem Kleid verheddere.

Die Schüler klatschen, grölen, pfeifen. Warum? Wir sind ein ganz normales Pärchen, wie so viele andere hier heute Abend. Oder nicht?

»Liam, Roxanne«, fährt Jade fort, »eure Liebesgeschichte ist außergewöhnlich, magisch und wird uns sicher noch lange Stoff zum Träumen geben. Das schöne Bild von der Seelenverwandtschaft, mit euch wird es lebendig, und wir würden uns glücklich schätzen, wenn ihr den Ball eröffnet. Der erste Tanz gehört euch.«

Jade zeigt auf die Tanzfläche vor ihr. Liam zieht mich dorthin, ein bisschen zu entspannt für meinen Geschmack.

»Wusstest du davon?«, flüstere ich.

»Jade hat mich um Erlaubnis gefragt.«

»Und mich nicht?«

Er wirft mir einen vielsagenden Blick zu. Natürlich, sie wussten genau, dass ich Nein gesagt hätte. Aber da es nun einmal so ist, füge ich mich. Der Schachzug ist ihnen gelungen. Ich werde vor all diesen Teenies tanzen, die mich mit ihren Blicken durchbohren. Und es wird mir gefallen.

In der Mitte der Tanzfläche bleibt Liam stehen und legt eine Hand auf meine Hüfte (jemand pfeift). Ich lege meine Hand auf seine Schulter, wir fassen uns an den freien Händen und warten auf die Musik. Das Licht ist gedämpft und schafft eine schummrige Atmosphäre.

»Aber ich durfte einen besonderen Wunsch äußern«, flüstert mir mein Freund ins Ohr.

Ich habe keine Zeit zu fragen, was er meint, da setzt die Musik ein. Dann verstehe ich.

Coldplay. Fix you.

Unser Lied.

Beim Refrain stehen alle im Saal auf und schwenken ihre Handys. Dann singen sie zusammen:

Lights will guide you home, and ignite your bones, and I will try to fix you …

Ich spüre, ich bin zu Hause. Ich spüre, ich stehe in Flammen, im übertragenen Sinne.

Ich bin wieder in Ordnung.

Dank

Zuerst muss ich den Lesern danken. Eure Kommentare und euer Urteil sind mein wichtigster Antrieb. Ich hoffe, ich kann noch viele schöne Geschichten für euch schreiben.

Ein Dank an Jessica T., die mir alle meine Fragen über die Welt der Gehörlosen beantwortet hat. Ich weiß, dass ich bei Roxanne von der Realität abgewichen bin, aber Jacob und Lucie verdanken ihr viel.

Ein Dank an Jean-Sébastien und Valérie für ihre rasche und wirkungsvolle Hilfe.

Danke an die ganze Mannschaft der Éditions de Mortagne. Ihr seid mehr als großartig. Ein spezieller Dank an Marie-Eve: deine Begeisterung für Roxannes Geschichte, deine Energie, deine Zeit ... Danke für alles.

Zum Schluss ein Dank an die Fondation des Sourds du Québec und ihr super Onlinewörterbuch, das hervorragend dazu geeignet ist, die Quebecer Gebärdensprache kennenzulernen. Ich habe viel daraus gelernt.

Inhalt

VORBEMERKUNG 7

KAPITEL 1 Wir wollen dem Herrn danken
(oder auch nicht) 9
KAPITEL 2 Als mein ödes Leben ein bisschen
weniger öde wird 23
KAPITEL 3 Halloween 41
KAPITEL 4 Das Wunder 55
KAPITEL 5 Mutmaßungen 66
KAPITEL 6 Denn das Leben geht weiter 75
KAPITEL 7 Hausaufgaben machen 82
KAPITEL 8 Ein paar Wahrheiten.
Und ein paar Lügen. 97
KAPITEL 9 Lucies Rückkehr 106
KAPITEL 10 Spontane Entschlüsse 117
KAPITEL 11 Den Augenblick genießen 127
KAPITEL 12 Auf das Schlimmste gefasst sein 134

Kapitel 13	*Ein paar Neuigkeiten*	140
Kapitel 14	*Ein Dreieck mit vier Seiten*	147
Kapitel 15	*Das Puzzle*	160
Kapitel 16	*Ein paar Bomben*	171
Kapitel 17	*Geständnisse*	180
Kapitel 18	*Offene Tür*	191
Kapitel 19	*Ein kleines Puzzleteil*	203
Kapitel 20	*Es ist so weit*	214
Kapitel 21	*Ein bisschen Philosophie*	225
Kapitel 22	*Familienausflug zum Psychologen*	232
Kapitel 23	*In jener Nacht*	239
Kapitel 24	*Ein harter Schlag*	247
Kapitel 25	*Auflösung*	256
Kapitel 26	*Tausend Worte*	265
Kapitel 27	*Mit dem Herzen hören*	271
Kapitel 28	*Ein neues Leben anfangen*	278
Kapitel 29	*Und sie lebte glücklich*	286
Epilog		291
Dank		297

HIER GEHT ES UM ECHTE GEFÜHLE!

»Die Geschichten von Jenny Han gehören definitiv zu den besten, schönsten, glücklichsten Leseerlebnissen in der Jugendliteratur.«
Susann Fleischer auf ›literaturmarkt.info‹

ALLE LIEFERBAREN TITEL,
INFORMATIONEN UND SPECIALS
FINDEN SIE ONLINE

www.dtv.de   dtv *Reihe Hanser*

BESTSELLERAUTOR JOHN GREEN

ALLE LIEFERBAREN TITEL,
INFORMATIONEN UND SPECIALS
FINDEN SIE ONLINE

www.dtv.de   dtv *Reihe Hanser*